HAYMON taschenbuch 234

MIX
Papier aus verantwortungsvollen Quellen
FSC® C083411
FSC www.fsc.org

Auflage:
4 3 2
2020 2019 2018

HAYMON tb 234

Originalausgabe

www.haymonverlag.at

ISBN 978-3-7099-7879-5

Umschlag- und Buchgestaltung nach Entwürfen von
hœretzeder grafische gestaltung, Scheffau/Tirol
Umschlag: Eisele Grafik · Design, München, unter Verwendung
folgender Bildelemente: bigstock.com/Sutichak (Hintergrund),
bigstock.com/Brian K. (Oper), shutterstock.com/ziviani (Pflastersteine)
Satz: Da-TeX Gerd Blumenstein, Leipzig
Autorenfoto: Sergio Lussino

Gedruckt auf umweltfreundlichem,
chlor- und säurefrei gebleichtem Papier.

Edith Kneifl

Der Tod liebt die Oper

Ein historischer Wien-Krimi

Edith Kneifl

Der Tod liebt die Oper

Für Irmgard

Prolog
15. März 1900

Ich wollte heute Abend um keinen Preis auftreten. Mein sechster Sinn sagte mir, dass etwas Schreckliches passieren würde.

„Cave Idus Martias – Hüte dich vor den Iden des März", mit diesen Worten wurde der große Julius Caesar am Tage vor seinem gewaltsamen Tod von einem Augur gewarnt.

Der Wiener Hofoperndirektor Gustav Mahler machte sich über meinen Aberglauben lustig. Selbst mein Impresario nahm meine Vorahnung nicht ernst. „Du singst nicht den Julius Caesar, sondern den Otello!", sagte mir Theodore lachend ins Gesicht und winkte mit einem Vertrag für ein Gastspiel an der Mailänder Scala.

Das Honorar war sehr verführerisch. Außerdem würde der Meister, also Giuseppe Verdi höchstpersönlich, der Vorstellungen beiwohnen, und der neue Star am Dirigentenhimmel, Arturo Toscanini, würde am Pult stehen. Die Versuchung war zu groß. Ich unterschrieb und versprach in der heutigen Aufführung mein Bestes zu geben. – Und damit nahm das Unheil seinen Lauf.

Mein Lampenfieber war schlimmer denn ja. Wie ein Verrückter lief ich hinter der Bühne hin und her, schnauzte jeden, dem ich begegnete, an, verscheuchte sogar die Maskenbildnerin aus meiner Garderobe. Dem Souffleur, der mir sowieso ein Dorn im Auge war, weil er mir in den letzten Vorstellungen öfters ein paar Sekunden zu spät das Stichwort gegeben hatte, drohte ich seine Entlassung an, wenn er heute nicht aufmerksamer wäre. Und zuletzt zerbrach ich einen Spiegel in der Garderobe meiner Geliebten. Ich war zu ihr geeilt, um ihr von dem Engagement in Mailand zu berichten.

„Und wer singt die Desdemona?", fragte sie, anstatt mir zu gratulieren.

Jetzt erst bemerkte ich die Reste von weißem Pulver auf ihrem Handspiegel.

„Du sicher nicht, wenn du weiterhin dieses gefährliche Zeug schnupfst. Wie oft habe ich dir schon gesagt, du sollst damit aufhören."

Ihre hübschen Züge röteten sich vor Zorn. „Du hast mir gar nichts zu verbieten", schrie sie und warf den Handspiegel nach mir. Ich fing ihn auf und schleuderte ihn zurück.

Maria war im Fangen weniger geschickt als ich, der Spiegel knallte mit voller Wucht gegen den Schminktisch und zerbrach in mehrere Teile. Der kaputte Spiegel versetzte mich in größeres Entsetzen als die Iden des März.

„Sieben Jahre Unglück" schreiend, stürzte ich davon. Marias höhnisches Gelächter verfolgte mich bis in meine eigene Garderobe.

Bei der Vorstellung lief anfangs alles bestens. Sobald ich auf der Bühne stand, war meine Nervosität verflogen. Meine Partien im ersten Akt bestritt ich fehlerlos. Theodore Kramer, der die ganze Zeit, eine nach der anderen rauchend, hinter den Kulissen stand, lächelte mir jedes Mal aufmunternd zu, wenn ich die Bühne verließ. Am liebsten hätte ich diesem intriganten Kerl sein falsches Grinsen mit einem Faustschlag aus dem Gesicht gewischt. Wusste ich doch, dass er hinter meinem Rücken eine große Karriere für meinen Rivalen Jakob Doma plante. Dieser kroatische Fischer kann mir natürlich nicht das Wasser reichen. Trotzdem, für zwei Tenöre ist kein Platz bei ein und demselben Agenten. Entweder Theodore annulliert den Vertrag mit Doma oder ich suche mir einen neuen Impresario – das habe ich ihm heute Nachmittag ins Gesicht gesagt. Theodore ist Italiener wie ich, aber er hält sich wohl zu viel in Wien auf, denn mittlerweile hat er diese schleimige, hinterfotzige Art der sogenannten besseren Wiener Gesellschaft angenommen.

Als ich im dritten Akt meiner Wut und Verzweiflung über Desdemonas vermeintliche Untreue freien Lauf ließ, „Gott! Wären auf mich gehäuft alle Qualen …", hatte ich das Publikum endgültig für mich gewonnen. Ich bekam sogar Szenenapplaus für meine wehmütige Arie, etwas Besonderes in dieser Stadt, denn das Wiener Opernpublikum ist nun einmal das verwöhnteste und schwierigste der Welt. Pfiffe und höhnisches Gelächter von den Stehplätzen und den billigen oberen Rängen sind keine Seltenheit. Gerade diese leidenschaftlichen Musikliebhaber verziehen einem nicht den geringsten Fehler. Ein falscher Ton und alles ist aus. Für immer. Schon so manche Sängerkarriere endete schmählich in der Wiener Hofoper.

Als ich mich wieder und wieder vor dem jubelnden Publikum verbeugte, warf ich meinen Kollegen einen kurzen Blick zu.

Maria, die die Desdemona sang, war vor Neid erblasst. Cassio und Jago sahen finster drein. Nur Alma, die die Emilia gab, lächelte mich begeistert an. Meine Alma ist eben eine gute Haut, aber unheimlich naiv. Wie könnte sie sonst weiterhin mit Maria Cerruti so eng befreundet sein, nachdem ich sie wegen ihr verlassen habe?

Maria hatte heute ihre schwierige Arie, in der sie ihre Unschuld beteuerte, hervorragend hinbekommen. Alles war, wie gesagt, ausgezeichnet gelaufen. Doch in der Schlussszene ist es dann zum Eklat gekommen.

„Keiner fürchtet den bewaffneten Feldherrn …", hob ich an.

Das Publikum auf den billigen Plätzen begann wieder zu jubeln.

Ich übertönte ihr Gekreische: „... Desdemona! Desdemona! Ach! Tot! Tot! Tot!", zog den Dolch aus dem Gewande, sang „Mir blieb der Dolch!" und stach ihn mit voller Wucht in meine Brust.

Während das Orchester die Melodie des Liebesduetts aus dem ersten Akt wieder aufnahm, sank ich neben Desdemona nieder und schluchzte mit letzter Kraft: „Einen Kuss ... einen Kuss ... und noch einen Kuss."

Verwundert starrte ich auf das Blut, das aus meiner Brust sickerte. Wie war das möglich? Theaterdolche waren vollkommen ungefährlich. Mir tat nichts weh, ich fühlte mich aber leicht benommen.

Plötzlich erblickte ich das entsetzte Gesicht Cassios über mir. Während es mit Desdemonas lieblichem Antlitz zu einer grotesken Maske verschwamm, hörte ich mich „... einen Kuss" röcheln. Verzerrte, fürchterliche Grimassen schneidende Gestalten kamen bedrohlich näher, und auf einmal sah ich nichts mehr, spürte nur einen schrecklichen Schmerz in meiner Brust.

1. Ein neuer Fall für Gustav von Karoly

„Otello ist tot!"

Die kräftige Stimme von Marie Luise, Gustav von Karolys Halbschwester, drang bis in sein Zimmer, obwohl die Tür zum Vorraum geschlossen war.

Am liebsten hätte er zurückgeschrien: „Dieser Trottel hat den Tod mehr als verdient."

Er besann sich jedoch auf seine guten Manieren, legte seinen Morgenmantel ab und wusch sich ordentlich in der großen Schüssel, die auf der Kommode neben seinem Bett stand.

Inzwischen teilte Marie Luise von Batheny Gustavs Tante in kurzen Worten mit, was gestern Abend in der Wiener Hofoper passiert war.

Josefa, Gustavs ehemaliges Kindermädchen, die heute Haushälterin, Dienstmädchen und Köchin in einem für die Karolys spielte, hörte ebenfalls aufmerksam zu.

Als jedoch Gustav nach ihr rief, eilte sie sofort in sein Zimmer.

„Ich brauche dringend einen starken Kaffee. Ohne Kaffee ertrage ich die liebe Marie Luise nicht. Es ist erst acht Uhr! Hat sie denn überhaupt keinen Genierer?"

„Der Otello ist tot", flüsterte Josefa.

„Na und? Muss sie mich deswegen in aller Herrgottsfrüh aus dem Bett jagen? Ich habe ihr hundertmal erklärt, dass diese Angewohnheit, zu jeder Tages- und Nachtzeit unangemeldet bei Leuten hereinzuschneien, nicht gerade comme il faut ist. Ich weiß, sie hat dieses unmögliche Benehmen von Ihrer Majestät, Kaiserin Elisabeth – Gott hab sie selig –, übernommen, aber sie ist eben nicht die Kaiserin."

„Reg dich bitte nicht so auf, Gustl. Jede Art von Aufregung ist in deinem Zustand schlecht für dich, hat der Herr Doktor gesagt."

„Wie soll ich mich nicht aufregen, wenn mich jemand wegen irgendeines toten Opernsängers um meine kostbare Nachtruhe bringt?"

„Soviel ich mitgekriegt hab, hat er sich nicht selbst umgebracht."

„Ah, du meinst, sie hat einen neuen Fall für mich? Kein Interesse. Ich bin krank."

„Gustav, zieh dich endlich an!"

Josefas energischer Ton verfehlte nicht seine Wirkung.

Er griff nach Hemd und Hose, die ordentlich auf einem stummen Diener hingen, und schlüpfte hinein. „Zuerst will ich einen Kaffee", murmelte er trotzig.

„Den kannst du in der Küche trinken." Seinen Protest überhörend, verließ die alte Frau mit der schweren Waschschüssel in den Händen sein Zimmer.

Während sich Gustav von Karoly fertig ankleidete und ein Zigarillo zur Beruhigung rauchte, beklagte sich Vera bei Marie Luise über ihren Neffen. „Sein Liebeskummer ist mittlerweile in eine richtige Melancholie ausgeartet."

„Das eine bedingt das andere ...", warf Marie Luise ein. „Deshalb habe ich ihn ja in letzter Zeit öfters zu den Soireen und Kammerkonzerten in unserem Palais eingeladen. Aber er ist nie erschienen."

„Ich weiß, trotzdem vielen Dank für Ihre Versuche, ihn außer Haus zu locken. Er geht fast überhaupt nicht mehr aus, bläst andauernd Trübsal. Angeblich laboriert er seit Wochen an einer Erkältung, nur ist davon wenig zu bemerken. Er ist nicht einmal verschnupft."

Vera von Karoly, die ihren Neffen über alles liebte und normalerweise viel Verständnis für seine Stimmungsschwankungen zeigte, verwünschte diesen Hypochonder in letzter Zeit.

Gustav befürchtete nach wie vor, dass seine große Liebe Dorothea, die gerade in Zürich ihr Medizinstudium beendete, wieder zu ihrem Ex-Verlobten Dr. Jank zurückkehren könnte. Dorothea hatte lange nichts von sich hören lassen. In ihrem letzten Brief vom 14. Februar hatte sie von der Auflösung der Verlobung geschrieben. Wer weiß, was mittlerweile passiert war? Womöglich hatten sich die Verlobten inzwischen wieder versöhnt?

Gustav von Karolys Ruf als Privatdetektiv war ausgezeichnet, vor allem, seit er den Mord am Wiener Dombaumeister aufgeklärt hatte. Er konnte sich vor Aufträgen kaum retten, vertröstete aber alle neuen Auftraggeber auf später, behauptete, völlig ausgebucht zu sein und lag lieber im Bett, las die Neuausgabe der Schriften von Friedrich Nietzsche und die jüngsten Veröffentlichungen des Wiener Seelenarztes Dr. Sigmund Freud.

Das fürstliche Honorar, das er von den Freimaurern für seinen letzten Fall kassiert hatte, schwand dahin. Seine Tante würde wohl oder übel demnächst wieder schlecht geschriebene Dissertationen gutsituierter Studenten redigieren oder besser gesagt neu schreiben und weiterhin Artikel für die Österreichische Illustrierte verfassen müssen. Dabei hatte sie gerade Wichtigeres zu tun. Ihre Mitstreiterinnen hatten sie beauftragt, eine mindestens zwanzig Seiten lange Kampfschrift für die Zulassung von Frauen an der Medizinischen Fakultät der Universität Wien zu verfassen. Vera von Karoly kämpfte seit Jahren für die Zulassung von Frauen zum

Universitätsstudium. 1897 hatten sie und ihre Freundinnen einen Teilerfolg erzielt. Damals wurden erstmals Frauen an der Philosophischen Fakultät angenommen. Nun ging es um die Eroberung des Medizinstudiums. Aus diesem unbezahlten Projekt würde nichts werden, wenn Gustav so weitermachte. Am liebsten hätte sie ihren Neffen zur Hölle geschickt.

Als sich Gustav von Karoly zu den Damen gesellte, verstummten die beiden Frauen.

Das Speisezimmer in der Wohnung der Karolys über den k.k. Hofstallungen war durch einen schweren Vorhang aus dunkelrotem Brokatstoff von der Küche getrennt. Man hörte Josefa hinter dem Vorhang mit Töpfen und Tassen hantieren.

Marie Luise starrte ihren Halbbruder entsetzt an.

„Du siehst verheerend aus. Hast du in letzter Zeit einmal in einen Spiegel geschaut?"

Gewöhnt an ihre direkte Art, war er nicht einmal gekränkt. Außerdem hat sie ja recht, dachte er, denn er schaute öfter in den Spiegel, als sie ahnte.

Seine schönen dunklen Augen lagen in tiefen Höhlen, die bläulich schimmernden Augenringe waren nicht zu übersehen, seine Haut war bleich, und er wirkte noch magerer als sonst.

Nachdem er sie auf die Wange geküsst hatte, nahm er Platz und starrte schweigend auf die Tischplatte.

Marie Luise zappelte auf der unbequemen Bank am Esstisch hin und her und bat ihn schließlich um eine Zigarette.

„Ich kann dir nur Zigarillos anbieten."

„Egal, ich benötige etwas zur Beruhigung. Haben Sie Baldrian im Haus?", fragte sie Vera.

Gustavs Tante schüttelte den Kopf. „Wie wäre es mit einem Kamillentee? Oder vielleicht ein Gläschen Cognac?"

„Ja bitte, Cognac wäre genau das Richtige", sagte Marie Luise.

Gustav erhob sich, weiterhin schweigend, und holte die Cognacflasche aus seinem Zimmer.

„Morgen werdet ihr es in den Zeitungen lesen. Der großartige italienische Tenor Salvatore Valentino hat auf der Bühne Selbstmord begangen, sich mit einem Dolch erstochen."

„Aha ...", murmelte Gustav.

„Natürlich hat er sich nicht selbst umgebracht. Der Dolch war zwar echt, aber kein Mensch glaubt, dass der Stich, den er sich zugefügt hat, tödlich war. Jemand anderer muss nachgeholfen haben. Und ich möchte, dass du herausfindest, wer es getan hat."

„Hm, wie soll ich das bitte machen?"

„Stell dich nicht so an, Gustav, du bist ein exzellenter Detektiv, das hast du mehrmals bewiesen. Du wirst es sicher schaffen, den Täter zu überführen. Ich komme für alle deine Ausgaben auf und bezahle dir ein fürstliches Honorar, wenn du diesen mysteriösen Fall aufklärst."

„Warum überlässt du das nicht der Polizei? Bei meinem Freund, dem Oberkommissär Rudi Kasper, ist der Fall bestimmt in besten Händen."

„Dein Freund verdächtigt Jakob Doma. Ich habe dir letztens von ihm erzählt. Er ist ein junger, aufstrebender Tenor aus Kroatien und sang den Hauptmann Cassio, den Otello verdächtigt, mit seiner Ehefrau Desdemona ein Verhältnis zu haben."

Gustav begann zu begreifen, warum seine Halbschwester seine Hilfe suchte.

Marie Luise hatte sich nach dem Schock, als sich ihr hochadeliger Verlobter als Frauenmörder von Schönbrunn entpuppte, entschieden, ledig zu bleiben. Seither unterstützte sie junge Künstler aus den verschiedensten künstlerischen Metiers, umgab sich mit Malern, Schriftstellern und jungen Sängern. Er vermutete seit längerem, dass sie diese nicht aus edlen und reinen Motiven förderte, sondern zumindest platonisch in den einen oder anderen verliebt war.

„Dein Schützling war also ein Rivale dieses italienischen Startenors?“

„Nein, so kann man das nicht sagen. Salvatore Valentino war ein hochqualifizierter Sänger von Weltrang. Nur so einer kann die Partie des Otello in Wien singen. Jakob steht erst am Anfang seiner Karriere, aber er beherrscht zum Beispiel das hohe C fast ebenso gut wie Salvatore, ist also am besten Wege, einer der größten Tenöre der Welt zu werden ... Und jetzt dieser Skandal!“

„Ich wäre zu gerne dabei gewesen“, sagte Vera.

„Salvatore Valentino war gestern fantastisch“, fuhr Marie Luise fort. „Er musste seine große Arie wegen heftigen Szenenapplauses sogar wiederholen. Jakob hat bestimmt Höllenqualen gelitten. Ich konnte von meiner Loge aus mit dem Opernglas sein verzerrtes Gesicht recht gut sehen. Selbst die Cerruti schien vor Neid zu platzen ...“

„Maria Cerruti? Ich liebe diese Sängerin!“, warf Gustav ein.

„Was Frauen betrifft, ist kein Verlass auf deinen Geschmack“, sagte Marie Luise. „Diese Primadonna ist ungemein eitel und hat angeblich ein Verhältnis mit ihrem Impresario. Theodore Kramer ist der wichtigste Theateragent in ganz Europa. Er ist ein hageres, unscheinbares Männchen, aber ungemein schlau und sehr erfolgreich. Ohne ihn hätte sie es nie geschafft, die Spitze zu erklimmen."

„Ich habe gehört, dass sie eine Affäre mit Salvatore Valentino hatte", warf Gustav ein.

„Ja, das stimmt. In letzter Zeit hatte sie nur mehr Augen für ihn. Wahrscheinlich hat sie gehofft, dass er mehr für sie tun könne als Kramer. Denn der schöne Valentino ist schließlich der Lieblingssänger der Amerikaner, hatte monatelang Engagements in Amerika, sang wochenlang an der MET. Du verstehst, was ich meine?"

Gustav zuckte mit den Schultern.

„Sie ist nicht mehr die Jüngste, geht auf die vierzig zu, sieht aber fantastisch aus. Zarte rothaarige und blasse Frauen erwecken bei jedem Mann Beschützerinstinkte ..."

„Sie haben von Ihrem Platz aus genau sehen können, was sich in der Schlussszene abgespielt hat?", unterbrach Vera, die sich für Tratsch und Klatsch nicht besonders interessierte, ihren Gast.

„Ja und nein. Otello hat sich wie üblich im Schlafgemach der Desdemona seinen Dolch ins Herz gestoßen. Sterbend hat er sich an die Liebe zu seiner Frau erinnert, die er aus Eifersucht erwürgt hatte. Anstatt zu singen, hat Otello zu röcheln begonnen. Cassio, also Jakob, war als Erster bei ihm. Da er dem Publikum seinen Rücken zugekehrt hat, habe ich seine Reaktion nicht genau sehen können. Erst als sich andere Mitwirkende auf den Tenor gestürzt haben und ein richtiger Tumult entstanden ist, habe ich begriffen, dass etwas nicht stimmte."

„Wer war zu diesem Zeitpunkt alles auf der Bühne?"

„Emilia, Desdemona, Jago und Cassio, wie gesagt. Ja, und der Souffleur war auch einer der ersten, der sich über Salvatore gebeugt hat. Er ist aus seinem Kabäuschen hervorgekrochen, als Jakob Salvatore zu Hilfe eilte. Die längst erwürgte Desdemona hat dann ‚Vorhang, Vorhang' gekreischt. Als der Vorhang endlich heruntergelassen wurde, ist verhaltener Applaus aus den hinteren Reihen und oberen Rängen erklungen. Die Leute schienen nicht mitbekommen zu haben, dass sich auf der Bühne gerade ein echtes Drama abgespielt hatte."

„Und Theodore Kramer?"

„Oh, den habe ich vergessen. Er ist hinter den Kulissen hervorgekommen, als der ganz Wirbel ausbrach. Mein Gott, Gustav, es war schrecklich! Der Verdacht fiel auf meinen armen Jakob, der sich ja als Erster um den verwundeten Otello gekümmert hatte. Er hat mir geschworen, dass er den Dolch nicht berührt hatte."

„Du hast Gelegenheit gehabt, mit ihm zu sprechen?", fragte Gustav.

„Ich war bei ihm, als die Polizei eingetroffen ist."

Gustav entkam ein Grinsen. Auch Vera konnte sich ein Lächeln nicht verkneifen.

Beide konnten sich lebhaft vorstellen, wie die temperamentvolle Marie Luise auf die Bühne gestürmt war und sich von keinem Bühnenarbeiter oder sonst jemandem abhalten hatte lassen, ihrem Schützling beizustehen.

„Ich habe Jakob so gut es ging getröstet und versprochen, ihm den besten Anwalt der Stadt zu besorgen. Der arme Junge war völlig aufgelöst. Alle sind über ihn hergefallen, selbst die Cerruti hat ihn beschuldigt. Es hat ein totales Chaos geherrscht, sowohl auf als auch hinter der Bühne. Jeder hat jeden angeschrien. Und irgendsoein Wichtigtuer hat es sogar gewagt, mich anzugreifen. Er hat meinen Arm gepackt und versucht, mich wegzubringen. Dem habe ich es gegeben! Erst dein Freund, Polizei-Oberkommissär Kasper, der bald darauf erschienen ist, hat mich dazu überreden können, die Oper zu verlassen."

„Rudi kann manchmal sehr überzeugend sein“, warf Vera von Karoly lächelnd ein.

„Du musst unbedingt mit ihm reden und ihm klarmachen, dass Jakob nicht der Täter ist“, sagte Marie Luise.

„Ja, ich glaube, das werde ich wohl müssen.“ Gustav sah seine Halbschwester belustigt an.

„Das ist nicht witzig, Gustav! Es handelt sich um eine echte Tragödie! Vera, ich bitte Sie, helfen Sie mir, bringen Sie meinen Bruder zur Vernunft. Dieser Fall wird großes Aufsehen erregen, nicht nur in Wien. Du könntest weltberühmt werden, wenn du ihn löst, lieber Gustav!“

„Ja, ja, ich habe es begriffen. Aber ich möchte vorher mit Rudi allein reden. Wenn es genügend Beweise gibt, dass dein Jakob Salvatore Valentino auf dem Gewissen hat, kann ich nichts für ihn tun. Ich bin kein Anwalt, sondern Privatdetektiv.“

„Von mir aus rede mit dem Polizei-Oberkommissär so lange, wie du willst. Ich kann dir allerdings jetzt schon sagen, dass er den falschen Mann verdächtigt. – Übrigens wohnen alle Sänger im Sacher. Ich bin dort heute Abend mit Jakob verabredet.“

„Ich dachte, Rudi hat ihn verhaftet?“

„Noch nicht, aber er wird ihn sicher festnehmen, wenn du ihm nicht beistehst. Würdest du heute Abend ins Sacher mitkommen? Nur, um Jakob kennenzulernen. Vielleicht würde sich dabei das eine oder andere Gespräch mit den übrigen Mitwirkenden ergeben. Ich bin überzeugt, du könntest bei derlei informellen Gesprächen viel mehr in Erfahrung bringen als die Polizei mit ihren derben Verhörmethoden.“

Vera von Karoly, die an ihre verheerende finanzielle Situation dachte, warf Gustav einen auffordernden Blick zu.

Geplagt von schlechtem Gewissen wegen seiner wochenlangen Untätigkeit, willigte er schließlich ein, den Fall zu übernehmen.

Marie Luise sprang auf, umarmte ihren Halbbruder, verabschiedete sich höflich von seiner Tante und winkte Josefa leutselig zu.

Sie verließ die k.k. Hofstallungen genauso stürmisch, wie sie sie betreten hatte.

„Was soll ich bloß tun?“ Gustav sah seine Tante leicht verzweifelt an.

„Polizei-Oberkommissär Rudi Kasper aufsuchen“, sagte sie.

2. Gustav trifft sich mit Polizei-Oberkommissär Rudi Kasper

Gustav von Karoly nahm einen Fiaker zur Polizeidirektion am Schottenring.

Er hoffte, seinen besten Freund aus Jugendtagen, Polizei-Oberkommissär Rudi Kasper, in seinem Büro anzutreffen.

Wie immer, wenn er Rudi in diesen kalten, furchterregenden Gemäuern besuchte, kam er sich vor wie ein armer Delinquent. Er wies sich beim Portier unten aus und schlich mit gesenktem Haupt die breite Treppe hinauf in den ersten Stock, in dem sich Rudis Büro befand.

Die beiden Freunde hielten sich nicht lange mit Höflichkeitsfloskeln auf. „Habe ich es mir doch gedacht, dass du heute antanzen wirst, nachdem ich dein Schwesterherz gestern Abend mit Müh und Not aus der Hofoper entfernen habe können. Hat sie sich über mich beklagt?“

„Keineswegs. Sie macht sich nur große Sorgen um ihren Schützling Jakob Doma."

„Zu Recht! Er ist tatsächlich unser Hauptverdächtiger im Mordfall Salvatore Valentino. Wir behalten auch Maria Cerruti im Auge. Sie hat die Desdemona gesungen und seit kurzem ein Verhältnis mit Valentino gehabt. Früher war sie mit Jakob Doma zusammen. Eine der üblichen Dreiecksgeschichten, Mord aus Eifersucht, vermutlich. Wahrscheinlich werden wir diesen Fall rasch aufklären."

„Ich hoffe, du irrst dich nicht."

Gustavs Grinsen schien Rudi zu ärgern.

„Halt dich da raus, Gustl. Du bist nicht in bester Form, kugelst seit Wochen im Bett herum. Willst du jetzt auf einmal wieder den großen Detektiv spielen, um deiner vornehmen Verwandtschaft zu beweisen, dass du ihrer würdig bist?"

„Das Psychologisieren solltest du mir überlassen. Du hältst doch nichts von der neuen Methode des Doktor Freud ..."

„Touché", sagte Rudi lachend und bot Gustav einen Kaffee an.

Gustav sagte nicht Nein.

„Erzähl, was du bisher herausgefunden hast", bat er seinen Freund.

„Statt eines Theaterdolchs hat sich der angeblich sehr temperamentvolle Salvatore Valentino einen echten Dolch ins Herz gestoßen. An dieser Wunde wäre er nicht gestorben, hat der Gerichtsmediziner Prof. Dr. Abendrot gemeint. Jemand muss also ein zweites Mal mit voller Wucht zugestochen haben. Wir verwenden, wie du weißt, die neuesten Methoden, die von Scotland Yard entwickelt wurden. Mit Hilfe dieser Daktyloskopie, einem Fingerabdruckverfahren, kann man anhand der Papillarkörper der Haut die Identität von Personen eindeutig feststellen."

„Fantastisch! Dann werdet ihr den Mörder ja bald überführen können."

„Ganz so einfach wird es nicht werden. Aufgrund von Zeugenaussagen wissen wir, dass fast alle Verdächtigen den Dolch zumindest berührt haben. Es werden sich demnach jede Menge Fingerabdrücke auf der Waffe befinden. Auch die von der berühmten Cerruti."

„Oh mein Gott", rief Gustav aus.

„Deswegen muss sie ja nicht die Mörderin sein. Sie hat beteuert, dass sie den Dolch aus seinem Herzen ziehen wollte. Und der Souffleur hat gesagt, dass er ihr zu Hilfe gekommen sei."

„Warum sollte ausgerechnet ein Souffleur Salvatore den Todesstoß versetzt haben? Er hat bestimmt am allerwenigsten Grund gehabt, den berühmten Mann umzubringen."

„Es ist zu früh, um all die verwirrenden Beziehungen zwischen den Akteuren zu durchschauen."

„Also ein sehr komplizierter Fall", murmelte Gustav.

„Was hast du gesagt?"

„Nichts, ich führe in letzter Zeit öfter Selbstgespräche."

„Du weißt, wohin das führen kann."

„Zu meiner geliebten Dorothea. Wenn sie mich schon als Mann nicht will, als Patient wird mich die zukünftige Frau Doktor sicher nicht abweisen."

„Hör auf zu spinnen, Gustl, sonst lass ich dich gleich einliefern."

Sehr nachdenklich verließ Gustav von Karoly kurz darauf die Polizeidirektion und schlenderte quer durch die Wiener Innenstadt Richtung k.k. Hofstallungen.

Es war ein herrlicher Frühlingstag. Die Vögel zwitscherten, und am Straßenrand streckten die ersten Frühlingsblumen neugierig ihre Köpfe aus dem kalten Boden.

Gustav nahm weder das Vogelgezwitscher noch die Schneeglöckchen wahr. Er dachte über Rudis Worte nach. Bald schweiften seine Gedanken ab zu seiner Halbschwester Marie Luise und seinem Vater Graf Batheny.

Gustav haderte nach wie vor mit seinem Schicksal als illegitimer Sohn des Grafen. Er mochte seine jüngere Halbschwester, gestand sich aber ein, dass er eifersüchtig auf sie war. Er hatte auch eine zweite Halbschwester. Diese lebte mit ihrer Familie in Bad Ischl und Gustav kannte sie kaum. Wenn mein Vater damals meine Mutter geheiratet hätte, als sie mit mir schwanger war, hätte ich keine Schwestern, dachte er, sondern wäre der einzig geliebte Sohn meines Vaters. Und meine Mutter wäre vielleicht auch nicht krank geworden, und Vera und ich hätten uns nicht all die Jahre so abplagen müssen, um unseren Lebensunterhalt zu bestreiten.

Gustavs Großvater, Albert von Karoly, war Stallübergeher beim Kaiser gewesen und solange er lebte, hatte es der Familie Karoly an nichts gemangelt. Außerdem hatte seine Mutter Gisela als Operettensängerin ein fixes Engagement im Theater an der Wien gehabt und ebenfalls gut verdient. Nach dem Tod von Albert von Karoly war es rasch bergab gegangen. Giselle, wie sie genannt wurde, erkrankte ein paar Jahre danach an Brustkrebs. Obwohl Graf Batheny seine kranke Geliebte finanziell unterstützte, ging der Rest des Vermögens der Karolys für Behandlungen und Medikamente drauf. Weder Giselle noch ihre jüngere Schwester Vera und schon gar nicht Gustav hatten je Sparen gelernt. Sie lebten alle drei über ihre Verhältnisse. Als kein Geld mehr da war, versetzten sie fast all ihren beweglichen Besitz im Pfandl. Erst als der letzte Pelzmantel und das letzte Goldkollier seiner Mutter unter den Hammer gewandert waren, mussten Vera und Gustav sich nach Arbeit umsehen.

Veras Artikel für diverse Zeitschriften brachten nicht viel ein. Die Dissertationen, die sie für faule oder unfähige Studenten schrieb, waren lukrativer. Doch erst, als Gustav Honorare als Privatdetektiv heimbrachte, konnten sie sich wieder einen ihrem Stand halbwegs angemessenen Lebensstil leisten. Deshalb war ihm klar, dass er sich nicht länger der Schwermut hingeben konnte. Er musste den Auftrag seiner Halbschwester, den Mörder von Salvatore Valentino zu finden, übernehmen, obwohl er es mehr als peinlich fand, von Marie Luise bezahlt zu werden. Andererseits war Marie Luises Geld ja eigentlich das Geld ihres gemeinsamen Vaters. Und Gustav hatte sowieso nie ganz verstanden, warum sich seine Tante so sehr dagegen gewehrt hatte, nach Giselles Tod finanzielle Hilfe von Graf Batheny anzunehmen. Schließlich war Gustav sein einziger Sohn. Zudem hatte der Graf ihm letzte Weihnachten versprochen, ihn demnächst anzuerkennen und ihm den Grafentitel zu vererben.

3. Ein wenig vergnüglicher Abend im Hotel Sacher

Als Gustav, Marie Luise und Rudi am Abend im Hotel Sacher hinter der Hofoper eintrafen, waren bereits alle Verdächtigen im Speisesaal versammelt.

Marie Luise war nicht gerade erfreut darüber, dass ihr Bruder seinen Freund mitgebracht hatte. Doch Gustav hatte auf der Anwesenheit des Polizei-Oberkommissärs bestanden.

Rudi hielt sich im Hintergrund, ließ Gustav Konversation mit den Künstlern betreiben und sprach kräftig dem ausgezeichneten Weißwein zu. Hin und wieder drückte er durch ein Nicken oder Augenzwinkern sein stillschweigendes Einverständnis mit den Fragen seines Freundes aus.

Zwischen den beiden saß Alma Lang, die zweite Sopranistin und beste Freundin von Maria Cerruti. Gustav fand sie durchaus attraktiv, schielte dennoch öfter hinüber zu Maria Cerruti, die ihm schräg gegenübersaß.

Alma Lang war witzig und sehr charmant. Sie begann bald nicht nur mit Rudi zu schäkern, sondern warf auch Gustav freundliche Blicke zu und bemühte sich, ihn in eine Konversation zu verwickeln. Erst, als sie Rudi gegenüber so nebenbei bemerkte, dass wohl Jakob Doma seine geliebte Maria nach Salvatores Tod wieder zurückzugewinnen könne, schenkte ihr Gustav etwas mehr Aufmerksamkeit.

Jakob saß zwischen Marie Luise und Maria Cerruti. Er redete die ganze Zeit auf Marie Luise ein. Gustav hatte jedenfalls nicht den Eindruck, dass er sich um die Cerruti besonders bemühte.

Neben Maria Cerruti saß der große Impresario. Zwar war er nicht groß, sondern eher klein gewachsen, galt jedoch momentan als renommiertester Impresario der ganzen Opernwelt, das hatte Gustav in der Neuen Freien Presse gelesen.

Theodore Kramer hatte langes graues Haar, ein hageres Gesicht und eine richtige Adlernase. Laut Marie Luise verdankten Maria Cerruti, der verstorbene Salvatore Valentino sowie Jakob einzig und allein diesem Mann ihre Karriere.

Gustav fand ihn weniger beeindruckend. Theodore Kramer sah weder gut aus noch wirkte er besonders eloquent, im Gegenteil, er war eher still und unauffällig. Gustav konnte sich nicht vorstellen, dass die wunderschöne Cerruti mit diesem unscheinbaren Männchen ein Verhältnis hatte oder gehabt hatte.

Er überließ Alma seinem Freund Rudi und hörte den Sängern, die ihm gegenübersaßen, zu.

Jakob Doma schien sehr aufgeregt zu sein, er redete ununterbrochen. Schließlich wandte er sich direkt an den Polizei-Oberkommissär und erteilte ihm gute Ratschläge, was die Ermittlungen betraf. Jakob hatte sich anscheinend Gedanken gemacht, wer der Täter gewesen sein könnte und behauptete, dass fast alle in dem Wirbel Gelegenheit gehabt hatten, Salvatore den Todesstoß zu versetzen.

„Es ist alles so schnell gegangen, und es war ziemlich finster auf der Bühne. Der Vorhang ist sofort heruntergelassen worden …“

Gustav begann sich zu amüsieren, als er Rudis Gesichtsausdruck sah. Rudi konnte es absolut nicht leiden, wenn ihm jemand sagte, was er zu tun habe. Er wusste selbst am besten, welche Vorgangsweise die effizienteste war. Bevor Rudi den feurigen Kroaten in die Schranken wies, wurde es am Ende der langen Tafel unangenehm laut. Der Souffleur Bruno Penzo hatte begonnen, über den jüdischen Hofoperndirektor Gustav Mahler herzuziehen, behauptete, dieser hätte die Ermittlungen der Polizei vor Ort behindert.

Theodore Kramer widersprach ihm vehement.

Bruno Penzo ignorierte seine Worte und fuhr mit seinen antisemitischen Äußerungen fort, wechselte vom Deutschen ins Italienische, anscheinend beherrschte er beide Sprachen perfekt, soweit Gustav das beurteilen konnte.

Alma Lang flüsterte ihm ins Ohr, dass Bruno einen italienischen Vater und eine österreichische Mutter habe.

Theodore Kramer bereitete den Schimpftiraden schließlich ein Ende. „Gehen Sie nach Hause, Bruno, und schlafen Sie Ihren Rausch aus", herrschte er den Souffleur an. „Salvatore hat Recht gehabt, Sie gehören nicht hierher. Ich werde dafür sorgen, dass Salvatores Wunsch, Sie aus der Wiener Hofoper zu entfernen, posthum erfüllt wird. Sie können sich jetzt schon um eine neue Stelle umsehen!"

Überrascht über die energischen Worte des sonst so stillen Mannes, blickte Gustav Alma an.

„Theodore ist ein mächtiger Mann", sagte sie lächelnd.

Der Hauptgang wurde serviert: Tafelspitz mit Semmelkren und Apfelmus.

Bruno Penzo verließ den Speisesaal des Hotel Sacher mit gesenktem Haupt und hängenden Schultern.

Zu fortgeschrittener Stunde ließ sich Gustav von Alma Lang in ein Gespräch verwickeln.

Sie erwähnte beiläufig, dass sie mit Salvatore Valentino zusammen gewesen sei, und beteuerte, dass sie kein Problem damit gehabt habe, als er und Maria sich ineinander verliebten, denn ihre Beziehung mit Salvatore wäre damals bereits ziemlich am Ende gewesen.

„Für Jakob war es viel schwieriger als für mich zu akzeptieren, dass Maria und Salvatore ein Paar wurden. Er liebt sie noch immer, fürchte ich."

„War Maria Cerruti in den letzten Jahren nicht mit Theodore Kramer zusammen?"

Alma lachte. Der kleine Spalt zwischen ihren oberen Eckzähnen ließ sie sehr kindlich aussehen.

„Theodore und Maria – das ist ein eigenes Kapitel. Er hat sie geliebt, und sie hat ihn benützt. Was hat sich dieses kleine hässliche Männchen erwartet? Dass ihn meine schöne Freundin ehrlich und aufrichtig liebt?“, kicherte sie. „Selbstverständlich ist er für uns alle als Impresario überaus wichtig. Verstehen Sie mich also nicht falsch, auch ich bin ihm überaus dankbar, dass er mich unter Vertrag genommen hat, aber als Mann, oder besser gesagt als Liebhaber, ist er völlig uninteressant“, sagte sie kichernd. Ihre grünen Augen waren stark gerötet. Sie schien etwas beschwipst zu sein.

Gustav und Rudi verließen die illustre Gesellschaft gleich nach dem Dessert. Gemeinsam schlenderten sie die Ringstraße entlang, Richtung k.k. Hofstallungen.

4. Der Abend nimmt ein böses Ende

„Endlich kann man wieder durchatmen“, sagte Gustav. „Der Winter hat heuer viel zu lang gedauert.“

„Wie Herr Graf meinen“, spöttelte Rudi. „Aber ich muss zugeben, mit einem zukünftigen Grafen reden solche Leute halt lieber als mit einem einfachen Polizei-Oberkommissär. Aber sie lügen alle wie gedruckt. Ich bin überzeugt davon, dass jeder von diesen grandiosen Opernsängern Dreck am Stecken hat. Am liebsten würde ich sie alle einsperren lassen.“ –

„Die Wiener würden dich lynchen.“

„Ich hab die Theaterbesessenheit unserer Leute nie verstanden. Glaubst du, dass sie anderswo diese Opernsänger und Schauspieler ebenso fanatisch verehren wie bei uns in Wien?“

Gustav schüttelte den Kopf. „Du hast schon recht, die Begeisterung grenzt an Götzenanbetung.“

„Im Grunde sind diese Künstler arme Schweine. Sie sind ständig auf der Suche nach einflussreichen und finanziell potenten Mäzenen. Oder glaubst du im Ernst, dass zum Beispiel Jakob Doma aufrichtig in deine Schwester verliebt ist?“

„Nein, natürlich nicht.“

„Die Comtesse würde alles für ihn tun?“

„Keine Ahnung, vielleicht, vielleicht auch nicht, da musst du sie selber fragen.“

„Dabei sind Tenöre doch keine gestandenen Mannsbilder. Aussehen tun sie meisten, als wären sie vom anderen Ufer. Und wie die sich anziehen, echt komisch. Hast du den einen mit der roten Hose gesehen, der den Souffleur in die Wüste geschickt hat?“

„Du meinst Theodore Kramer? Das ist kein Sänger, sondern ein Impresario. Und seine Hose war dunkelrot, beinahe schwarz, wenn ich mich richtig erinnere.“

„Na ja, ist halt ein Itaker.“

„Hast du was gegen die Italiener?“

„Nein, ich bitte dich, woher denn! Sie sind anders als wir ...“

„Lebenslustiger und charmanter, nicht wahr, du alter Griesgram?“ Gustav boxte seinen Freund in die Seite.

„Aua! Spinnst du? Wenn du boxen willst, tob dich im Club aus.“

Gustav hatte in dem einen Jahr, das er an der London School of Economics verbracht hatte, Boxen gelernt und diesen Sport nach seiner Rückkehr in die Kaiserstadt nicht aufgegeben. Rudi hatte ihn zum Polizeisportverein gebracht, und dort boxte er nun einmal in der Woche gegen seinen Freund oder andere Polizeibeamte seiner Gewichtsklasse.

In letzter Zeit hatte er sich jedoch kaum blicken lassen. Er hatte sich auf seine angeschlagene Gesundheit herausgeredet, dabei hatte es ihm einfach an Animo gefehlt.

„Morgen schau ich in der Halle vorbei."

„Ich nehm dich beim Wort. Nicht, dass du mich versetzt, so wie letzte Woche."

„Versprochen! Es wird Zeit, dass ich wieder in Form komme."

„Das glaube ich auch", murmelte Rudi kaum hörbar.

„Was hast du gesagt?"

„Nichts, nichts. – Sag mal, glaubst du, diese Diven sind wirklich so freizügig, wie es heute den Anschein gehabt hat?"

„Man sagt ihnen zumindest nach, dass sie häufig ihre Partner wechseln, aber ich bin in dieser Hinsicht vorbelastet, wie du weißt."

„Tut mir leid. Ich habe nicht an deine Frau Mama gedacht."

„Schwamm drüber. Außerdem ist ja was dran an dem Getratsche."

„Dieses Theater- und Opernvolk führt jedenfalls einen etwas unsteteren Lebenswandel als ihr Publikum und wird vielleicht deshalb so von den Leuten beneidet und gleichzeitig angehimmelt."

„Wer weiß, ob das überhaupt stimmt, wenn ich daran denke, was ich gerade in den Schriften von diesem Seelenarzt Doktor Freud gelesen habe ..."

„Kein Wunder, dass du so trübsinnig bist. Was liest du denn immer so ein makabres Zeug."

„Von wegen makaber. Du solltest ihn auch einmal lesen. Man erfährt viel über sich selbst und lernt seine Mitmenschen besser verstehen ..."

„Erzähl mir das ein anderes Mal. Ich interessiere mich momentan mehr für die großen Sänger."

„Eher für die Sängerinnen, nehme ich an.“

Einerseits freute sich Rudi, seinen Freund heute ausnahmsweise bei halbwegs guter Laune zu sehen, andererseits gingen ihm Gustavs ironische Bemerkungen ein bisschen auf die Nerven.

„Maria Cerruti scheint mir beileibe kein Unschuldslamm zu sein.“

„Traust du ihr einen Mord zu?“

„Ich traue jedem einen Mord zu. Deine Schwester Marie Luise hat angedeutet, dass Salvatore Valentino aus Eifersucht umgebracht worden sein könnte. Angeblich war er ein richtiger Gigolo.“

„Mag sein, aber wer bringt schon einen Gigolo um? Du hast vorhin selbst gesagt, dass diese Künstler einen freieren Umgang miteinander pflegen.“

„Fest steht jedenfalls, dass die Cerruti ihrer Freundin Alma den großen Tenor ausgespannt hat.“

„Das würde bedeuten, dass Alma Salvatore auf dem Gewissen hat?“

„Nicht unbedingt, denn Alma Lang scheint mir eine leichtfertige Person zu sein. Ein Verbrechen aus Leidenschaft traue ich ihr eigentlich nicht zu. Der Kroate ist und bleibt mein Hauptverdächtiger. Er hatte gleich mehrere Gründe, auf Salvatore eifersüchtig zu sein. Nicht nur wegen seiner Liebe zu Maria, sondern auch, weil Salvatore immer die Hauptrollen bekommen hat und er mit seinen achtunddreißig Jahren nach wie vor in seinem Schatten gestanden ist.“

„Hattest du heute Abend den Eindruck, dass er die Cerruti immer noch liebt?“, fragte Gustav.

„Das war nicht zu übersehen. Allein, wie er sie die ganze Zeit angesehen hat. Allerdings ist mir aufgefallen, dass die Cerruti ihn eher wie einen kleinen Bruder behandelt“, sagte Rudi.

„Das erinnert mich an Dorothea. Obwohl sie viele Jahre jünger ist als ich, fühle ich mich in ihrer Gegenwart oft wie ein dummer kleiner Bub."

„Ich weiß, was du meinst. So geht es mir ständig in Gegenwart deiner Tante", sagte Rudi.

„Vera ist aber einige Jahre älter als du. Genaugenommen zwölf Jahre, oder?"

„Na und?", fauchte Rudi seinen Freund an. „Was hat außerdem deine Tante mit diesem ganzen Pallawatsch zu tun?"

Gustav erinnerte seinen Freund lieber nicht daran, dass er Vera ins Spiel gebracht hatte, und fuhr fort: „Übrigens springt auch Marie Luise mit Jakob Doma um, als wäre er ihr Kind. Und sie ist fast zehn Jahre jünger als er."

„So sind sie eben, die Frauen", murmelte Rudi.

Sie trennten sich beim Seiteneingang der k.k. Hofstallungen voneinander.

Rudi wollte in ein zwielichtiges Etablissement am Spittelberg. Gustav gab vor, todmüde zu sein. Was nicht stimmte, im Gegenteil, er wollte nicht nach Hause, hatte aber weder Lust auf Bierhäuslmenscher noch auf schlechten Wein in den düsteren, schmutzigen Schenken dort.

Nachdem sein Freund in die Burggasse eingebogen war, spazierte Gustav hinüber in den Volksgarten.

Die große Baustelle der Neuen Burg erschien ihm im Mondlicht richtiggehend bedrohlich. Es war beinahe Vollmond. Die hellen, riesigen Mauerwerke, die in den dunklen Himmel ragten, sahen gespenstisch aus.

Er genoss die erfrischende Frühlingsluft und dachte über die zahlreiche Gespräche mit den Sängern im Hotel Sacher nach.

Eigentlich hatte er fast alle Verdächtigen sympathisch gefunden. Er traute weder einem der Sänger noch dem Impresario oder gar den beiden Sopranistinnen zu, Salvatore Valentino ermordet zu haben.

Außer ihm war keine Menschenseele unterwegs. Plötzlich fühlte er sich jedoch nicht mehr allein. Knirschender Kies, ein leises Lüftchen in den fast blätterlosen Baumwipfeln, dann wieder Stille. Er blickte sich um. Unter den Bäumen war es ziemlich finster. Das Licht der Gaslaternen am Ring drang kaum bis in den Park.

Als der Theseustempel vor ihm auftauchte, zündete er sich ein Zigarillo an und schritt langsam auf den Tempel zu. Er hörte weder Schritte noch sonst einen Laut, spürte nur, dass jemand hinter ihm war.

Blitzschnell drehte er sich um.

Eine Faust traf ihn mitten im Gesicht. Er geriet ins Taumeln, hatte alle Mühe, nicht zu stürzen. Als er eine Hand in seinem Hosensack spürte, wollte er nach dem Arm des Diebes greifen, war aber zu langsam. Die kleine, dunkle Gestalt verschwand bereits hinter den Säulen des Tempels.

In seinem Portemonnaie hatte sich kaum Geld befunden. Er verzichtete darauf, den Taschendieb zu verfolgen. Fluchend ging er nach Hause.

5. Gustav und Rudi vergnügen sich

Rudi und Gustav trafen sich am nächsten Tag um achtzehn Uhr in der Boxhalle der Polizeikaserne in der Nähe vom Stubenring.

Gustav erzählte seinem Freund von dem Taschendieb.

Rudi zeigte wenig Mitgefühl. „Bist selber schuld, was musst du auch abends im Park herumschleichen. Jedermann weiß, dass sich dort in der Nacht nur Obdachlose und andere arme Schweine herumtreiben."

„War eh nicht viel drin. Um das Portemonnaie ist mir leid, das hat mir Vera letztes Jahr zu Weihnachten geschenkt."

„Deine Tante verwöhnt dich viel zu sehr."

„Bist leicht eifersüchtig?", scherzte Gustav und freute sich, dass Rudi bei seinen Worten errötete.

„Josefa hat heute früh, als sie meinen Anzug ausgebürstet hat, einen Zettel in meiner Hosentasche gefunden, auf dem stand: ‚Misch dich nicht in Sachen ein, die dich nichts angehen!' – Also eindeutig eine Warnung. Oder würdest du das anders interpretieren?"

„Du glaubst, dass dir der kleine Gauner diesen Zettel zugesteckt hat?"

„Möglicherweise hat ihn jemand angeheuert, mich zu überfallen? Im Prinzip könnte mir gestern Abend im Sacher aber jeder den Zettel in die Hose gesteckt haben."

„Hast du den Wisch noch?"

„Natürlich."

„Gib ihn mir. Es sind bestimmt Fingerabdrücke drauf."

„Sei mir nicht böse, Rudi, deine Begeisterung für diesen Mister Galton und seine neue Methode, Menschen anhand ihrer Fingerabdrücke zu klassifizieren oder besser gesagt zu identifizieren, ist mir nicht ganz geheuer. Ich habe mich inzwischen schlaugemacht. Galton scheint ein Reaktionär und Rassist zu sein."

„Mag sein, doch seine Methode ist grandios und bringt uns bei unserer Arbeit wirklich weiter. – Lass uns endlich trainieren. Deswegen sind wir ja hier, oder?"

Sie machten eine halbe Stunde lang Krafttraining, gefolgt von zehnminütigem Seilspringen. Danach war Gustav völlig k.o. Rudi forderte ihn trotzdem zu einem Kampf heraus. Sie brachten dasselbe Gewicht auf die Waage, allerdings war Rudi um zehn Zentimeter kleiner als sein Freund.

Rudi ging den Kampf sehr aggressiv an, schlug mit seiner Rechten wild auf Gustav ein. Geschickt wich dieser den Schlägen aus und erwischte Rudi irgendwann mit seiner linken Faust voll am Kinn. Rudi taumelte und wäre fast zu Boden gegangen, rappelte sich in letzter Sekunde und nur, weil Gustav nicht ein zweites Mal zuschlug, wieder auf. Der Volltreffer hatte Rudi wütend gemacht. Er neigte zu Jähzorn und hieb nun mit beiden Fäusten auf seinen Freund ein.

Der Trainer schimpfte Rudi aus, als er Gustav unter der Gürtellinie traf und dieser vor Schmerz aufschrie.

Nach drei Runden beendeten sie ihren Kampf.

„Unentschieden“, fauchte der Trainer und schaute den Polizei-Oberkommissär streng an. „Entschuldigen Sie sich gefälligst für Ihre unfairen Schläge.“

Rudi dachte nicht im Traum daran, sich zu entschuldigen, umarmte aber seinen Freund und klopfte ihm auf die Schulter. „Nichts für ungut. Du bist ziemlich in Form!“

Gustav ließ das als Entschuldigung gelten.

Als Rudi ihn anschließend einlud, mit ihm in ein Musiklokal zu gehen, sagte er nicht Nein.

Rudi wollte unbedingt in den Prater, um sich dort aufheitern lassen. Er war nach wie vor sauer, weil er den Mordfall in der Hofoper nicht auf Anhieb hatte lösen können.

Am Vormittag hatte er alle Sänger in die Polizeidirektion bestellt und einzeln einvernommen, hatte aber keinem von ihnen beweisen können, den neuen Star am Opernhimmel auf dem Gewissen zu haben. Entweder hatten sie ein Alibi oder kamen aus anderen Gründen nicht in Frage, so wie der schwer verdächtige Jakob Doma, dessen Fingerabdrücke sich nicht auf dem Dolch befunden hatten.

„Im Prater triffst du lauter Tschechen. Die ganzen Ziegelböhm und Maltaweiber hauen dort ihren Lohn auf den Kopf. Ich habe nichts gegen Tschechen, meine Josefa stammt auch aus Böhmen, aber so viele auf einen Haufen ertrage ich nicht."

„Alter Snob!", murmelte Rudi.

„Lass uns in eine Singspielhalle gehen."

„Oh là, là, da schau her, ist dem Herrn Grafen etwa nach weiblicher Begleitung zumute?"

„Nein, nein, ich hab nur gedacht, dass dich nette weibliche Gesellschaft etwas aufmuntern würde", sagte Gustav.

„Von mir aus bleiben wir in der Stadt. – Warte mal, ich weiß, wo wir hingehen. Den Kristallpalast kennst du sicher nicht. Er wurde erst vor ein paar Wochen eröffnet – als du im Bett gelegen bist."

„Danke, dass du mich an meine Melancholie erinnerst."

Vor dem Kristallpalast standen Dutzende Männer in der Schlange. Rudi und Gustav mussten sich nicht hinten anstellen, sondern wurden von dem Türsteher nach vorne gewinkt. Rudi schaffte es sogar, einen Tisch zu kriegen, obwohl das Lokal brechend voll war. Der Polizei-Oberkommissär war in solchen Etablissements eben bekannt wie ein bunter Hund.

Das neue Varieté wurde seinem Namen gerecht. Prächtige Kristalllüster hingen von der Decke. Die kleinen elektrischen Birnen funkelten hundertfach in den mit Spiegeln verzierten Wänden. Die Getränke wurden in böhmischen Kristallgläsern gereicht, und die Bar gegenüber der Bühne erinnerte an eine Eishöhle. Dicke Kristallzapfen hingen von der ebenfalls mit Spiegeln verkleideten Theke herunter.

Da weder Gustav noch Rudi nach Champagner zumute war, bestanden sie darauf, dass der Kellner die beiden vollen Champagnergläser, die er ihnen als kleinen Gruß des Hauses serviert hatte, wieder mitnahm und ihnen anstatt dessen zwei Bier brachte.

Sie blieben nicht lange allein. Kaum hatten sie einen Schluck vom Bier genommen, näherten sich ihrem Tisch zwei junge, leicht bekleidete Frauen.

Mit einem äußerst charmanten Lächeln bat Gustav die beiden stark geschminkten Mädels, ihn und seinen Freund allein zu lassen.

„Was hat dir denn an denen nicht gepasst? Die eine hatte großartige Brüste. Auf sowas stehst du doch normalerweise."

„Wie oft soll ich dir noch erklären, dass ich mit Prostituierten nichts am Hut habe. Da rührt sich nichts bei mir."

„Das sind keine Nutten! Der Kristallpalast ist ein renommiertes Varieté-Theater."

„Und ich bin Dschingis Khan. Ach komm, Rudi, lass uns das Programm genießen, und wenn du nachher unbedingt eine abschleppen willst, tu das, aber lass mich aus dem Kraut."

„Du irrst dich, Gustav, die Mädels hier sind lauter Künstlerinnen."

„Die da vorne, zum Beispiel", Gustav deutete auf eine dunkelhäutige, katzenartig geschminkte und leicht bekleidete Frau auf der Bühne, deren Bewegungen ihn an eine Schlange erinnerten.

„Ja, genau. Das ist Maya, eine echte Indianerin aus Südamerika. Ihr Schlangentanz ist momentan Stadtgespräch."

„Das glaube ich gerne. Außerordentlich eindrucksvoll." Gustav, der seit neuestem manchmal ein Monokel an seiner Weste hängen hatte, betrachtete die Tänzerin durch das Glas.

„Was ist denn das für ein neuer Spleen von dir?" Rudi deutete auf das Monokel.

„Hat mir mein Vater geschenkt. Ich sehe auf dem rechten Augen nicht mehr so gut."

„Sei nicht so affektiert. Das passt nicht zu dir, alter Freund", sagte Rudi.

Gustav trank zu schnell. Er war enttäuscht. Eigentlich hatte er mit seinem Freund über den Mord in der Oper reden wollen, aber Rudi schien nichts anderes im Kopf zu haben als erotische Ausschweifungen.

Bald saßen doch zwei Mädchen an ihrem Tisch. Rudi kümmerte sich um beide, während Gustav auf die Bühne starrte. Er bekam von dem abwechslungsreichen Programm kaum etwas mit. Weder Zauberer noch A-Capella-Chöre, ja nicht einmal den hübschen Cancan-Tänzerinnen gelang es, seine Aufmerksamkeit zu fesseln.

Er hatte sich schon öfters gefragt, warum ihn leichte Mädchen nicht reizten. War es nur die Angst vor Ansteckung mit dieser schrecklichen Krankheit? Bei den wenigen Versuchen, sich mit solchen Frauenzimmern zu vergnügen, hatte ihn sein Körper jedes Mal schmählich im Stich gelassen.

Lautes Stöhnen ließ ihn aufschrecken.

Irritiert sah Gustav zu, wie sein Freund mit geschlossenen Augen und offenem Mund die Brüste des einen Mädchens streichelte. Wo war die andere abgeblieben? Er entdeckte sie schließlich unter dem Tisch. Sie machte sich an Rudis Hosenknöpfen zu schaffen.

Gustav erhob sich schwankend und verließ, Rudis Rufe ignorierend, in bemüht aufrechter Haltung den Kristallpalast.

Die frische Luft bekam ihm nicht besonders gut. An der nächsten Straßenecke lehnte er sich an einen Laternenpfahl und zündete sich ein Zigarillo an. Das hätte er besser nicht getan, denn nun kam der Inhalt seines Magens hoch.

6. Die Bathenys

Gustav trank im Café Schwarzenberg seinen zweiten Mocca und blätterte die Morgenzeitungen durch, als Marie Luise in das Lokal stürzte.

Ihr Auftritt erregte großes Aufsehen. Normalerweise betraten Damen ihrer hochwohlgeborenen Herkunft kein Kaffeehaus.

„Dein Freund Rudi hat heute Jakob verhaften lassen!“ Ihr kräftiges Organ hallte durch das elegante Café. Einige der ausschließlich männlichen Gäste blickten sie vorwurfsvoll an, andere versteckten sich hinter ihren Zeitungen.

Die Comtesse Batheny setzte sich gern über Konventionen hinweg. Als ehemalige Hofdame von Kaiserin Elisabeth war sie davon überzeugt, sich fast alles erlauben zu können.

„Jakob hat den Dolch nicht angefasst, das hat er uns gegenüber mehrmals beteuert“, fuhr Marie Luise lautstark fort.

„Möchtest du nicht Platz nehmen? Darf ich dir etwas bestellen?“, fragte Gustav seine Halbschwester.

„Nein danke, ich wollte dich nur abholen. Vera hat mir gesagt, dass ich dich hier finden werde. Du musst mit mir zur Polizei gehen. Wir müssen Jakob aus dem Gefängnis holen."

„Bitte beruhige dich, Marie Luise."

Sie versicherte ihm erneut, dass Jakob Doma kein Mörder sei.

Da ihm das laute Gerede seiner Halbschwester in seinem Stammcafé peinlich war, willigte Gustav rasch ein, mit ihr zur Polizei zu gehen.

Marie Luise war in der Kutsche ihres Vaters gekommen, der seit kurzem ein Automobil besaß. Sie hieß den Kutscher, direkt vor der Polizeidirektion anzuhalten. Bevor ihr Gustav den Schlag öffnen konnte, sprang sie aus dem Wagen und eilte mit wehenden Rockschößen zum Eingang.

Einige vor dem Tor stehende Polizeiagenten starrten sie irritiert an.

Gustav wandte sich an einen übergewichtigen Uniformierten, dessen Gesicht ihm bekannt vorkam. „Die Comtesse und ich sind mit Oberkommissär Rudi Kasper verabredet", sagte er.

„Ah, habe die Ehre, Euer Gnaden! Kennen S' mich denn nicht mehr? Wachtmeister Bröselmeier. Wir hab'n damals beim Mord im Steffl z'sammgarbeitet."

„Selbstverständlich erinnere ich mich an Sie. Gute Arbeit damals!" Gustav klopfte dem Dicken leutselig auf die Schulter. „Könnten Sie uns jetzt bitte zu Oberkommissär Kasper bringen? Es eilt leider sehr."

„Der Herr Oberkommissär ist mit dem Vize-Polizeidirektor unterwegs. – In geheimer Mission!" Wachtmeister Bröselmeier zwinkerte Gustav zu.

„So mach endlich weiter, Gustav", rief Marie Luise, die bereits vor dem Eingangstor stand.

„Rudi ist unterwegs."

„Dann reden wir mit dem Polizeidirektor. Papa kennt ihn gut, wie du weißt."

„Aber Papa und der Polizeidirektor sind heute auch nicht in Wien. Sie sind gestern gemeinsam zu einem geheimen Freimaurertreffen nach Pressburg gefahren und können noch nicht zurück sein." Gustav sprach so leise, dass nur Marie Luise seine Worte hören konnte.

„Irgendein zuständiger Beamter wird ja wohl für uns zu sprechen sein."

Da keiner der Polizeiagenten das Tor für sie öffnete, versuchte sie es selbst.

„Bitte, Marie Luise, komm zurück. Wir werden Rudi eine Nachricht hinterlassen."

Gustav redete auf Wachtmeister Bröselmeier ein. Das unmögliche Benehmen seiner Halbschwester war ihm äußerst unangenehm.

Als Bröselmeier endlich kapiert hatte, was er dem Oberkommissär ausrichten sollte, saß Marie Luise längst wieder in der Kutsche.

„Ich habe gedacht, du gehst in diesem schrecklichen Haus täglich ein und aus", empfing sie ihren Bruder, als er ihr gegenüber Platz nahm.

Er ignorierte ihren gereizten Ton und ihre missbilligenden Blicke und brachte sie, ohne dass sie ihn darum gebeten hatte, in das Palais seines Vaters in der Herrengasse.

„Es ist besser, du wartest auf Papa und sprichst mit ihm. Er hat mehr Einfluss als ich und wird deinen Jakob eher freibekommen, da er mit dem Polizeidirektor befreundet ist. Bei Rudi nützen persönliche Beziehungen nichts, er hasst Freunderlwirtschaft und ist jedem Bestechungsversuch abhold."

„Sei nicht immer so schnell eingeschnappt, Gustav. Ich mache mir halt große Sorgen um Jakob. Er ist kein Mörder! Ich lege meine Hand für ihn ins Feuer …"

„Würde ich an deiner Stelle lieber nicht tun."

„Du bist echt böse auf mich? Warum denn? Ich habe nichts angestellt, bin halt eine Gerechtigkeitsfanatikerin …"

„Bitte hör auf, Marie Luise. Wenn Jakob Doma unschuldig ist, wird Rudi ihn bald freilassen. Und jetzt ist Schluss mit dieser leidigen Debatte!"

Schmollend verabschiedete sich Marie Luise von ihrem Bruder beim Palais Batheny, bot jedoch an, dass der Kutscher ihn nach Hause bringen solle.

Gustav lehnte ab, zog es vor, zu Fuß heimzugehen. Er wollte nachdenken, und das konnte er am besten beim Gehen.

Als er heimkam, vernahm er die Stimmen seines Vaters und seiner Tante aus seinem Zimmer, dem früheren Salon der Familie Karoly.

Der Graf hatte Vera um ein Gespräch ersucht. Er machte sich große Sorgen um seine Tochter, wollte nicht, dass sie wieder in einen Mordfall verwickelt werden würde.

Gustav schlich auf Zehenspitzen in Veras Zimmer und belauschte die beiden durch die dünne Tapetentür, die sein Zimmer mit Veras verband.

„Ein Sohn, der Detektiv spielt, reicht mir", sagte Graf Batheny gerade zu Vera. „Im Fall meiner Tochter ist das kein Spaß mehr. Es würde unerhörtes Aufsehen erregen, wenn Marie Luise zum zweiten Mal mit einem Mörder befreundet wäre. Ihr Ruf würde bis in alle Ewigkeit ruiniert sein."

Vera widersprach ihm, warf ihm spießbürgerliches Denken vor.

Gustav verbiss sich das Lachen und war sehr stolz auf seine resolute Tante, die sich kein Blatt vor den Mund nahm.

Vera konnte Graf Batheny nicht ausstehen, da er in ihren Augen Schuld an dem Unglück ihrer älteren Schwester Gisela war.

Mittlerweile wusste Gustav, dass dies nicht ganz der Wahrheit entsprach. Vera war ungerecht dem Grafen gegenüber, aber so war sie eben, kompromisslos und in jeder Hinsicht unkonventionell – eine echte Rebellin.

„Hätten Sie sich bloß einmal in Ihrem Leben so viele Gedanken um Ihren Sohn gemacht wie um Ihre exzentrische Tochter", fauchte Vera den Grafen an. „Als Vater haben Sie gründlich versagt. Diesen Vorwurf kann ich Ihnen nicht ersparen. Warum, glauben Sie, ist Marie Luise wieder in einen Mordfall verwickelt? Und warum muss Gustav erneut für seine Schwester die Kohlen aus dem Feuer holen?"

Bevor Vera seinen Vater aus dem Haus werfen würde, schritt Gustav ein. Er betrat sein Zimmer vom Gang aus und gab sich überrascht. Verbeugte sich vor seinem Herrn Papa und sagte: „Schon zurück aus Pressburg? Ich habe Marie Luise gerade in dein Palais gebracht. Sie war ziemlich echauffiert und benötigt dringend deinen Zuspruch, fürchte ich."

Graf Batheny war ein eleganter Gentleman, groß gewachsen, schlank und rank und hatte edle Gesichtszüge. Sein ehemals schwarzes Haar war mittlerweile ergraut, seine buschigen Augenbrauen waren jedoch fast so dunkel wie seine Augen. Gustav sah ihm sehr ähnlich, nur waren seine Haare und sein Schnurrbart nach wie vor pechschwarz.

Heute bot der Graf einen weniger vornehmen Anblick. Sein Haar war zerzaust und er wirkte ungewöhnlich bleich.

„Ich darf mich verabschieden, Eure Ehrlaucht", sagte Vera bei Gustavs Eintreten und rauschte mit schwingenden Rockschößen davon.

Gustav konnte sich ein Grinsen nicht verkneifen.

Graf Batheny war bei Veras Abgang aufgesprungen und hatte nach ihrer Hand greifen wollen, um ihr einen Handkuss zu geben. Aber Vera hatte ihn keines Blickes mehr gewürdigt.

„Deine Tante hasst mich", sagte der Graf und schaute Gustav bei diesen Worten nicht in die Augen.

„Hassen würde ich nicht sagen, sie kann dich einfach nicht leiden."

„Ich habe sie immer gemocht. Verzeih meine offenen Worte, weißt du eigentlich, dass ich ursprünglich in sie verliebt war? Doch ich hatte schon damals Angst vor ihr. Und als ich dann deine bezaubernde Mutter kennengelernt und bemerkt habe, dass auch ich ihr nicht gleichgültig war ..."

„Verliebtest du dich in meine Frau Mama", sagte Gustav.

„Ich war so jung und völlig unerfahren ..."

„Ich weiß, diese Geschichte hast du mir an dem Abend vor meinem Aufnahmeritual bei den Freimaurern erzählt."

„Verzeih, alte Menschen wiederholen sich öfters."

„Bitte spiel nicht auf diesem Klavier, Papa. Du bist keineswegs alt und bemitleidenswert. Sag mir lieber, was dich zu mir führt. Ich vermute, es hat mit Marie Luises Begeisterung für Opernsänger zu tun."

„Du hast es erraten, bist eben ein richtiger Detektiv."

„Mach dich nur über mich lustig."

„Aber nein, ich finde, du machst dich in deinem Beruf großartig."

„Ja, ja, ist schon gut. – Magst du etwas trinken. Vielleicht einen Cognac? Ich sehe, Vera hat dir außer Tee nichts angeboten."

„Gegen eine kleine Stärkung hätte mein Herz nichts einzuwenden."

„Das mit dem Herz habe ich überhört."

Gustav schenkte zwei doppelte Cognac ein.

Graf Batheny steckte sich eine Zigarre an und Gustav rauchte ein Zigarillo.

Ohne größere Gemütsbewegungen besprachen sie dann die fatale Lage, in die sich Marie Luise durch ihre Zuneigung zu Jakob Doma, den Hauptverdächtigen im Mordfall Salvatore Valentino, gebracht hatte.

„Marie Luise möchte, dass du deine Beziehungen zum Wiener Polizeidirektor spielen lässt und Jakob mit seiner Hilfe freibekommst. Ich halte so eine Vorgehensweise für falsch. Nicht, weil ich unter Gerechtigkeitswahn leide, sondern weil ich glaube, dass dieser kroatische Sänger nicht der Mörder von Valentino ist. Mittlerweile gibt es jede Menge andere Verdächtige. Aber wenn er es getan hat, sollte er dafür zur Rechenschaft gezogen werden und nicht aufgrund der großartigen gesellschaftlichen Beziehungen seiner Mäzenin ungestraft davonkommen. Ich nehme an, du teilst meine Meinung."

Graf Batheny blickte zu Boden.

„Oder etwa nicht?", setzte Gustav seinem Vater zu.

„Und wen hast du in Verdacht?", fragte der Graf kleinlaut.

„Im Moment niemand Bestimmten. Marie Luise, Rudi und ich haben alle Mitwirkenden und Valentinos

Impresario im Hotel Sacher genauer unter die Lupe genommen. Und sie alle haben uns viele Geschichten erzählt. Ich befürchte allerdings, dass einige frei erfunden waren. Meistens merke ich, wenn jemand lügt. Die Leute sehen einen dann nicht an, schauen zu Boden oder sie starren einem direkt in die Augen mit einem bemüht unschuldigen Blick."

„Wirst du es schaffen, Marie Luise aus den Berichterstattungen der Zeitungen herauszuhalten?"

„Das ist das Einzige, was dich interessiert? Ich will einen Mörder überführen. Und wenn sich meine Schwester weiterhin in die Ermittlungen einmischt, werde ich es wohl oder übel nicht verhindern können, dass man sie in der Presse erwähnt."

„Was soll ich bloß machen? Ich kann sie nicht zuhause einsperren."

„Das wäre wahrscheinlich die beste Lösung. Oder du schickst sie ins Ausland? Ihre Nerven sind durch diese Tragödie ziemlich angegriffen. Eine Kur irgendwo am Meer würde ihr sicher nicht schaden."

„Du bist genial, mein Sohn! Genau das ist die Lösung. Du musst mir helfen, sie zu überreden. Marie Luise ist leider sehr starrköpfig. Wenn die Idee, eine Kur zu machen, von mir kommt, wird sie sich garantiert weigern."

„Sprich halt ein väterliches Machtwort!"

„Du scherzt. Sie lässt sich von mir seit vielen Jahren nichts mehr befehlen."

„Das heißt, ich muss meine Schwester davon überzeugen, dass sie dringend einen Kuraufenthalt, möglichst weit weg, vielleicht an der schönen blauen Adria, nötig hat."

„Ich wäre dir ewig dankbar."

„Diese Worte kommen mir bekannt vor."

„Ich habe den Antrag, dass du als mein legitimer Sohn anerkannt und eines Tages den Grafentitel erben wirst, längst eingereicht ...“

„Das meinte ich nicht.“

„Brauchst du Geld? Ich lasse dir sofort eine größere Summe zukommen.“

„Du weißt, dass Vera das niemals erlauben würde.“

„Sie muss ja nichts davon erfahren.“

Gustav geriet schwer in Versuchung, hatten sich im Hause Karoly doch bereits wieder einige Schulden angehäuft.

„Du findest den Mörder von Salvatore Valentino und versuchst, deine Schwester aus allem herauszuhalten, und dafür bezahle ich dir ein angemessenes Honorar. An welche Summe denkst du? Würden dreitausend Gulden ausreichen?“

Gustav zögerte.

„Gut“, sagte er nach einer Weile, „ich nehme dein Angebot an. Marie Luise hat mir zwar ebenfalls Geld angeboten, wenn ich die Unschuld von Jakob Doma beweise, aber von meiner Schwester will ich erst recht kein Geld. Gib mir einen Vorschuss auf mein Erbe. Ich weiß, dass du eine Apanage für mich vorgesehen hast – nach deinem Ableben. Also zapfen wir diese jetzt schon an. Sagen wir tausend Gulden, wäre das für dich in Ordnung?“

„Selbstverständlich. Du bekommst das Geld gleich morgen und es wird dir nicht von deinem Erbe abgezogen. Hältst du mich für einen solchen Knauserer?“

„Darum geht es nicht. Es ist eine Frage der Ehre. Weder Vera noch ich haben bisher Geld von dir angenommen.“

„Deine Tante ist eine sehr stolze Frau. Stolz kann aber manchmal unangebracht, wenn nicht sogar dumm sein", fügte Graf Batheny leise hinzu. Er ahnte anscheinend, dass Vera das Gespräch durch die dünne Tapetentür zu ihrem Zimmer mitanhören konnte.

Gustav trennte sich von seinem Vater in bestem Einvernehmen.

Nachdem der Graf gegangen war, schenkte sich Gustav noch ein Gläschen Cognac ein und zündete sich ein zweites Zigarillo an. Er öffnete das Fenster und setzte sich auf den Stuhl seiner Großmutter, die hier oft auf der Empore, mit dem Rücken zum Fenster, gesessen hatte und mit einem Handspiegel das bunte Treiben unten vor den k.k. Hofstallungen beobachtet hatte.

Nach den ersten Zügen von seinem Zigarillo stürzte seine Tante ins Zimmer.

„Du nimmst kein Geld von ihm", zischte sie. „Er will damit nur seine Schuld am Tod deiner Mutter abbezahlen. Wir sind aber nicht die katholische Kirche, bei uns gibt es keinen Ablass!"

„Verzeih, liebe Tante, es geht in diesem Fall wirklich nicht um Mama. Er hat mich beauftragt, den Mörder von Salvatore Valentino zu finden und Marie Luise aus den Ermittlungen herauszuhalten."

„Ich will keinen Heller von ihm!"

„Aber wolltest du nicht, dass ich arbeite? Jetzt habe ich einen neuen Fall, und mein Auftraggeber ist zufällig mein Vater. Er wird mich für meine Arbeit bezahlen, und ich werde sein Geld annehmen. Du kannst machen, was du willst. Ich werde allerdings Josefa auf meiner Seite haben. Sie wird sehr froh darüber sein, denn in letzter Zeit hat sie sowohl beim Bäcker als auch beim Fleischhauer anschreiben lassen müssen."

„Du bist bestechlich, Gustav, das hätte ich nie von dir gedacht!“ Vera schlug die Tapetentür heftig hinter sich zu.

Muss meine Tante immer das Schlusswort haben?, fragte sich Gustav.

7. Dorothea schreibt und Gustav ist verzweifelt

Zum ersten Mal seit vielen Wochen schlief Gustav die ganze Nacht durch. In den frühen Morgenstunden erwachte er freudig erregt. Sogleich fiel ihm sein Traum ein und er murmelte halb im Schlaf: „Bleib bei mir, Dorothea, bitte bleib ...“ Doch Dorothea war verschwunden. Was blieb, war die Erinnerung an einen schönen Traum: Er spazierte am frühen Morgen durch den Volksgarten. Eine schlanke, hochgewachsene junge Frau in einem orangefarbenen durchsichtigen Kleid kam auf ihn zu. Ihre festen Brüste und ihre langen Beine zeichneten sich deutlich unter dem dünnen Stoff ihres Kleides ab. Ihr hübsches Gesicht war leicht gerötet und voller Sommersprossen, und ihr rötliches Haar leuchtete in der Morgensonne. Ohne ein Wort mit ihm zu wechseln, umarmte sie ihn und legte ihren Kopf an seine Schulter. Gustav streichelte ihr lockiges Haar und drückte ihr einen Kuss auf die Stirn. Sie presste ihre Brüste an seinen Körper. Er konnte sich nicht länger beherrschen, öffnete die obersten Knöpfe ihres Kleides und liebkoste mit seinen Lippen ihren Hals und streichelte ihre Brüste. Zärtlich flüsterte er ihr dabei ins Ohr, dass er sie liebe. Sie schmiegte sich noch fester an ihn. Als er ihr Gesicht mit Küssen bedeckte, entdeckte er Tränen in ihren Augen. Er küsste ihre Tränen weg, umschlang ihre Hüften mit seinen Armen und hob sie hoch. Ehe er in sie eindringen konnte, löste sie sich in Luft auf.

Gustav wälzte sich den halben Vormittag lang im Bett herum und gab sich in Tagträumen der Fortsetzung seines erotischen Traumes von Dorothea hin.

Vera lockte ihn schließlich aus dem Bett.

„Ein Brief von Dorothea ist gekommen", rief sie. „Willst du nicht endlich aufstehen?"

„Ich bin gleich fertig!"

So schnell wie an diesem Tag war er noch nie mit seiner Morgentoilette gewesen.

Im Hemd und mit herunterhängenden Hosenträgern erschien er in der Küche.

„Magst du dich nicht ordentlich anziehen?", fragte Vera mit hochgezogenen Brauen.

„Verzeih!" Gustav schob die Hosenträger über die Schultern und schlüpfte in seine Jacke, bevor er sich an den Tisch setzte.

„Was schreibt sie?"

„Dass aus ihrer Anstellung am Burghölzli doch etwas werden wird. Sie hat wieder einmal ihren Kopf durchgesetzt", sagte Vera mit Genugtuung.

Josefa servierte Gustav einen Kaffee.

„Das bedeutet, sie hat vor, in Zürich zu bleiben?"

„Sieht so aus."

„Verdammte Sch..."

„Gustav, ich bitte dich!"

„Bei uns werden Frauen auch bald Medizin studieren dürfen. Ihr kämpft doch gerade dafür und werdet diesen Kampf gewinnen, hast du mir unlängst versichert. Warum kommt sie nicht zurück und arbeitet in Wien als Ärztin?"

„Das musst du sie selbst fragen. Wann hast du ihr zum letzten Mal geschrieben?"

Gestern, hätte Gustav am liebsten geantwortet. Er hatte seit dem letzten Brief von Dorothea im Februar dieses Jahres mindestens dreißig Antwortschreiben verfasst, aber keines davon abgeschickt.

„Sie schreibt auch, dass sie und Dr. Jank sich wieder gut verstehen. Ihr Entschluss, ihn nicht zu ehelichen, bleibe jedoch aufrecht ..."

Gustavs Gefühle schwankten zwischen Freude und Angst.

Dorothea war eine sehr resolute und intelligente junge Frau. Wenn sie entschieden hatte, den überheblichen Psychiater nicht zu heiraten, würde sie wohl bei ihrem Entschluss bleiben, hoffte Gustav. Andererseits würde sie die nächsten Monate mit diesem Mann im Burghölzli zusammenarbeiten, und womöglich würde es ihm gelingen, sie wieder für sich zu gewinnen. Er fühlte sich nach der Lektüre von Dorotheas Brief keineswegs erleichtert, sondern überlegte, alles stehen und liegen zu lassen und nach Zürich zu reisen, um Dorothea einen Heiratsantrag zu machen. Aber was würde er tun, wenn sie seinen Antrag ablehnte? Wenn sie ihn auslachte? Bei der Erinnerung an ihr herzliches Lachen wurde ihm ganz komisch zumute. Er schimpfte sich selbst einen Feigling und dachte an die aufregende Zeit, die er mit Dorothea vor zwei Jahren in Wien verbracht hatte. Sie waren sich damals sehr nahegekommen. Gustav hatte ihr zwar nie seine Liebe gestanden, bildete sich jedoch ein, dass sie sehr wohl bemerkt hatte, dass er sie liebte.

Dorothea war Veras Patenkind, die Tochter ihrer besten Freundin Valerie, die einst einen Hamburger Arzt geheiratet hatte und mit ihm in die freie Hansestadt gezogen war.

Dorothea war in einem Schweizer Internat groß geworden und hatte danach bei ihrer Patentante in Wien gelebt. Da sie in der Reichshaupt- und Residenzstadt nicht Medizin studieren konnte, war sie zurück in die Schweiz gegangen.

Gustav hätte Dorotheas Brief gerne weiter mit seiner Tante analysiert, doch Vera wirkte etwas nervös.

Heute Nachmittag würden die Damen vom Österreichischen Frauenverein zum ersten Mal bei ihr tagen, und in ihrem Zimmer und Boudoir sah es, wie immer, fürchterlich aus. Vera von Karoly hatte viele Qualitäten, Sinn für Ordnung gehörte nicht dazu.

Den ganzen Tag herrschte hektische Betriebsamkeit. Josefa putzte seit Stunden, während sich Vera von Karoly bemühte, ihre überall herumliegenden Kleidungsstücke in die überfüllten Schränke zu verfrachten.

Gustav hätte am liebsten die Flucht ergriffen, als die ersten Damen vom Österreichischen Frauenverein anrückten. Seine Tante bestand darauf, dass er ihre Gäste wenigstens begrüßte.

„Mein Gott, bist du groß geworden!“, sagte Bertha Zuckerkandl zu ihm.

Gustav kam sich vor wie ein Fünfzehnjähriger.

Auch die anderen Damen tätschelten ihm die Wangen und machten ihm Komplimente für sein gutes Aussehen oder meinten, er sei zwar ein fescher Bursche, aber viel zu dünn.

Gustav wäre am liebsten im Erdboden versunken.

„Nein, ist das der kleine Gustl?“, rief Auguste Groner.

„Und wie hübsch er aussieht, ein richtiger Feschak. Hoffentlich brichst du nicht zu viele Frauenherzen, sonst bekommst du es mit mir zu tun“, sagte eine andere schwarz gekleidete Matrone und strich ihm übers Haupt.

„Ja, er ist richtig süß“, zwitscherte eine jüngere streitbare Frauenrechtlerin so laut, dass Gustav es hören konnte.

„Du musst ordentlich essen“, sagte die ältere Matrone und klopfte ihm auf den nicht vorhandenen Bauch.

Josefa grinste und flüsterte ihm ins Ohr: „Hör auf diese gescheiten Damen, du musst wirklich mehr essen.“

Nachdem die Ladies in Veras Gemächer entschwunden waren, zog sich Gustav erleichtert in sein eigenes Zimmer zurück. Die lauten Stimmen der resoluten Damen erlaubten es ihm nicht, sich auf den Brief, den er an Dorothea schreiben wollte, zu konzentrieren. Er beschloss, in sein Stammcafé zu gehen.

8. Gustav und Rudi schlagen sich die Nacht um die Ohren

Im Café Schwarzenberg war nicht allzu viel los. Ein Klavierspieler lullte die wenigen Gäste mit Mozarts Klaviersonaten ein.

Gustav schrieb sechs Seiten an Dorothea, erklärte ihr umständlich und mit blumigen Worten seine Liebe.

Als Polizei-Oberkommissär Rudi Kasper an seinen Tisch trat, bemerkte Gustav seinen Freund nicht gleich.

„Wusste ich es doch, dass ich dich hier treffen werde“, sagte Rudi.

Gustav zerknüllte die beschriebenen Blätter und steckte sie in seine Hosentaschen.

Rudi hatte bei weiteren Verhören zwei Tänzerinnen vom Wiener Hofopernballett kennengelernt und sie eingeladen, abends mit ihm und seinem Freund Gustav von Karoly auszugehen. Als die Mädchen den Adelstitel vernahmen, willigten sie sofort ein. Damit bestätigten sie die schlechte Meinung, die Rudi Kasper von Frauen hatte.

Gustav war nicht gerade erfreut über die Störung. Dieser wichtige Brief an Dorothea würde wohl niemals fertig werden. Auch die Aussicht, den Abend in Gesellschaft von zwei fremden Frauen zu verbringen, behagte ihm nicht. Lieber hätte er mit Rudi ausführlich über den neuen Fall diskutiert. Als sie auf die Tänzerinnen im Savoy, einem Tanzcafé im dritten Bezirk, warteten, kündigte Rudi seinem Freund die beiden mit eher abfälligen Worten an. „Diese Ballettratten sind unheimlich scharf auf Titel und Geld. Benimm dich halt wie ein Graf und bestell gleich Champagner. Ich zahle ihn eh. Man muss ein bisserl auf den Tisch hauen, sonst spuren solche Weibsbilder nicht."

„Den schlecht bezahlten Ballett- und Chormädchen bleibt nichts anderes übrig, als sich einen großzügigen Freier zu suchen", verteidigte Gustav die beiden Tänzerinnen, bevor er sie kennengelernt hatte. „Sie sind auf die finanzielle Unterstützung ihrer Liebhaber angewiesen. Finden sie keinen Finanzier und verlieren deswegen ihr Engagement, bleibt ihnen als Bühne nur ein Café chantant. Aber diese Tanz- und Musiklokale sind im Grunde nichts anderes als Animierlokale."

„Haben Euer Gnaden heute einen moralischen Koller?"

„Ach komm, hör auf, Rudi, du weißt ganz genau, dass ich, was Tänzerinnen, Sängerinnen oder Schauspielerinnen betrifft, familiär belastet bin. Ich mag die schwierige Lage, in der sich solche Frauen befinden, nicht ausnutzen."

„Ja, ja, ist schon gut, ein bisschen Spaß wird man ja wohl noch haben dürfen."

Gustav schüttelte verärgert den Kopf.

Als die Balletttänzerinnen mit zwanzigminütiger Verspätung erschienen, küsste Gustav beiden galant die Hände und hörte ihnen dann aufmerksam zu, als sie Klatsch und Tratsch aus der Wiener Hofoper, den sie hinter den Kulissen aufgeschnappt hatten, erzählten.

Anscheinend hatte es vor der Aufführung von Otello eine lautstarke Auseinandersetzung zwischen Maria Cerruti und Salvatore Valentino gegeben. Die Mädchen vermuteten, dass sie wegen Alma Lang in Streit geraten waren. Denn Salvatore traf sich angeblich, obwohl er längst mit Maria zusammen war, nach wie vor mit seiner früheren Geliebten, betrog also seine neue Freundin mit Alma, die gleichzeitig Marias beste Freundin war.

„Sodom und Gomorrha", murmelte Rudi leicht beschwipst.

„Du darfst gerade reden ...", sagte Gustav und wandte sich wieder an die hübschen Tänzerinnen, bat sie, ihm mehr über die komplizierten Beziehungen zwischen Maria, Salvatore, Jakob und Alma zu erzählen.

Die beiden Damen schienen anderes im Sinn zu haben. Die Blonde forderte Gustav auf, mit ihr zu tanzen. Das Damenorchester spielte gerade einen Strauss-Walzer.

Gustav ließ sich nicht lange bitten. Er war ein ausgezeichneter Tänzer und glitt mit der jungen Dame des Wiener Hofopernballetts dermaßen elegant übers Parkett, dass alle anderen Paare innehielten und den beiden zusahen.

Das zierliche Persönchen mit der süßen Spitznase hieß Dorit und sah aus wie eine Sechzehnjährige. Gustav spürte jedoch ihre Muskeln, als er sie in den Armen hielt. Beim zweiten Walzer fragte sie ihn, ob er tatsächlich ein Graf sei.

„Nach dem Tod meines Vaters“, sagte Gustav. „Momentan bin ich ein armer Schlucker. Mein Freund, der Polizei-Oberkommissär ist eine bessere Partie“, fügte er hinzu und warf einen Blick auf Rudi, der mit der anderen Balletttänzerin flirtete.

Eigentlich hatte er heute Abend mit Rudi endlich ernsthaft über den Mord in der Oper reden wollen. Dazu würde es wohl nicht mehr kommen.

Gustavs Partnerin versteifte sich merklich in seinen Armen und hatte plötzlich kein Interesse mehr am Tanzen. Sie kehrten an ihren Tisch zurück.

Auf einem Barhocker an der Theke saß der Souffleur Bruno Penzo. Er schien sich ebenso wenig für die Tanzerei und die hübschen Damen zu interessieren wie Gustav.

Rudi war vollauf beschäftigt mit seiner Eroberung vom Wiener Hofopernballett. Gustav hoffte, sein Freund würde auch noch genügend Energie für das zweite Ballettmädchen haben, und gesellte sich zu dem Souffleur.

Bruno Penzo wirkte nicht gerade erfreut, ließ sich aber von Gustav auf eine Flasche Wein einladen.

Nach dem ersten geleerten Glas begann er auf Giuseppe Verdi zu schimpfen, der all seine Libretti verschmäht, nicht ein einziges Mal auf seine Manuskripte reagiert hatte.

„Wegen ihm muss ich mich jetzt als Souffleur verdingen“, stieß er wütend hervor. „Dabei ist er nichts anderes als ein Epigone des großartigen Richard Wagner.“

Irritiert schüttelte Gustav den Kopf, hatte, seiner Meinung nach, doch Verdis Musik fast überhaupt nichts mit Wagners Musik gemein. Und die Libretti dieser beiden berühmten Komponisten waren sowieso komplett verschieden. Er sagte aber nichts, hörte dem aufgebrachten Bruno Penzo weiter zu.

Nach dem zweiten Glas brachte der Souffleur auch seine Wut auf Salvatore Valentino zur Sprache: „Er hat mich andauernd schlechtgemacht. Sie haben es ja selbst miterlebt, dass Salvatore schuld daran war, dass ich meine Stellung an der Wiener Hofoper verloren habe. Theodore Kramer hat meinen Rausschmiss an jenem Abend im Hotel Sacher laut angekündigt. Und natürlich hat er mich beim Hofoperndirektor Gustav Mahler angeschwärzt. Er hat behauptet, dass ich Salvatore Valentino und Maria Cerruti meistens viel zu spät das Stichwort gegeben hätte. Was überhaupt nicht stimmt. Was kann ich dafür, dass die beiden ständig ihre Texte vergessen haben? Aber diese Juden halten eben zusammen wie Pech und Schwefel, da hat ein Arier wie unsereins keine Chance."

Der antisemitische Ton missfiel Gustav gehörig. Als aufrechter Republikaner und Liberaler hatte er für die antisemitistische Gesinnung, die seit Jahren in Wien grassierte, absolut kein Verständnis. Er fand den betrunkenen Souffleur ekelerregend und wollte sich von ihm abwenden, als dieser leise sagte: „Die Polizei sollte sich lieber den schleimigen Kroaten vorknöpfen. Der Doma hat mehr als einen Grund gehabt, diesen Itaker zu hassen. Er hat ihm nicht nur die Frau ausgespannt, sondern ihm auch ständig die besten Rollen weggeschnappt. Und der Kramer ist sowieso ein bösartiger Intrigant", schimpfte der Souffleur weiter. „Zuerst hat er den Doma gefördert, als der schöne Salvatore Valentino aus den Elendsvierteln von Palermo hervorgekrochen gekommen ist, hat er den Kroaten fallengelassen und seinem geliebten Glaubensgenossen alles in den Arsch geschoben."

Gustav kannte sich nicht mehr aus. War Salvatore Valentino jüdischen Glaubens gewesen?

Begleitet vom dreckigen Lachen des Souffleurs, kehrte er an seinen Tisch zurück.

Zu gerne hätte er Rudi von dem Gespräch erzählt, doch sein Freund war vollauf mit den beiden Damen vom Ballett beschäftigt.

Ohne sich groß von den dreien zu verabschieden, verließ Gustav das Savoy.

Er nahm einen der Fiaker, die vor der Tür standen und auf Kundschaft warteten.

Es hatte zu regnen begonnen. Während es in heftigem Rhythmus auf das Dach der Kutsche tropfte, dachte Gustav über die Worte des Souffleurs nach. War der Impresario Theodore Kramer homosexuell? Hatte es andererseits nicht geheißen, dass er ein Verhältnis mit Maria Cerruti gehabt hatte? Diese Opernleute scheinen auf jeden Fall ein kompliziertes Liebesleben zu haben, dachte er.

Je länger er über Bruno Penzos Gerede nachdachte, desto verdächtiger kam ihm der Souffleur vor. Auf jeden Fall hatte der Mann ein Motiv gehabt, den berühmten Tenor ins Jenseits zu schicken. Gleichzeitig empfand er fast Mitleid mit dem verrückten Kerl. In seinen Augen war er eine lächerliche und gleichzeitig fast tragische Figur, eine Art Phantom der Oper.

9. Gustav stattet seiner Schwester einen folgenschweren Besuch ab

Zehn Tage waren seit dem spektakulären Mord in der Wiener Hofoper vergangen. Die Zeitungen hatten nichts Neues darüber zu vermelden. Die Berichterstattung über den Fall war auf die Seiten fünf oder sechs gewichen und bestand oft nur aus einem kurzen Absatz.

Die Sonne hatte bereits Kraft. Was für ein wundervoller, warmer Tag, dachte Gustav, als er den Schönbrunner Berg hinauf zur Meierei wanderte. Er hatte sich dort mit Rudi verabredet, der in der Schönbrunner Kaserne einen Vortrag für junge Polizeiagenten halten musste.

Die Vögel zwitscherten fröhlich und der Himmel war hellblau. In den Beeten blühten die ersten Tulpen. Gustav erinnerte sich, dass Tulpen Dorotheas Lieblingsblumen waren. Sie standen für Liebe und Zuneigung. Sogleich gab er sich romantischen Tagträumen hin, stellte sich vor, dass er mit Dorothea am Arm zwischen den Tulpenbeeten den Hügel hinaufspazierte und hörte ihre fröhliche Stimme in seinen Ohren.

Rudi wartete bereits auf ihn in der Meierei. Als Gustav den verbissenen Gesichtsausdrucks seines Freundes sah, vergaß er auf seine Tagträumerei.

„Du kommst zu spät. Kannst du nicht einmal pünktlich sein? Ich muss gleich zurück in die Kaserne“, schimpfte Rudi.

Während sich Gustav bei der reschen Kellnerin ein Glas Milch und ein Schnittlauchbrot bestellte, teilte Rudi ihm mit, dass er Jakob Doma den Mord nicht nachweisen hatte können. Rudi wirkte schwer frustriert.

„Trotz fehlender Fingerabdrücke halte ich ihn nach wie vor für den Täter und ich werde ihm schon auf die Schliche kommen.“

„Das Daktylogramm hat bewiesen, dass Jakob Doma den Dolch ebenso wenig berührt hat wie Alma Lang. Es haben sich jedoch jede Menge Abdrücke von anderen

Mitwirkenden auf dem Schaft des Dolches befunden. Aber die helfen uns nicht weiter. Fast ein jeder von diesen Opernleuten könnte es gewesen sein. Der Polizeidirektor hat mich gestern zusammengestaucht, mich der Unfähigkeit bezichtigt und mir gedroht, mich von dem Fall abzuziehen, wenn ich nicht bald brauchbare Ergebnisse liefere." Er sprach so laut, dass die Leute an den benachbarten Tischen jedes Wort mitanhören konnten.

„Und warum schreist du mich jetzt an? Was kann ich dafür, dass du den Täter noch nicht gefasst hast? Lass deine Wut gefälligst an jemand anderem aus!"

„Entschuldige, Gustl. Ich bin total desperat", sagte Rudi etwas leiser. „Ich könnte mir auch vorstellen, dass ihn eins von den Weibern am Gewissen hat, doch denen kann ich erst recht nichts nachweisen."

„Du meinst Maria Cerruti oder Alma Lang haben ihn umgebracht?" Gustav sprach die berühmten Namen flüsternd aus.

„Ja, oder es war eine Balletttänzerin oder die Garderobiere oder die Maskenbildnerin ... Dieser Startenor schien ein richtiger Weiberheld gewesen zu sein. Er hat nichts anbrennen lassen. Anscheinend hat er nicht nur das ganze weibliche Ensemble der Wiener Hofoper gevögelt, sondern auch die niedrigeren Chargen beglückt. Typischer Katzelmacher halt."

„Rudi, hör auf! Deine Vorurteile gegen Italiener sind lächerlich. Nur, weil dein Vater in der Schlacht von Solferino dabei war und die Österreicher diese Schlacht verloren haben, musst du nicht alle Italiener runtermachen."

Rudi starrte in sein leeres Kaffeehäferl. „Hast ja recht", sagte er kleinlaut. „Ich kann mit diesem Künstlervolk nicht, ich hab das Gefühl, sie nehmen mich nicht ernst. Schau, ob du mehr aus ihnen herausholen kannst. Ich weiß momentan nicht mehr weiter."

Er legte ein paar Münzen auf den Tisch und ging.

Gustav hatte nach diesem Gespräch ein ungutes Gefühl. Er konnte die Verzweiflung seines Freundes nachvollziehen, hatte er ja selbst auch keine Ahnung, wer Salvatore Valentino umgebracht haben könnte.

Kurzerhand beschloss er, seiner Halbschwester Marie Luise einen Überraschungsbesuch abzustatten. Sie bewohnte die Villa Batheny in der Maxingstraße, nicht weit entfernt von Schloss Schönbrunn.

Unweit der Villa parkte ein Automobil. Gustav musterte den extravaganten Wagen mit neugierigen Blicken. Es handelte sich nicht um das Fahrzeug seines Vaters. Graf Batheny fuhr einen schwarzen Wagen namens Mercedes, der nach der Tochter des österreichischen Geschäftsmannes Emil Jellinek benannt worden war. Das dunkelgrüne Automobil ohne Fahrer neben dem Tor der Batheny-Villa war ein funkelnagelneues Modell von Gräf & Stift mit Frontantrieb.

Der neue Butler seiner Halbschwester wollte ihn zuerst nicht hineinlassen. „Ich werde nachsehen, ob die Comtesse zu sprechen ist", sagte er und musterte Gustav misstrauisch.

Kurz darauf erschien Marie Luise im Foyer. Auch sie benahm sich eigenartig, schloss die Tür zum großen Salon hinter sich, als sie Gustav begrüßte.

„Ich würde gerne mit deinem Bruder reden", ertönte plötzlich eine Stimme aus dem Hintergrund.

Marie Luise blickte Gustav betreten an und bat ihn herein.

Jakob Doma lümmelte auf einem Sofa im Salon, erhob sich jedoch rasch, als Gustav den Raum betrat.

Marie Luise klärte ihren Halbbruder darüber auf, dass sie Jakob, nachdem er aus der Haft entlassen worden war, ohne Wissen ihres Vaters, bei sich aufgenommen hatte.

Sie beschwor Gustav, den Mund zu halten. „Unsere Dienerschaft hält zu mir. Sie werden kein Sterbenswörtchen zu Papa sagen. Er selbst kommt sowieso nicht mehr hier heraus, seit er sein Palais in der Herrengasse bezogen hat. Ich würde also wissen, wer ihm Bescheid gegeben hat."

Gustav zweifelte an ihren Worten. Sein Vater war zwar ein feinsinniger, gutmütiger Mann, dennoch würde es keiner seiner Dienstboten wagen, ihn zu belügen oder ihm etwaige besondere Vorkommnisse in seiner Villa in Hietzing vorzuenthalten.

Er widersprach Marie Luise jedoch nicht, sondern ließ sich in einem bequemen Fauteuil Jakob gegenüber nieder und lächelte ihn freundlich an.

„Schön, Sie wiederzusehen", sagte er.

Jakob sah ihn unsicher an und stammelte dann: „Freue mi... mich ebenfalls ..."

„Er hat Angst vor Rudi", sagte Marie Luise.

Nicht verwunderlich nach den stundenlangen Verhören, dachte Gustav. Er wusste aus Erfahrung, wie hart es bei Verhören im Keller der Polizeidirektion zuging.

Jakob wies allerdings keinerlei äußere Verletzungen auf. Rudis Schergen schienen den Herrn Opernsänger nicht angefasst zu haben.

„Sie sind aus dem Schneider", log Gustav, ohne mit einer Wimper zu zucken. „Ihre Fingerabdrücke befinden sich nicht auf dem Dolch."

„Nein, nein", sagte Jakob rasch. „Ich habe den Dolch wirklich nicht angefasst!"

„Lasst uns hinaus in den Garten gehen. Es ist so ein herrlicher Tag“, schlug Marie Luise vor.

Sie setzten sich an einen Tisch unter einem blühenden Mandelbaum.

Eine ausgesprochen hübsche junge Frau servierte ihnen eine Zitronenlimonade.

„Das ist Olga, meine neue Zofe“, sagte Marie Luise zu Gustav. „Sie ist Russin, spricht aber perfekt Deutsch, weil ihre Mutter eine Deutsche war.“

„Guten Tag, Olga!“, sagte Gustav und musterte, wie er hoffte, möglichst unauffällig, die wohlgerundete junge Frau mit dem dicken blonden Zopf, der bis zu ihrer Taille reichte.

Jakob schien die kleine Schönheit nicht einmal bemerkt zu haben, er redete auf Gustav ein, beteuerte mehrmals seine Unschuld.

„Beruhigen Sie sich bitte, Herr Doma, ich habe Sie nie ernsthaft verdächtigt“, sagte Gustav, obgleich das nicht ganz der Wahrheit entsprach, denn er hatte sehr wohl Jakob in Verdacht gehabt, seinen Rivalen beseitigt zu haben.

Jakob Doma taute erst ein bisschen auf, als Gustav mit ihm allein durch den Garten schlenderte. Marie Luise war ins Haus gegangen, um sich frisch zu machen und der Köchin Anweisungen für den Lunch zu geben.

Jakob erklärte ihm, dass er Wien nicht verlassen könne, weil er bei der bevorstehenden Premiere von La Traviata für Salvatore einspringen musste. Die Gelegenheit, die Partie des Alfredo an der Wiener Hofoper zu singen, konnte und durfte er sich nicht entgehen lassen. Es würde der Höhepunkt seiner bisherigen Karriere sein, meinte er.

Gustav fragte ihn vorsichtig über Salvatore und Theodore Kramer aus.

Jakob berichtete ihm nichts Neues. Er war voll des Lobes, sowohl für den verstorbenen Salvatore als auch für ihren gemeinsamen Agenten.

„Ist der Impresario Italiener?", fragte Gustav.

„Ja und Nein, sein Vater war Österreicher, seine Mutter Italienerin. Er ist ein sehr kluger Mann, spricht fünf Sprachen perfekt, Deutsch, Italienisch, Spanisch, Französisch und Englisch. Er hat mich entdeckt, vor 18 Jahren, als ich an der Oper in Fiume den Don Carlos sang. Ich war die zweite Besetzung. Der Tenor ist mit einer Influenza im Bett gelegen. Ich habe damals sicher miserabel gesungen, Theodore hat mich trotzdem unter Vertrag genommen, und deswegen bin ich ihm bis in alle Ewigkeit zu Dank verpflichtet."

„Vor ein paar Jahren hat er dann allerdings einen sizilianischen Sänger entdeckt. Und seit Salvatore Valentino am Opernhimmel erschienen ist, haben Sie keine Hauptpartie mehr gesungen", warf Gustav ein.

„Ja, ich gebe zu, ich habe mich wie der verstoßene Sohn gefühlt. Aber Salvatore hatte eine bessere Bühnenpräsenz als ich. Außerdem habe ich einige Jahre pausiert. Stimmlich bilde ich mir ein, Salvatore Valentino ebenbürtig gewesen zu sein, doch er war der bessere Schauspieler und viel selbstbewusster als ich."

Überrascht von den ehrlichen Worten des Tenors fiel Gustav keine kritische Frage mehr ein.

Sie kamen an einem Springbrunnen vorbei, der voller tanzender Nymphen war und Gustav an den Neptunbrunnen im Schönbrunner Schlossgarten erinnerte. Wieder einmal haderte er mit seinem Schicksal. Zwar würde er nach dem Tod seines Vaters den Grafentitel und eine nicht zu verachtende Apanage bekommen, aber sowohl diese schöne Villa mit dem prächtigen Park als auch das neue moderne Palais in der Herrengasse würden die beiden leiblichen Töchter des Grafen erben. Vera hatte ihm zigmal erklärt, dass dies recht und billig sei, da der Graf sein Vermögen vor allem seiner verstorbenen Frau zu verdanken hatte, dennoch fiel es Gustav schwer, sich mit der Entscheidung seines Vaters abzufinden. Marie Luise gönnte er die Villa von Herzen, er mochte seine jüngere Halbschwester, aber seine andere Halbschwester, die einen reichen Adeligen aus Bad Ischl geheiratet hatte, würde das moderne Palais in der Herrengasse sicher nicht zu schätzen wissen und wahrscheinlich verkaufen. Sie war eine richtige Landpomeranze geworden und mied die Residenzstadt, kam nur zu allen heiligen Zeiten mit ihren drei schrecklich unerzogenen Kindern und ihrem dicken, gemütlichen Ehegespons nach Wien.

Als hätte Marie Luise seine Gedanken erraten, vernahm er ihr etwas schrilles Organ hinter sich: „Wartet auf mich, ich möchte euch durch meine Latifundien führen", scherzte sie und hängte sich bei Gustav und Jakob ein.

Zu dritt spazierten sie weiter durch den gepflegten Park mit dem Englischen Rasen. Die Mandelbäume standen in voller Blüte und auch so manche Blumen reckten ihre Köpfchen aus der Erde.

Jakob hatte das Thema gewechselt, als sich Marie Luise zu ihnen gesellt hatte. Er schwärmte ihnen nun von seiner Heimat vor, empfahl ihnen, demnächst einmal den Kurort Abbazia zu besuchen.

„Kronprinz Rudolf und seine Frau Stephanie schätzten Abbazia sehr. Nach der Gattin des Kronprinzen wurde sogar ein Hotel benannt, das Hotel Stephanie. Es hat den schönsten Speisesaal, den Sie sich vorstellen können, und viele prachtvolle Theater- und Konzertsäle ..."

Gustav wollte seiner Schwester gerade eine Reise an die Österreichische Riviera empfehlen, als sie ihm zuvorkam: „Sie machen mir den Mund wässrig, Herr Doma. Ich glaube, ich sollte bald einmal nach Abbazia fahren, denkst du nicht auch, Gustav?"

Er nickte. „Es ist allgemein bekannt, dass Kronprinz Rudolf für diese Küstenregion viel übrig hatte. Er hat in seinem Kronprinzenwerk einige Kapitel über Triest, Istrien und Dalmatien vorbereitet. Sie sind nach seinem Tod posthum in einem Band erschienen."

Marie Luise wirkte auf einmal weniger fröhlich. Seufzend sagte sie: „Auch meine geliebte Kaiserin Elisabeth war öfters in Abbazia. Sie hat den schwer kranken Graf Andrássy mehrmals im benachbarten Volosko besucht. Inkognito natürlich."

„Ich weiß", sagte Jakob. „Graf Gyula Andrássy hat die letzten Jahre seines Lebens im Kreise seiner Familie in Trebišov und in der Villa Minich in Volosko verbracht, wo er am 18. Februar 1890 gestorben ist."

„Vielleicht mag Kaiser Franz Joseph Abbazia deswegen nicht?", warf Gustav ein. „Bestimmt war er auf den Andrássy eifersüchtig."

„Aber Seine Majestät wurde sehr wohl öfters in Abbazia gesehen", warf Jakob ein.

„Mit seiner Seelenfreundin, der Schratt?", fragte Marie Luise.

Gustav und Jakob sahen sich an und begannen beide zu lachen.

„Was findet ihr so lustig", fragte Marie Luise.

„Es tut einfach gut, aus deinem Mund zu hören, dass unser Herrscher von Gottes Gnaden auch nur ein armer Sünder ist", spottete Gustav.

Marie Luise fiel in das Lachen der Männer mit ein.

„Wenn man bedenkt, wie alt Seine Majestät ist, gibt einem das Hoffnung, nicht wahr, Herr Doma? Offensichtlich kann man sich auch im hohen Alter noch verlieben.“

„Daran habe ich nie gezweifelt“, sagte Jakob.

„Bitte nicht in eine zweite Schratt“, scherzte Marie Luise.

„Was hast du gegen die Freundin Seiner Majestät einzuwenden? Sie soll sehr witzig sein. Jedenfalls amüsiert sich Seine Majestät offensichtlich bis heute über all den Gesellschaftstratsch, den sie ihm ständig auftischt.“

„Die Schratt ist bestenfalls eine naive Person, höchstwahrscheinlich ist sie aber ziemlich berechnend. Sie kostet den Kaiser ein Vermögen. Dabei ist sie nicht einmal eine grandiose Schauspielerin, sondern hat es nur mit Hilfe kaiserlicher Protektion zu Hauptrollen am Hoftheater gebracht. Ihre Majestät, die Kaiserin, die diese Freundschaft, oder sollten wir es besser Liaison nennen, eingefädelt hat, bezeichnete die Schratt in ihren Briefen mehrmals als den ‚dicken Engel‘ ihres Gemahls und hat sich vom Kaiser gern berichten lassen, wie viele Kilos ‚die Freundin‘ auf ihren zahlreichen Abmagerungskuren verloren hat. Selbstverständlich hat sie nie selbst an diese primitive Person geschrieben. “

„Wie wir wissen, war Ihre Majestät, die Kaiserin, nicht völlig frei von Boshaftigkeit“, sagte Gustav lächelnd. „Diese Ménage-à-trois war jedenfalls unerhört amüsant, findet ihr nicht auch? Außerdem habe ich gehört, dass Kaiserin Elisabeth ihrem Gemahl sogar nahegelegt hat, die Schratt zu heiraten, falls sie vor ihm sterben sollte, was ja leider der Fall gewesen ist. Stellt euch vor, eine Katharina Schratt wird unsere nächste Kaiserin!“

„Hör auf, Gustav, verbreite nicht solche Schauermärchen“, sagte Marie Luise.

„Warum hat Ihre Majestät diese Freundschaft bloß so protegiert“, hakte Gustav nach. „Du, als ihre ehemalige Hofdame, müsstest das eigentlich wissen.“

„Weil sie ihren Mann geliebt und ihm ein bisschen Vergnügen gegönnt hat? Angeblich hatten Seine Majestät und die Schratt ja zu Lebzeiten der Kaiserin keinen intimen Kontakt miteinander.“

„Jetzt hör aber *du* auf mit diesen Märchen, Marie Luise. Unser Kaiser hatte während seiner Ehe jahrelang Geliebte, warum sollte ausgerechnet die Schratt, die keine Kostverächterin ist, ihm nicht zu Diensten gewesen sein?“

„Vielleicht hoffte die Kaiserin, ihre ehelichen Pflichten ihrem Gemahl gegenüber nicht mehr erfüllen zu müssen, wenn sie ihm eine neue Liebe am Silbertablett servierte? Jedenfalls hat sie ihre Hände schützend über diese Beziehung gehalten und die Schratt sogar ins kaiserliche Familienleben zu integrieren versucht, wovon ihre Tochter, Erzherzogin Valerie, nicht gerade begeistert war.“

„Du hast ein sehr loses Mundwerk, Schwesterchen.“

„Ich bin eben ein Wahrheitsapostel. – Verzeihen Sie bitte unsere despektierliche Art, über unser Herrscherhaus zu sprechen, lieber Jakob“, sagte Marie Luise zu ihrem Begleiter, der schweigend ihrem Geplänkel gefolgt war.

„Auch ich glaube an die platonische Liebe“, sagte Jakob und warf Marie Luise einen treuherzigen Blick zu.

Gustav verdrehte die Augen zum Himmel, als er Marie Luises glückliches Lächeln sah.

Bester Laune schlenderten die drei zurück zur Villa.

Beim Abschied musste Gustav seiner Schwester noch einmal versprechen, ihrem Vater gegenüber kein Wort von Jakobs Anwesenheit in der Villa verlauten zu lassen.

Er gab sein Ehrenwort und zog beschwingt von dannen. Jakob Domas offene Art hatte Gustav durchaus für ihn eingenommen. Doch leider konnte er ihn nach wie vor nicht als Täter ausschließen.

10. Gustav wird Opfer eines Unfalls

Beim Eingang zum Schloss Schönbrunn standen einige Fiaker. Gustav nahm den erstbesten, ließ sich in die weiche Polsterung fallen, schloss die Augen und begann, vom Meer und von rothaarigen Nymphen, die alle Dorotheas liebliches Antlitz besaßen, zu träumen. Er wäre fast eingeschlafen, als ihn ein heftiger Ruck und laute Schreie aus seinen süßen Träumen rissen.

Ein Automobil versuchte, seine Kutsche von der Straße abzudrängen. Die Pferde scheuten. Gustav sah das Fahrzeug nur mehr von hinten. Es war eindeutig der dunkelgrüne Wagen, den er vor der Villa Batheny gesehen hatte.

Gustav wollte aussteigen, hatte die Tür bereits geöffnet, doch in diesem Moment gingen die Pferde durch. In höllischem Tempo galoppierten sie die Schönbrunner Straße entlang. Mit Müh und Not gelang es ihm, sich festzuhalten, sonst wäre er auf die Straße gestürzt. In der nächsten Kurve geriet die Kutsche in gefährliche Schräglage und er fiel zurück in den Wagen. Sein Kopf prallte an die eiserne Halterung der Lampe. „Verdammt“, schrie er, fasste sich an die linke Schläfe und spürte einen warmen Saft über seine Finger rinnen. Dann schwanden ihm die Sinne.

Nachdem sich die Pferde beruhigt hatten und in Gleichschritt verfallen waren, kam Gustav wieder zu sich, öffnete das Fenster und bat den Kutscher, ihn nicht in die k.k. Hofstallungen, sondern ins Café Central zu bringen. Mit einem Taschentuch wischte er sich notdürftig das Blut von der Stirn, aber die Wunde hörte nicht auf zu bluten.

Das Café Central war nicht nur das Wohnzimmer der Literaten, sondern auch das zweite Wohnzimmer von Graf Batheny, dessen Palais sich in unmittelbarer Nähe befand.

Er saß allein an seinem Stammtisch bei einem Fenster im hinteren Teil des Cafés.

Gustav wankte auf den Tisch zu.

„Mein Gott, was ist passiert?“ Graf Batheny sprang auf.

„Nichts, nichts, ich hatte einen kleinen Unfall“, sagte Gustav leise. „Aber du solltest sofort veranlassen, dass Marie Luise Polizeischutz bekommt. Rudi ist momentan schwer erreichbar, deshalb musst du deine Beziehungen spielen lassen ...“

„Wovon sprichst du? Drück dich bitte verständlicher aus. Außerdem brauchst du einen Arzt. Lass mich sehen! Das ist eine schlimme Platzwunde. – Herr Ober, holen Sie Dr. Lipschitz, er soll sofort in mein Haus kommen.“

Graf Batheny fasste seinen Sohn unter den Achseln und schleppte ihn nach draußen. Gustav war das Getue seines Vaters peinlich. Er grinste die anderen Gäste, die sie entsetzt anstarrten, verlegen an. Das Blut von seiner Stirn tropfte weiter auf seinen Mund und sein Grinsen musste ziemlich teuflisch aussehen.

Dr. Lipschitz traf keine zehn Minuten später im Palais Batheny ein. Er wohnte ebenfalls im ersten Bezirk.

„Die Wunde muss genäht werden", stellte er nüchtern fest. „Soll ich das machen oder möchten Sie lieber in ein Krankenhaus und sich gründlich untersuchen lassen?"

„Auf keinen Fall! Mir geht es gut. Flicken Sie mich zusammen", scherzte Gustav.

„Ohne Narkose?", fragte der Doktor und sah Gustav skeptisch an.

„Gib mir einen doppelten Cognac, Papa."

Graf Batheny zuckte zusammen. Gustav hatte zum ersten Mal „Papa" zu ihm gesagt.

Mit feuchten Augen reichte er seinem Sohn einen mehr als gut gefüllten Cognacschwenker.

Gustav trank das Glas in einem Zug aus und sagte: „Machen Sie schon, Herr Doktor, bevor die Wirkung nachlässt."

Dr. Lipschitz tat sein Bestes.

Gustav unterdrückte einen Schrei, als die Nadel seine Haut durchstach.

Sein Vater reichte ihm ein zweites Glas Cognac. Er trank es ex.

„Die Narbe wird man kaum sehen. Sie ist direkt über Ihrer linken Augenbraue", sagte Dr. Lipschitz nach dem letzten Stich.

Graf Batheny reichte Gustav einen dritten doppelten Cognac und schenkte auch sich selbst und dem Arzt großzügig ein. Sie stießen alle drei miteinander an.

Gustav fühlte sich völlig benebelt und antwortete seinem Vater lallend, als dieser fragte, ob er die heutige Nacht nicht bei ihm verbringen wollte. „Du, du mu... musst Vera Be...scheid ge... geben."

„Ich werde ihr einen Boten schicken und kein Wort von deiner Verletzung erwähnen, sondern ihr einfach mitteilen, dass du heute bei mir übernachtest. Ist das in deinem Sinne?“

„Da… danke“, stammelte Gustav.

„Fühlst du dich imstande, mir zu erklären, warum ich für Marie Luise einen Polizeiagenten ordern soll? Ich wäre dir sehr dankbar.“

Gustav nickte, brachte aber kein vernünftiges Wort heraus.

„Soll ich dir Kaffee machen lassen?“

Gustavs Grinsen war eindeutiger als jedes Ja.

Graf Batheny läutete nach seinem Kammerdiener und bat ihn, Kaffee zu bringen.

Nachdem Gustav zwei Tassen wunderbar starken Kaffee und ein Zigarillo genossen hatte, fühlte er sich imstande, seinem Vater zu erzählen, was am späten Nachmittag passiert war. Jakobs Aufenthalt bei Marie Luise erwähnte er mit keinem Wort. Er beschrieb seinem Vater jedoch sehr genau das Automobil, das unweit der Villa Batheny geparkt und dessen Fahrer ihn verfolgt hatte.

„Verdammt! Und das alles nur wegen des verfluchten Sängers, den sie bei sich aufgenommen hat. Wie heißt er, dieser Kroate, Jakob …?“

„Du weißt Bescheid?“

„Glaubst du im Ernst, meine Bediensteten wagen es, vor mir etwas geheim zu halten? Marie Luise ist, trotz ihrer achtundzwanzig Jahre, ein richtiger Kindskopf. Sie wird wohl niemals erwachsen werden. Du denkst, sie ist ernsthaft in Gefahr? Ich muss zu ihr. Du gehst jetzt ins Bett. Karl wird sich um dich kümmern. Er wird, wenn nötig, die ganze Nacht an deinem Bett verbringen. Ich fahre sofort nach Hietzing. Nicht auszudenken, wenn italienische Banditen Marie Luise bedrohen oder ihr gar etwas antun sollten, weil sie diesen Mörder beherbergt."

„Jakob ist kein Mörder! Und Salvatore Valentino war sicher kein Mitglied der italienischen Mafia. Er stammte zwar aus Sizilien, hatte jedoch in den letzten Jahren ausschließlich Engagements in Opernhäusern nördlich von Rom, Neapel und Palermo."

„Das sagt gar nichts über seine Kontakte zu den Verbrecherbanden in Süditalien aus ..."

„Ich will ja, dass du Marie Luise beschützt, aber nicht persönlich. Ruf den Polizeidirektor an und ersuche ihn um seine Hilfe. "

„Nein, ich werde selbst in die Maxingstraße fahren."

„Gut, ich komme mit."

„Du bleibst hier, und Karl wird auf dich achtgeben."

„Bist du jetzt nicht ein bisschen unrealistisch, Papa? Was willst du allein gegen vielleicht mehrere Verbrecher ausrichten? Willst du sie mit deiner Pistole in Schach halten? Außerdem wissen wir nicht, ob sich tatsächlich eine Mörderbande vor eurer Villa herumtreibt. Ich vermute, es handelt sich eher um eine Person, die uns Angst einjagen will."

Graf Batheny dachte über die Worte von Gustav nach, ließ aber trotzdem seinen Chauffeur rufen und verabschiedete sich von seinem Sohn mit einem Kuss auf die Stirn.

Gustav fiel in dem wunderbaren Himmelbett im Gästezimmer seines Vaters sofort in tiefen Schlaf. Er nahm nicht einmal mehr wahr, dass der alte Kammerdiener ihm ein Glas Milch mit Honig ans Bett brachte.

Als Gustav am nächsten Morgen erwachte, saßen Marie Luise und Jakob an seinem Bett.

Graf Batheny hatte die beiden noch gestern Nacht in sein Palais in der Herrengasse gebracht.

Da er seiner Tochter versichert hatte, dass nicht Gustav die Anwesenheit von Jakob in ihrer Villa verraten hatte, zeigte Marie Luise nichts anderes als Mitleid mit ihrem Bruder.

Gustav wehrte ihr fürsorgliches Getue ab und bestand darauf, gleich nach dem Frühstück heimzugehen.

Sein Vater ließ ihn mit seinem Automobil in die k.k. Hofstallungen bringen.

Als Gustav seiner Tante von der Höllenfahrt mit der Kutsche erzählte, wurde sie ganz blass. Sie fand, dass er richtig gehandelt hatte. „Nicht auszudenken, was Marie Luise passieren hätte können, wenn sie allein mit Jakob in der einsamen Villa in Hietzing geblieben wäre."

Gustav wollte seinen Freund Rudi unbedingt über die letzten Ereignisse unterrichten, doch es war Sonntag und Rudi würde heute nicht im Kommissariat sein. Deshalb ließ sich Gustav in den fünften Bezirk, nach Margareten, kutschieren.

Rudi Kasper wohnte nach wie vor bei seinem Vater in einem heruntergekommenen Haus in der Schlossgasse, über dem Wirtshaus „Zu den drei Elefanten", das seinem Vater gehörte.

Gustav holte seinen Freund buchstäblich aus dem Bett. Der Polizei-Oberkommissär öffnete ihm im Nachthemd die Tür.

In der Wohnung roch es fürchterlich. Schmutziges Geschirr türmte sich in der Abwasch und leere Wein- und Bierflaschen kugelten am Boden herum.

Rudi war nicht gerade erfreut über den Besuch am frühen Morgen, wurde aber sofort hellwach, als Gustav ihm von seinem Unfall mit der Kutsche erzählte.

„Irgendjemand hat es auf mich abgesehen. Ich habe keine andere Erklärung dafür, als dass jemandem meine Nachforschungen missfallen. Der Zettel, den ich nach dem Überfall beim Theseustempel in meiner Hosentasche entdeckt habe, weist ja auch daraufhin. Leider habe ich nicht die geringste Ahnung, wer dahinterstecken könnte“, sagte Gustav.

„Magst einen Kaffee?“, fragte Rudi.

„Gerne“, antwortete Gustav. „Aber zieh dich erst einmal an.“

Während Rudi in Hose und Hemd schlüpfte, zündete Gustav den Gasherd an und setze Wasser auf.

Sie tranken Kaffee, rauchten Zigarillos und Gustav berichtete seinem Freund nun detailliert von den letzten Ereignissen.

11. Dorothea kommt nach Wien

Mitte April fand an der Wiener Hofoper die Premiere von La Traviata statt, dirigiert von Arturo Toscanini.

Marie Luise wusste, dass Gustav diese Oper liebte und Toscanini für den größten Dirigenten aller Zeiten hielt, und hatte ihn deshalb zur Premiere eingeladen.

Gustav freute sich sehr auf diesen Abend. Er hätte sich höchstens einen Stehplatz leisten können, diese waren bei der Premiere aber sicherlich den Angehörigen der Armee vorbehalten.

Eine Woche vorher überstürzten sich die Ereignisse im Hause Karoly.

Ein Telegramm von Dorothea traf ein. Sie kündigte zu Gustavs und Veras großer Freude ihren Besuch für den Tag der Premiere an.

Gustav geriet völlig aus dem Häuschen, quälte seine Tante mit unsinnigen Fragen: „Glaubst du, sie wird dieses Mal länger bleiben? Kehrt sie vielleicht gar für immer nach Wien zurück?"

„Gustav hör auf. Ich weiß nicht mehr, als in dem Telegramm steht."

„Ich gehe an dem Tag von Dorotheas Ankunft auf keinen Fall mit Marie Luise in die Hofoper, sondern werde sie selbstverständlich vom Bahnhof abholen."

„Der Zug aus Zürich kommt gegen Mittag ..."

„Und wenn er Verspätung haben sollte? Außerdem will ich sie nicht gleich an ihrem ersten Abend in Wien allein lassen."

„Rede nicht solchen Unsinn! Du wirst mir wohl einen Abend allein mit meiner Patentochter gönnen."

Dagegen fiel Gustav kein Argument mehr ein.

Dorothea war für seine Tante wie eine Tochter. Dorotheas Mutter Valerie war Veras beste Freundin gewesen. Sie hatten zusammen eine Schule für höhere Töchter besucht und waren bis zu Valeries Hochzeit mit einem Hamburger Arzt unzertrennlich gewesen.

Als Valerie nach dem Tod ihres Mannes mit ihrer Tochter nach Wien zurückkehrte, hatte sich Vera liebevoll um die beiden gekümmert. Sie hatte jedoch nicht verhindern können, dass ihre beste Freundin in der k.k. Irrenanstalt am Michelbeuern'schen Grund zu Tode gequält worden war.

Valerie hatte gemeinsam mit ihrem Ehemann in Hamburg die Ärmsten der Armen behandelt. Sie hatte über ausgezeichnete medizinische Kenntnisse verfügt. Da sie nicht studieren hatte dürfen, konnte sie offiziell nicht als Ärztin praktizieren. In Hamburg hatte sich während der großen Choleraepidemie kein Mensch darum gekümmert, ob die Frau, die sich an der Seite ihres Mannes für die Kranken aufopferte, ein Diplom von einer Universität besaß oder nicht. Als sie auch in Wien arme kranke Leute zu behandeln begann, denunzierte sie jemand bei der Polizei. Sie wurde der Kurpfuscherei angeklagt, und als sie sich bei ihrer Verhaftung tatkräftig zur Wehr setzte, kurzerhand in die k.k. Irrenanstalt am Michelbeuern'schen Grund eingeliefert.

Vera setzte damals alles in Bewegung, doch selbst ihre guten Beziehungen zu Damen der besseren Gesellschaft halfen nichts. Valerie starb nach wenigen Wochen an einer Lungenentzündung, die sie sich durch die Behandlung mit eiskalten Wassergüssen geholt hatte. Vera sprach damals von Mord.

Die kleine Dorothea kam zu Verwandten ihres Vaters nach Hamburg und wurde später von diesen in ein Schweizer Internat geschickt.

Vera hielt die ganzen Jahre über Kontakt zu ihrer Patentochter, lud sie in den Ferien immer nach Wien ein. Und sobald Dorothea auf eigenen Füßen stand, zog sie zu den Karolys. Sie lebte einige Zeit gemeinsam mit Vera und Gustav in der Wohnung über den k.k. Hofstallungen. Damals verliebte sich Gustav unsterblich in sie.

Gustav suchte seine Halbschwester auf, um ihr mitzuteilen, dass er wegen Dorotheas überraschendem Besuch leider nicht zu der Premiere von La Traviata gehen könne.

Marie Luise wusste, wie sehr Gustav Dorothea verehrte, und war auch selbst mit ihr befreundet.

„Dorotheas Besuch kommt mir wie gerufen! Stell dir vor, ich wollte dir ebenfalls absagen und dir vorschlagen, dass du mit Vera in die Hofoper gehst. Ich habe gestern eine Einladung vom Hof bekommen, muss an einem Bankett für den König von Belgien teilnehmen. Diese Einladung kann ich unmöglich ausschlagen. Erzherzogin Stephanie hat mir ihre Plätze in der Proszeniumsloge überlassen, weil sie ja mit ihrem neuen Ehemann, dem Grafen Elemér Lónyay, zurzeit auf Hochzeitsreise weilt. Warum kommt ihr Vater König Leopold II. ausgerechnet jetzt nach Wien?".

„Angeblich ist die Erzherzogin mit ihrem Vater heillos zerstritten ..."

„Ach ja, wegen dieser Mesalliance, oder?"

„Was weiß ich."

„Egal, ich muss jedenfalls zu diesem langweiligen Bankett. Was hältst du davon, wenn ich Dorothea meine Karte überlasse? Sie liebt Verdis Musik genauso wie du."

„Das würdest du tun? Ich stehe tief in deiner Schuld! Das werde ich dir nie vergessen."

„Ach komm, übertreib nicht so, Gustav. Höchstwahrscheinlich werde ich kurz vor dem Bankett einen Migräneanfall bekommen, denn ich habe eigentlich keine Lust, diesen Schlächter vom Kongo kennenzulernen. Er hat mehr als zehn Millionen Neger umgebracht oder besser gesagt umbringen lassen. Aber du wirst verstehen, dass ich trotzdem nicht am selben Abend in der Hofoper erscheinen kann."

Am Tag vor Dorotheas Ankunft herrschte im Hause Karoly hektische Betriebsamkeit.

Vera und Gustav hatten Zimmer und Kabinett, die Dorothea früher bewohnt hatte, seit ihrer Übersiedelung nach Zürich nicht mehr untervermietet.

Dorothea hatte damals einige schwere antike Möbel und Accessoires, die sie von ihren Eltern geerbt hatte, in Wien zurückgelassen. Vera wollte nicht, dass irgendein Fremder diese Gegenstände benützte.

Gustav war nachts, wenn er nicht schlafen konnte, manchmal in Dorotheas Räumlichkeiten gegangen und hatte all ihre Sachen zärtlich berührt. Wenn er an ihrem Schreibtisch saß und sich alte Fotografien, die sie in der Schublade aufbewahrte, ansah, fühlte er sich seiner großen Liebe ein bisschen näher. Meistens gelang es ihm, danach einzuschlafen.

Vera hatte allerdings mittlerweile das Kabinett mit ihren neuen Büchern vollgeräumt. Und diese mussten nun schleunigst wieder weggeschafft werden. Da sie nicht wusste, wohin damit – in ihrem eigenen Zimmer und in ihrem Ankleideraum war absolut kein Platz mehr –, stapelten sie und Josefa die Bücher im Vorzimmer. Dadurch ließen sich die Türen der großen Schränke dort nicht mehr öffnen. Außerdem konnte man den Vorraum nicht mehr betreten, ohne über Bücher zu stolpern.

Kopfschüttelnd ergriff Gustav die Flucht.

„Ich gehe ins Kaffeehaus, hier kann man nicht einmal in Ruhe frühstücken. Und kommt ja nicht auf die Idee, auch mein Zimmer mit Büchern vollzustopfen!"

Er eilte die Wendeltreppe hinunter und riss schwungvoll die Haustür auf.

Ein Koffer traf ihn zwischen den Beinen. Fast wäre er gestürzt, wenn die Besitzerin des Koffers ihn nicht mit beiden Händen festgehalten hätte.

Unter einer schwarzen Hutkrempe blitzten ihn zwei hellblaue Augen an.

„So stürmisch schon am frühen Morgen", neckte ihn die junge Dame.

„Dorothea!" Mehr brachte er nicht heraus.

„Du starrst mich an, als wäre ich ein Gespenst. Ich habe doch telegrafiert. Habt ihr mein Telegramm nicht erhalten?"

„Ja ..., natürlich ..., wir ha... haben erst mor... morgen mit dir gerechnet", stammelte Gustav.

„Willst du mich nicht begrüßen?"

Dorotheas Lächeln war zu viel für ihn. Davon hatte er monatelang geträumt.

Er umarmte sie fester, als es sich geziemte, und drückte seine Lippen auf ihre Stirn. Dabei rutschte ihr der Hut vom Kopf. Ein Windstoß erfasste ihn und trieb ihn vor sich her über den großen Hof.

Lachend löste sich Dorothea aus seinen Armen und lief ihrem Hut hinterher.

Gustav blieb nichts anderes übrig, als ebenfalls dem blöden Hut nachzurennen.

Der Wind spielte mit dem geflochtenen Hütchen, wirbelte es mehrmals in der Luft herum, bevor er es fallen ließ und Gustav mit seinen großen Füßen draufstieg. Er war so schnell gelaufen, dass er nicht rechtzeitig abbremsen hatte können.

Stammelnd und mit hochrotem Kopf beteuerte er: „E... es tu... tut mir so leid, i... ich kaufe dir einen neuen."

„Vergiss den blöden Hut. Er hat mir ohnehin nicht gestanden. Eine Kommilitonin hat ihn mir geschenkt. Sie meinte, ich würde damit älter, oder besser gesagt gesetzter aussehen", beruhigte ihn Dorothea.

Er war untröstlich, entschuldigte sich immer wieder für seine Ungeschicklichkeit.

Schließlich fasste Dorothea seinen Arm und drückte ihm einen Kuss auf die Wange.

Zu Gustavs Leidwesen war es ein rein geschwisterlicher Kuss. Er versuchte, sie im Arm zu behalten, doch sie entzog sich ihm und sagte: „Und jetzt lass uns endlich raufgehen. Ich kann es kaum mehr erwarten, Vera und Josefa zu begrüßen."

Sie reichte ihm ihren kleinen Koffer und eilte mit gerafftem Rock voran die Treppe hoch.

Gustav folgte ihr schweigend und bemüht, beim Anblick ihrer zarten Fessel seine Erregung zu unterdrücken.

Er war wütend auf sich selbst und ein bisschen enttäuscht. Er hatte sich ihr Wiedersehen romantischer vorgestellt.

12. Große Freude im Hause Karoly

Vera und Josefa gerieten beim Anblick von Dorothea völlig aus dem Häuschen. Vera traten sogar Tränen in die Augen, als sie ihre Patentochter mit ausgestreckten Armen festhielt und von oben bis unten musterte.

„Du siehst blendend aus, mein Kind. Die gute Schweizer Luft scheint dir ausgezeichnet zu bekommen. – Ist sie nicht wunderschön?“, fragte sie Gustav.

Mehr als ein zustimmendes Gemurmel war aus seinem Mund nicht zu vernehmen.

„Aber ein bisschen zu dünn“, warf Josefa ein. „Bestimmt hat das gnädige Fräulein vor lauter Studieren aufs Essen vergessen.“

Dorothea umarmte die Haushälterin. „Du wirst mich schon wieder aufpäppeln“, scherzte sie. „Ich habe mich während der endlos langen Zugfahrt so auf deinen Apfelstrudel und deinen Kaiserschmarrn gefreut. So was Famoses gibt es in der ganzen Schweiz nicht.“

Eine größere Freude hätte sie der alten Frau nicht bereiten können. Josefa strahlte übers ganze Gesicht, ließ die drei im Vorzimmer stehen und eilte in die Küche. „Ich mach dir gleich einen Schmarrn. Der Apfelstrudel dauert zu lang, den gibt's erst am Abend", rief sie Dorothea zu.

Auf Gustav schienen die Frauen vergessen zu haben. Er hatte sich auf einem Bücherstapel niedergelassen und bedachte Dorothea mit bewundernden Blicken.

Sie sah sehr mondän aus in dem eleganten dunkelgrauen Reisekleid, das ihre gute Figur betonte. Das kurze tiefschwarze Cape, das sie darüber trug, brachte ihre vornehme Blässe so richtig zur Geltung.

Vera nahm ihr den völlig zerbeulten Hut aus der Hand. „Was ist denn mit deinem Hut passiert?", fragte sie.

„Den hat Gustav auf dem Gewissen", sagte Dorothea mit ernster Miene. „Er hat ihm nicht gefallen." Sie zwinkerte Gustav zu.

Er nickte schuldbewusst. Dann begannen beide gleichzeitig zu lachen.

„Versucht ihr etwa, eure alte Tante auf den Arm zu nehmen?", fragte Vera und fiel in das Lachen mit ein, als Gustav ihr von seinem Missgeschick berichtete.

Gustav ließ Dorothea keine Sekunde aus den Augen, selbst, als er zu Vera sprach, sah er Dorothea an.

Ihr Gesicht war tatsächlich schmäler geworden. Josefa hat Recht, sie hat abgenommen, dachte er.

Dorothea war eine sehr hübsche junge Frau, hatte aber nie dem herrschenden Schönheitsideal entsprochen. Dafür waren ihre Gesichtszüge zu unregelmäßig, ihr Mund war zu groß und ihre leicht gebogene Nase zu lang. Das Schönste an ihr waren ihre graublauen Augen, die je nach Lichteinfall die Farbe wechselen konnten wie ein Chamäleon, von hellblau über graublau bis fast dunkelblau. Auch ihr dichtes, lockiges, rotblondes Haar und ihre weiße glatte Haut begeisterten ihn immer wieder aufs Neue.

Als sie Kinder waren, hatte Gustav sie oft wegen ihrer vielen Sommersprossen geneckt, heute hätte er am liebsten jede einzelne dieser Sommersprossen geküsst.

Seiner Meinung nach war Dorothea perfekt. Er fand sie hinreißend und konnte den Blick nicht von ihr wenden.

Erst, als sich die ganze Aufregung gelegt hatte, schien Dorothea das Chaos im Vorzimmer zu bemerken.

„Macht ihr Großputz? Hoffentlich nicht wegen mir."

Vera blickte verlegen zu Boden.

„Meine Tante kann es nicht lassen. Seit du weggegangen bist, hat sie sich noch ein paar Bücher zugelegt und jetzt weiß sie nicht mehr, wohin damit ...", ätzte Gustav.

„Ah, ich verstehe, du hast deine Bibliothek auf die ganze Wohnung ausgedehnt", sagte Dorothea belustigt und zwinkerte Gustav wieder zu.

Ihm wurde ganz heiß.

„Wir schaffen diese Schätze schleunigst dahin zurück, wo sie hergekommen sind. Ich nehme an, sie waren im Kabinett, oder?"

„Nein, das kommt nicht in Frage. Du sollst dich hier wohlfühlen und dich nach deinem Belieben einrichten. Außerdem bist du sicher hungrig und durstig. Josefa, stell bitte Wasser auf", rief Vera.

„Ich habe im Speisewagen gegessen. Später trinke ich gerne einen Kaffee. Zuerst entfernen wir aber dieses Chaos", sagte Dorothea. „Ich kann nur ein paar Tage bleiben und habe deshalb nicht viel Gepäck dabei."

Nicht einmal eine Woche? Das darf nicht wahr sein, dachte Gustav erschrocken.

Die beiden Frauen zankten sich eine Weile liebevoll, doch Dorothea setzte schließlich ihren Kopf durch. Ein

Großteil der Bücher wanderte zurück in das Kabinett. Und dieses Mal blieb Gustav nichts anderes übrig als mitanzupacken.

Anschließend tranken sie Kaffee auf der Terrasse über dem großen Hof.

Dorothea langte beim Kaiserschmarrn kräftig zu. Gustav brachte fast keinen Bissen hinunter. Er war viel zu aufgeregt, um zu essen.

Es war ein herrlicher Frühlingstag. Die Kastanienbäume und Fliedersträucher unten im Hof begannen gerade zu blühen. Wegen des Windes konnten sie keinen Sonnenschirm aufspannen, doch die zarten grünen Blätter des Wilden Weins, die sich an der fragilen Holzkonstruktion emporrankten, spendeten bereits ein bisschen Schatten.

Gustav fröstelte leicht. Er holte sich einen Liegestuhl, stellte ihn neben den Gartentisch in die Sonne und machte es sich darin gemütlich. Erst, nachdem er sich ein Zigarillo angesteckt hatte, begann er, sich zu entspannen. Er streckte seine langen Beine aus, schloss die Augen und lauschte Dorotheas Stimme.

Es stellte sich heraus, dass Dorothea ihnen in ihrem Telegramm das falsche Datum mitgeteilt hatte. Sie entschuldigte sich, meinte, die letzten Wochen in Zürich wären sehr hektisch gewesen.

„Vor zwei Wochen habe ich einen Brief von Professor Abendrot, dem berühmten Gerichtsmediziner, bekommen. Du erinnerst dich bestimmt an ihn, Gustav. Er war so eine Art Mentor für mich, hat sich sehr dafür eingesetzt, dass ich vor zwei Jahren als außerordentliche Hörerin an der Medizinischen Fakultät in Wien Vorlesungen besuchen hab dürfen.“

Gustav erinnerte sich nur allzu gut an den alten Herrn. Er war damals eifersüchtig auf ihn gewesen, hatte ihm unsittliche Absichten auf Dorothea unterstellt. Heute schämte er sich für sein kindisches Verhalten, denn mittlerweile hatte sich Dr. Abendrot bei der Aufklärung mehrerer Mordfälle als äußerst hilfreich erwiesen.

Er hielt also lieber den Mund und hörte Dorothea weiter zu.

„Nach all den Hindernissen, die mir, leider auch von meinem früheren Verlobten Dr. Carl Jank, in den Weg gelegt worden sind, habe ich mich gefragt, ob ich denn um jeden Preis Neurologin werden und in einer Nervenheilanstalt arbeiten möchte. Mit einer Stelle im berühmten Burghölzli wird es wohl doch nichts werden, obwohl Carl mittlerweile nicht mehr gegen meine Aufnahme votiert. Aber die anderen Professoren dort halten ein weibliches Wesen ebenfalls für zu zart besaitet, um die angeblich sehr gefährlichen Geisteskranken zu behandeln."

Gustav atmete hörbar auf.

Dorothea sah ihn irritiert an.

„Schwachsinn", beeilte er sich zu sagen. „Wahrscheinlich sind Frauen sogar besser geeignet, mit Geisteskranken umzugehen, weil sie ein größeres Einfühlungsvermögen besitzen."

Dorothea belohnte ihn mit einem liebevollen Lächeln.

„Nach reiflicher Überlegung bin ich zu dem Schluss gekommen, Dr. Abendrots Angebot in Erwägung zu ziehen."

„Und was hat er dir angeboten?", fragte Vera.

„Verzeiht, habe ich das nicht erwähnt? Ich bin etwas durcheinander."

„Kein Wunder nach dieser langen Zugfahrt. Du musst völlig erschöpft sein. Willst du dich nicht ein bisschen hinlegen? Josefa hat dein Bett bereits hergerichtet. Du kannst uns alles erzählen, nachdem du dich ausgeruht hast."

„Ich bin putzmunter, außerdem kann ich am helllichten Tag sowieso nicht schlafen. – Also, Professor Abendrot hat vorgeschlagen, dass ich nach dem Abschluss meines Studiums an seinem Institut arbeiten solle. Er würde mich höchstpersönlich als Gerichtsmedizinerin ausbilden."

„Bist du dir sicher, dass du das möchtest? Du hättest vorwiegend mit Leichen zu tun, könntest niemanden heilen, so wie deine Eltern ..." Vera blickte ihre Patentochter skeptisch an.

„Glaubt mir, ich habe mir das gründlich überlegt. Und weil du von meinen Eltern sprichst: Mein Vater hat den Kampf gegen die Cholera verloren. Die meisten seiner Patienten und auch er selbst sind an dieser Seuche gestorben. Und meine Mutter wurde grausam dafür bestraft, dass sie Menschen zu heilen versucht hat." Aus Dorotheas Stimme war jede Sanftheit gewichen, sie sprach laut und heftig.

„Die Zeiten haben sich geändert", warf Vera ein.

Dorothea schaute ihre Patentante nachdenklich an. „Wahrscheinlich sollte ich zuerst eine Psychoanalyse bei Dr. Freud machen, bevor ich mich endgültig entscheide. Ich fürchte jedoch, mein Geld wird dafür nicht ausreichen, außerdem möchte ich unbedingt bald arbeiten. Ich werde mich auf jeden Fall in den nächsten Tagen mal auf der Gerichtsmedizin umsehen. Morgen Mittag bin ich mit Dr. Abendrot verabredet. Danach werde ich mehr wissen."

Gustav fragte sich, ob er sich freuen sollte. Er konnte sich Dorothea nicht als Pathologin oder gar als Gerichtsmedizinerin vorstellen. Sie war, trotz ihrer schweren Kindheit, ein lebensfroher Mensch. Womöglich würden sich all die Leichen auf ihr sonniges Gemüt negativ auswirken.

Andererseits würde eine Stelle am Indagandishof, wie das Institut im Volksmund genannt wurde, bedeuten, dass Dorothea in Wien blieb. Was das für ihn heißen würde, wagte er sich momentan nicht einmal auszumalen.

Mit zitternden Knien erhob er sich aus dem Liegestuhl.

„Ich denke, wir sollten auf Dorotheas Zukunft anstoßen. Ich hole uns eine Flasche Sekt aus dem Keller", sagte er.

„Bleib sitzen, Gustl, ich geh schon", sagte Josefa.

„Nein, du bleibst sitzen, du bist heute den ganzen Vormittag mit Veras Büchern herumgelaufen."

Dieses Mal bekam er nicht nur einen dankbaren Blick von seinem ehemaligen Kindermädchen, sondern auch Dorothea schaute ihn lange und, wie er sich einbildete, anerkennend an.

Nach dem ersten Glas Sekt fielen Dorothea im Sitzen die Augen zu. Nicht einmal dem Schampus war es gelungen, sie wach zu halten.

Vera bestand darauf, dass sie sich endlich hinlegte.

Gustav blieb allein in seinem Liegestuhl auf der Terrasse zurück.

13. Beim Heurigen

Am frühen Abend fuhren Dorothea, Vera und Gustav, trotz Josefas Protest – sie hatte gerade einen Apfelstrudel ins Rohr geschoben –, nach Neustift am Walde zu einem Heurigen.

Dorothea hatte sich einen Heurigenbesuch in Grinzing gewünscht. Gustav hatte Neustift vorgeschlagen, nicht, weil es näher war, sondern weil er dort einen besonders netten Heurigen kannte. Außerdem befürchtete er, in Grinzing zu viele Bekannte zu treffen, die er Dorothea und seiner Tante nicht unbedingt vorstellen wollte.

„Deinen köstlichen Strudel essen wir zum Frühstück. Kalt bekommt er einem eh besser als warm", hatte die zukünftige Ärztin die aufgebrachte Josefa beruhigt.

„Ich habe die Heurigen in Zürich schrecklich vermisst und freue mich unheimlich auf ein Glaserl Wein und ein bisschen Musik. Erst dann werde ich mich in Wien wieder so richtig zuhause fühlen", sagte sie zu Vera und Gustav, als sie im Fiaker saßen.

Gustav hatte den Kutscher Edi engagiert, der einst bei ihnen als Untermieter gewohnt hatte. Bei Edi hatte er noch etwas gut. Er würde ihm sicher nur die Hälfte des üblichen Fahrpreises berechnen.

Die Fahrt durch die Vorstädte dauerte eine kleine Ewigkeit. Gustav und Dorothea hatten Vera den Platz in Fahrtrichtung überlassen und sich ihr gegenüber hingesetzt. Gustav konnte zwar nun seiner Angebeteten nicht andauernd in die Augen schauen, aber ihre linke Hüfte und ihr linkes Bein zu spüren und hin und wieder in einer scharfen Kurve auch ihre Brüste, entschädigte ihn mehr als erhofft für den Verzicht, ihr liebliches Antlitz betrachten zu können.

Obwohl es ein milder Abend war, hatte Gustav fürsorglich eine Decke über Dorotheas und seine Beine gebreitet. Auch Vera hatte sich in eine Decke gewickelt, und so verbrachten sie die lange Fahrt recht gemütlich.

Er stellte sich vor, wie sich Dorothea ihrer weißen Strümpfe entledigte und ihre nackten Beine zum Vorschein kamen. In Gedanken strich er zärtlich mit seinen Händen ihre Waden entlang, küsste ihre Kniekehlen und tastete sich über ihre Schenkel vor zu ihrer Scham. Er fragte sich, ob ihre Schamhaare ebenfalls rötlich waren. Zum Glück verhüllte die dicke warme Decke seine Erregung.

Während sich Gustav seinen erotischen Träumen hingab, erzählte Vera ihrer Patentochter von ihren Bemühungen, mit Hilfe von Petitionen und Kampfschriften den Frauen Zugang zum Medizinstudium an der Wiener Universität zu ermöglichen. „Wir haben es fast geschafft. Der neue Rektor hat uns bereits eine mündliche Zusage gegeben", sagte sie stolz.

Gustav kannte diese Geschichten in- und auswendig, zeigte jedoch Interesse und gab manchmal anerkennende Worte von sich.

Dorothea quittierte diese jedes Mal mit einem Lächeln.

Er kam sich wie ein schlimmer Heuchler vor. Aber hatte sein Freund Rudi nicht einmal zu ihm gesagt, dass in der Liebe alles erlaubt wäre?

Als sie an den vielen Fabriksschloten und den hässlichen Mietskasernen in Hernals vorbeifuhren, sagte Dorothea: „Diese Stahlwerke schießen hier ja wie die Schwammerl aus dem Boden. Bedeutet das nicht Krieg? Oder was erzeugen die da? Waffen, nicht wahr?"

„Wir sind im 20. Jahrhundert angelangt, und all die Herrscher Europas sind sowieso miteinander verschwägert oder sonst irgendwie verwandt. Glaubst du im Ernst, dass unser Kaiser seinen Cousins oder einem seiner Schwager den Krieg erklären wird oder umgekehrt? Nein, das 20. Jahrhundert wird ein sehr friedliches werden, das friedlichste aller Zeiten, glaub mir."

„Ach Gustav, sei nicht so naiv", unterbrach ihn Vera. „Dorothea hat das völlig richtig erkannt. Wozu produzieren die Kapitalisten all dieses Teufelszeugs? Natürlich, um es zu verkaufen. Und irgendwer wird es einsetzen, egal, ob gegen seinen Cousin oder gegen seinen Schwager."

„Alle Kaiser und Könige sind tatsächlich miteinander verwandt? Was für ein Inzuchtverein", sagte Dorothea.

Die ernste Stimmung war verflogen. Vera und Dorothea kicherten wie junge Mädchen und machten sich über die diversen Herrscherhäuser in Europa lustig.

Dorothea missfiel vor allem der deutsche Kaiser. „Wilhelm der II. ist völlig meschugge", sagte sie. „Wahrscheinlich hat er schreckliche Minderwertigkeitsgefühle wegen seines gelähmten und verkürzten Arms und kompensiert diese, würde Dr. Freud sagen, durch besonders männliche Vorlieben."

„Im Böckeschießen sind auch unser Kaiser und vor allem der Thronfolger Franz Ferdinand große Klasse", warf Gustav ein. „Erzherzog Franz Ferdinand erschießt alles, was ihm vor die Flinte kommt."

„Hört auf, ihr beiden!", sagte Vera lachend. „Das fällt unter Majestätsbeleidigung, was ihr da von euch gebt."

„Na und? Der Einzige, der uns eventuell hören kann, ist unser Kutscher, und Edi ist sowieso ein Anarchist", sagte Gustav.

„Deine Mutter hat die Elendsquartiere hier in der Vorstadt oft besucht", wurde Vera nun ernst.

„Sie hat mir häufig von den Arbeiterinnen erzählt, die nicht genügend zum Essen hatten und deshalb ihre Kinder von Engelmacherinnen wegmachen ließen, weil sie sowieso schon genügend hungrige Mäuler zu stopfen hatten ...“

„Mama war keine Engelmacherin“, unterbrach Dorothea ihre Patentante.

„Selbstverständlich nicht. Aber sie hat den, nach dem brutalen Abortus meist halbtoten, Frauen geholfen. Sie war eine exzellente Chirurgin, unheimlich geschickt mit Nadel und Faden.“

„Und sie war auch eine begehrte Hebamme, nicht wahr?“

„Ja, Valerie hat viele Kinder mit einem Kaiserschnitt auf die Welt gebracht. Und genau deswegen wurde sie damals der Kurpfuscherei angeklagt.“

„Weil sie dabei auch die Gebärmutter der Frauen entfernt hat, oder?“

„Ja, genau das wurde ihr zum Verhängnis. Die katholische Kirche und die bigotten, oder besser gesagt neidischen Ärzte haben ihr vorgeworfen, dass sie die Mütter gerettet, aber gleichzeitig unfruchtbar gemacht hat. Der Kaiserschnitt war damals eine absolute Notlösung, wenn eine normale Entbindung nicht möglich war, ohne die Mutter zu töten. Ein italienischer Arzt namens Edoardo Porro hat diese Operation 1876 entwickelt, und deine Mutter war eine der Ersten, die diese Methode angewandt und damit vielen Frauen das Leben gerettet hat.“

„Mittlerweile gibt es bessere Methoden. Dr. Pfannenstiel hat den Querschnitt bei Entbindungen eingeführt und der Uterus muss nun nicht mehr komplett entfernt werden“, sagte Dorothea. „Aber meine Mutter war offensichtlich eine echte Pionierin auf diesem Gebiet.“

„Könnten wir bitte das Thema wechseln? Mir ist ohnehin leicht übel wegen dieser schrecklichen Schaukelei“, sagte Gustav.

Die Straßen in den Vorstädten waren in einem sehr schlechten Zustand. Der Fiaker geriet öfters gefährlich ins Wanken.

Vera und Dorothea tauschten amüsierte Blicke aus und unterhielten sich weiter über die neuesten medizinischen Erkenntnisse, was Geburtshilfe betraf.

Gustav hätte sich am liebsten die Ohren zugehalten.

Der Heurige in Neustift am Walde war gut besucht. Gustav ergatterte einen schönen Vierer-Tisch in einer Ecke am Fenster. Er bestellte einen Liter Weißen, obwohl er wusste, dass seine Tante und Dorothea höchstens ein Vierterl trinken würden. Dann holte er zwei Schmalzbrote und zwei Brote mit Verhackertem von der Theke und teilte sie mit dem Messer in jeweils drei Teile.

Dorothea war bereits nach dem ersten Glas Wein leicht beschwipst. Sie trank so gut wie nie Alkohol. Ihre Wangen hatten sich gerötet und ihre blauen Augen funkelten.

Gustav winkte den Akkordeonspieler an ihren Tisch und fragte Dorothea, ob sie einen besonderen Wunsch hätte.

„La Paloma“, sagte sie. „Das war das Lieblingslied meines Vaters.“

„Und das Lieblingslied von Kaiser Maximilian von Mexiko und seiner Frau Charlotte“, sagte Vera lächelnd. „Deshalb ist es bei uns verboten ...“

„Nur auf Kriegsschiffen und Schiffen mit österreichischer Marineflagge“, warf Gustav ein.

„Spiel Er also La Paloma für die Dame“, befahl er dem Musiker.

Der Akkordeonspieler zögerte. „Ich würd lieber was anderes spielen“, sagte er kleinlaut. „Vielleicht sind Geheime da“, flüsterte er Gustav ins Ohr.

„La Paloma – ohé! ...“, begann Gustav zu singen. Er hatte eine schöne Baritonstimme.

Dorothea schenkte sich selbst nach und trank das zweite Glas Wein fast ex. „Auf meinen Papa“, sagte sie. Dann ergriff sie unter dem Tisch Gustavs Hand.

Er erstarrte und hörte zu singen auf.

Der Heurigenmusiker übernahm seinen Part und sang in voller Lautstärke weiter.

„Auf Matrosen, ohé! Einmal muss es vorbei sein. Einmal holt uns die See ...“

Gustav streichelte unterm Tisch zärtlich Dorotheas Hand.

Vera stand verlegen lächelnd auf und ging Richtung Toilette, die sich in einem Verschlag außerhalb des Lokals befand.

Beherzt legte Gustav den Arm um Dorotheas Schultern, beugte sich zu ihr hinunter und drückte ihr einen Kuss auf den Mund.

Dorothea wehrte sich nicht gegen den Kuss, öffnete sogar ihre Lippen.

Sie küssten sich so leidenschaftlich, wie sie sich noch nie zuvor geküsst hatten.

Erst, als der Musiker in der letzten Strophe zum Refrain ausholte: „Einmal muss es vorbei sein. Einmal holt uns die See“, ließen sie voneinander ab.

Kurz danach kehrte Vera vom Plumpsklo zurück.

Gustav hoffte, dass seine Tante ihm nicht anmerkte, wie aufgewühlt er war. Doch sie schien weder Dorotheas gerötete Wangen zu bemerken noch Gustavs leicht schwachsinnigen Gesichtsausdruck.

„Ich glaube, wir sollten uns auf den Heimweg machen“, sagte Vera. „Es ist schon spät, und bis wir zuhause sind, wird es sicher Mitternacht sein.“

Weder Gustav noch Dorothea protestierten.

Gustav gab dem Musiker einen fürstlichen Schmattes und half Dorothea und seiner Tante dann in die Kutsche.

Edi hatte keine andere Fuhr angenommen, hatte den ganzen Abend lang vor dem Heurigen auf die Karolys und Dorothea gewartet.

Während der Rückfahrt waren sowohl Vera als auch Dorothea sehr redselig. Gustav kam kaum zu Wort. Erst, als beide kurz einmal innehielten, teilte er Dorothea mit, dass sie morgen Abend zur Premiere von La Traviata in der Wiener Hofoper gehen würden. „Marie Luise hat uns ihre Karten überlassen, sie muss zu einem Bankett."

„Das ist meine Lieblingsoper", rief Dorothea begeistert und fiel Gustav um den Hals.

Er hatte wieder die Decke über sich und Dorothea gebreitet und suchte unter der Decke ihre Hand.

Sie ließ zu, dass er ihre Rechte sanft drückte.

Den Rest der Fahrt verbrachten sie fast schweigend. Nur Dorothea, die ihren Kopf auf Gustavs Schulter sinken hatte lassen, summte eine Passage aus der Arie „Adieu der Vergangenheit" von Violetta im erschütternden Finale des dritten Aktes: „Lebt wohl, schöne heitere Tage der Vergangenheit, das rosige Antlitz ist schon bleich geworden ..."

„Haltet an, mir ist schlecht!", rief sie plötzlich.

Bis Edi die Pferde endlich zum Stehen brachte, war das Malheur bereits passiert.

Gustav und Vera halfen der armen Dorothea aus der Kutsche. Gustav hielt sie fest um die Taille gepackt, als sie sich am Straßenrand noch einmal übergab.

Edi reinigte mittlerweile wortlos das Innere der Kutsche.

14. Dorothea und Gustav besuchen die Wiener Hofoper

Dorothea kehrte vom Lunch mit dem Gerichtsmediziner Dr. Abendrot höchst aufgekratzt zurück und berichtete Gustav und Vera aufgeregt von dem Gespräch.

„Wie es momentan aussieht, könnte ich im kommenden Herbst eine Stelle an seinem Institut antreten. Ich muss vorher allerdings meine letzten Rigorosen bestehen."

„Das wirst du sicher schaffen", sagte Vera.

„Ja, das hoffe ich auch", sagte Dorothea. „Aber jetzt freue ich mich erst einmal auf den Abend in der Wiener Hofoper. Ich bin Marie Luise so unerhört dankbar für die Karte. Ich muss ihr das unbedingt demnächst selber sagen. Können wir uns nicht heute noch mit ihr treffen, Gustav?"

„Von mir aus gerne, ich fürchte nur, sie wird keine Zeit haben, muss sie doch heute zum Empfang für den belgischen König."

„Dieser Schlächter, der all die Kongogräuel zu verantworten hat, wurde vom Kaiser eingeladen? Leopold der II. ist verantwortlich für den furchtbaren Massenmord in Afrika, mindestens zehn Millionen Menschen mussten daran glauben. Solche Verbrecher sind also willkommen am Wiener Hof und deine Schwester macht ihm ihre Aufwartung? – Nein, Gustav, das kann ich nicht glauben. Ich denke, ich bin in der Schweiz besser aufgehoben als in diesem Land, das Sklavenhalter und Massenmörder unterstützt."

„Ausnahmsweise muss ich Seine Majestät, Kaiser Franz Joseph, verteidigen, er hat dieses belgische Monster nicht zu einem offiziellen Besuch nach Wien eingeladen, sondern der belgische König kommt in privater Angelegenheit nach Wien."

„Deswegen muss Marie Luise noch lange nicht bei diesem Empfang erscheinen“, sagte Dorothea. „Ich bin echt enttäuscht von ihr.“

Gustav, der mittlerweile wusste, dass seine Schwester nicht im Traum daran dachte, dem meistgehassten Herrscher Europas die Ehre zu erweisen, sondern sich nur auf das Bankett ausgeredet hatte, um Dorothea ihre Karte für La Traviata zu überlassen, bemühte sich, seine Schwester zu verteidigen: „ Sie hat mir versichert, Migräne vorzuschützen, wird also an dem Abendessen nicht teilnehmen, aber sie kann unmöglich am selben Abend in die Oper gehen.“

„Ach so.“ Dorothea klang erleichtert.

Sie schwiegen alle drei eine Weile, dann sagte Dorothea leise: „Ich habe noch ein anderes Problem, ich habe nichts Passendes zum Anziehen für einen Opernbesuch, habe nur bequeme Tageskleider mit.“

Am liebsten hätte Gustav ihr sofort ein neues Kleid gekauft, doch er wagte es nicht, ihr diesen Vorschlag zu unterbreiten, und besprach das Problem lieber mit seiner Tante, nachdem Dorothea kurz in ihr Zimmer gegangen war.

Vera kramte lächelnd in ihren Kleiderschränken und brachte ein bezauberndes malvenfarbenes Abendkleid zum Vorschein. „Das müsste Dorothea eigentlich passen, mir ist es mittlerweile zu eng“, sagte sie.

Als Vera und Dorothea zur Anprobe schritten, schickten sie Gustav weg.

Veras schönstes Abendkleid stand ihrer Patentochter sehr gut. Es war mit weißen Perlen bestickt, schulterfrei und hatte ein gewagtes Dekolletee. Dorotheas Busen kam prächtig zur Geltung.

Zu prächtig, fand Vera und machte sich in ihren Schränken auf die Suche nach einer passenden Stola.

Sie wurde fündig. Ein hauchzarter Schal aus champagnerfarbener Brüsseler Spitze, der von ihrer Großmutter stammte, harmonierte perfekt mit dem Kleid.

„Ein bisschen verhüllen schadet nicht“, sagte sie lachend, als sie den Schal um Dorotheas Schultern legte.

„Ich habe fast vergessen, wie schön die Wiener Oper ist“, sagte Dorothea beim Anblick des hell erleuchteten k.k. Hofoperntheaters am Ring.

„Hoffentlich können dich die Architekten hören! Der arme Eduard van der Nüll hat sich ja sogar umgebracht, nachdem ihn ganz Wien wegen dieser versunkenen Kiste verspottet hat. Und sein Freund, der Architekt Sicardsburg, ist zehn Wochen nachher an einem Herzinfarkt gestorben. Keiner der beiden Architekten hat die Fertigstellung des Operngebäudes erlebt. Und all das nur, weil das Niveau der Ringstraße nach dem Beginn der Bauarbeiten um einen Meter angehoben worden ist. ‚Das Königsgrätz der Baukunst‘, nannte die Presse die neue Hofoper, in Anlehnung an die fürchterliche Niederlage unserer Armee in der Schlacht bei Königsgrätz.“

„Was für eine traurige Geschichte“, sagte Dorothea. „Manchmal finde ich Wien richtig deprimierend.“

„Mir geht es nicht anders. Aber jetzt lass uns den Abend genießen.“

Das Innere des Opernhauses war mit Kamelien dekoriert. Diese wunderschönen Blumen hingen von den Logen herab und schmückten den ganzen Saal. Selbst rund um die Bühne waren Kameliensträucher drapiert.

„Wusstest du, dass La Traviata neben Rigoletto auch meine Lieblingsoper ist? Giuseppe Verdi hat in dieser Oper eine Außenseiterin der Gesellschaft, eine Kurtisane, in den Mittelpunkt des Geschehens gestellt, und das finde ich großartig. Normalerweise geht es in Opern doch um irgendwelche großen Helden oder um lächerliche Liebesverwirrungen in höheren Kreisen. Verdi ist meiner Meinung nach der erste Komponist, der eine Edelprostituierte als Hauptfigur erkoren hat", sagte Gustav zu Dorothea.

Sie hatten in der rechten Proszeniumsloge, der Erzherzogsloge, die beste Sicht auf das Orchester und auf die Bühne. Und sie waren allein in dieser großen Loge.

Angehörige des Hochadels und Prominente aus der Welt der Künste sowie die Ringstraßenbarone bevölkerten die benachbarten Logen. Gustav streifte die noblen Herrschaften mit einem kurzen Blick und widmete sich dann ausschließlich seiner schönen Begleiterin.

Als Toscanini den Orchestergraben betrat, fing nicht nur Gustav heftig zu applaudieren an. Und als die ersten Töne der Ouvertüre erklangen, begann er sogar zu weinen. Verdis Musik brachte ihn immer zum Weinen, obwohl sie ja auch fröhlich und zum Teil sogar sehr kämpferisch war. Gustav vergoss die Tränen wegen Dorothea.

Verstohlen ergriff sie seine Hand.

„Verdis Musik ist eine reine Freude für die Seele", murmelte Gustav, führte ihre Hand an seine Lippen und küsste sie leidenschaftlich.

Dorothea entzog ihm ihre Hand bald wieder und beugte sich über die Brüstung der Loge, als Maria Cerruti ihren ersten großen Auftritt hatte.

Obwohl Gustav für diese Sängerin schwärmte, hatte er an dem Abend nur Augen für Dorothea.

Paris 1850. Bei einem rauschenden Fest im Salon der Madame Flora verliebte sich die schöne Violetta, die Geliebte wohlhabender Männer, in den jungen Alfredo und schenkte ihm eine Kamelie, die er ihr, sobald sie verblüht wäre, zurückgeben sollte.

Und mit dieser schönen Blume beginnt eine der tragischsten Liebesgeschichten der Weltliteratur, dachte Gustav, der auch den Roman „Die Kameliendame“ von Alexandre Dumas dem Jüngeren gelesen hatte. Dieser Roman hatte Francesco Maria Piave als Vorlage für das Libretto gedient.

Im zweiten Akt, in dem Violetta und Alfredo in einem Landhaus bei Paris ihr Liebesglück genießen, begeisterte Marie Luises Schützling Jakob Doma, der den Alfredo sang, das Publikum. Er war in Bestform, sogar die kritischen Zuhörer auf den Stehplätzen jubelten ihm nach seiner ersten großen Arie „Lunge da lei ...“ zu. Ein Wunder, nach allem, was vor kurzem passiert war. Immerhin hatte der Tenor unlängst einige Stunden im Gefängnis verbracht ...

Gustav kämpfte wieder mit den Tränen.

Er bemerkte, dass auch Dorotheas Wangen feucht schimmerten, und sofort plagte ihn die Eifersucht, befürchtete er doch, sie würde an ihre geplatzte Verlobung mit Dr. Jank denken.

Von den Bemühungen Alfredos Vater, Violetta dazu zu bringen, Alfredo freizugeben, bekam Gustav nicht viel mit. Er starrte die ganze Zeit Dorothea an, die von dem Geschehen auf der Bühne völlig fasziniert schien. Als die an Schwindsucht leidende Kurtisane ihrem Geliebten schließlich einen Abschiedsbrief schrieb und nach Paris zurückkehrte, kämpfte Dorothea wieder mit den Tränen.

In der Pause flanierte Gustav mit Dorothea am Arm durch die ebenfalls mit Kamelien geschmückten Gänge der Oper. Er wollte weder ein Glas Sekt noch sonst irgendetwas trinken, sondern sich nur ein bisschen bewegen, um seine Erregung loszuwerden.

Als sie im Schwind-Foyer, dem Pausenraum für die adelige Gesellschaft, ankamen, seufzte Dorothea: „Was für ein Prunk!“

„Ja, dieses Foyer ist fantastisch! Die sechzehn kostbaren Fresken wurden nach Kartons von Moritz Ludwig von Schwind ausgeführt, deshalb der Name Schwind-Foyer. Auch die anschließende Loggia ist sehr sehenswert. Möchtest du sie besuchen?“

Dorothea drückte sich enger an ihn, als sie sich den Weg durch die Menge bahnten. Gustav spürte ihre linke Brust, die sich bei jedem Schritt hob und senkte. Er hörte auf zu reden, befürchtete, seine Stimme würde zittern, wenn er das Wort an sie richtete.

„Josefa hat mich zu fest geschnürt, ich krieg kaum Luft“, sagte Dorothea. „Bitte warte einen Augenblick.“

Gustav blieb in geziemendem Abstand vor der Damentoilette stehen.

Plötzlich vernahm er eine vertraute Stimme hinter sich.

„So allein, schöner Mann? Wo ist Ihre bezaubernde Begleiterin abgeblieben?“

Gustav errötete und drehte sich betont langsam um.

Clementine von Heuerbach, eine berühmte Malerin, der man nachsagte, Frauen zu lieben, stand knapp hinter ihm und streckte ihm ihre Hand hin.

Gustav verbeugte sich artig und hauchte einen Kuss auf ihren Handrücken.

„Guten Abend, gnädige Frau“, murmelte er.

In diesem Moment kam Dorothea aus der Toilette.

„Ah, da ist ja das entzückende Kind. Warum haben Sie mir diese kleine Schönheit bisher vorenthalten?“

Die exzentrische Malerin sprach so laut, dass sowohl Dorothea als auch einige andere Opernbesucher ihre Worte hören konnten.

Dorothea errötete vor Zorn. Noch ehe sie etwas erwidern konnte, ergriff Gustav ihre Hand, warf Clementine von Heuerbach einen knappen Abschiedsgruß zu und zog Dorothea hinter sich her Richtung Stiegenhaus.

Er fürchtete ihr scharfes Mundwerk mindestens so sehr wie weitere unpassende Bemerkungen der prominenten Malerin.

„Wer war diese impertinente Person?“, fragte Dorothea mit ebenso lauter Stimme wie vorhin die Heuerbach.

„Bitte sei still, ich erkläre dir gleich alles“, flüsterte Gustav und brachte sie zurück in die Proszeniumsloge.

Er verfluchte Clementine von Heuerbach, die die ganze romantische Stimmung zwischen Dorothea und ihm gründlich verdorben hatte. Bis zum Beginn des dritten Akts musste er nun Dorothea wohl oder übel über die Dame aufklären.

„Ich kann mir nicht vorstellen, dass sie Frauen liebt. Sie scheint ein Auge auf dich geworfen zu haben. Allein, wie sie dich angesehen hat ...“

„Du irrst dich, Dorothea, sie ist wirklich nur an Frauen interessiert, spielt jedoch gern mit den Männern. Und jetzt lass uns bitte dieses leidige Thema beenden. Freuen wir uns lieber auf die großartige Schlussarie der Traviata ....

Als Maria Cerrutis wundervolle Stimme erklang, vergaßen Gustav und Dorothea auf die Malerin und ihre anzüglichen Bemerkungen.

15. Maria Cerruti

Ich hatte während des zweiten Aktes einen trockenen Mund. Außerdem fühlte ich mich leicht schwindlig. Wahr-

scheinlich war meine monatliche Unpässlichkeit die Ursache für dieses Unwohlsein. Da ich wusste, wie wichtig diese von Maestro Arturo Toscanini dirigierte Vorstellung für mich war, riss ich mich zusammen. Zum Glück durfte ich ja ab dem zweiten Akt die leidende Lungenkranke mimen. Die Rolle gelang mir nie besser als an diesem Abend.

Theodore würde wohl endlich einmal mit mir zufrieden sein. Egal, wie sehr ich mich anstrengte, es reichte ihm nie. Am Anfang meiner Karriere, als Theodore Jakob und mich unter Vertrag genommen hatte, war ich ihm zu Willen gewesen. Unsere Affäre hatte ein schnelles Ende gefunden. Jakob, mit dem ich damals zusammen war, kam dahinter und verprügelte mich. Da ich mit einem blauen Auge und einer angeknacksten Rippe nicht auftreten konnte, hatte Theodore eingesehen, dass wir unser Verhältnis beenden mussten. Um Jakob endgültig zu besänftigen, hatte er fortan Jakob mehr gefördert als mich. Seither herrschte ein Art Stillschweigeabkommen zwischen uns dreien. Hin und wieder beglückte ich diesen gestrengen alten Mann aber weiterhin mit meinen goldenen Händen, wie er sie bezeichnete. Von diesen kleinen amourösen Begegnungen durfte Jakob natürlich nichts erfahren. Einige Jahre ging alles gut, dann erwischte uns Jakob eines Abends wieder beim Liebesspiel. Ich dachte damals, er würde Theodore und mich umbringen. Aber im Gegenteil, er wandte sich mit verächtlichem Blick von uns ab und verließ wortlos meine Garderobe. Das war das Ende meiner Beziehung mit Jakob. Er verließ nicht nur mich, sondern die ganze Opernwelt, versteckte sich drei Jahre lang in dem kroatischen Nest, in dem er geboren worden war.

„È strano!“, flüsterte ich.

Keiner, außer Arturo Toscanini, schien mein Flüstern wahrgenommen zu haben. Der Souffleur sagte irgendetwas, und ich bildete mir ein, dass mich alle irritiert ansahen.

Meine Stimme war fast am Versagen, als ich „Cessarono gli spasimi del dolore“ zu singen begann. Das Publikum jubelte, ich bekam Zwischenapplaus.

So überzeugend war ich als Sterbende noch nie gewesen. Dabei war mir nur übel. Kurz keimte der Verdacht in mir auf, dass jemand am Anfang, in der Champagnerszene, etwas in mein Glas gegeben hatte. Ein Brechmittel zum Beispiel? Jakob würde ich so einen üblen Scherz durchaus zutrauen. Seine Eifersucht war nach wie vor ein großes Problem. Obwohl Salvatore tot war, kontrollierte Jakob weiterhin jeden Schritt von mir, verfolgte mich sogar bis in mein Hotelzimmer. Andererseits beteuerte er, dass er mich nicht mehr lieben würde.

„Ach Jakob“, seufzte ich.

„Alfredo“, zischte diese Laus im Souffleurkasten.

Auf einmal wurde mir ganz schwarz vor Augen und ich sank auf die Ottomane. Mein Körper fing zu beben an. Ich konnte das Zittern nicht in den Griff kriegen, flüsterte „in me rinasce“ und brachte keinen weiteren Ton mehr heraus. Meine Zunge schwoll an, Speichel trat aus meinem Mund. Ich gab ein letztes Zucken von mir und hauchte meine Seele aus.

16. Violetta stirbt

Maria Cerruti rührte sich nicht mehr. Irgendjemand rief nach einem Arzt.

Dr. Abendrot war zufällig in der Oper und eilte sofort auf die Bühne.

„Komm mit“, sagte Gustav, nahm Dorothea bei der Hand und lief mit ihr hinunter ins Parterre. Als sie vor der Bühne anlangten, wurde der dunkelrote Vorhang gerade geschlossen.

Ohne lange zu zögern, hob Gustav Dorothea auf die Bühne, stützte sich mit den Armen ab und schwang sich ebenfalls hinauf.

Im selben Moment versuchte auch ein junger dunkelhaariger Bursche, der auf seinem Platz in der ersten Reihe ausgeharrt hatte, auf die Bühne zu springen. Doch einer der Platzanweiser packte ihn an den Beinen, zerrte ihn wieder herunter und brachte ihn zu einem der Ausgänge.

Gustav bekam die Szene nur aus den Augenwinkeln mit. Ein junger heißblütiger Verehrer der Diva, dachte er.

Die Musiker hatten den Orchestergraben zum Teil verlassen, einige standen unschlüssig herum, andere packten seelenruhig ihre Instrumente ein.

Gustav folgte Dorothea hinter den Vorhang.

Sie hatte ihre Abendhandschuhe ausgezogen und beugte sich gerade über die regungslos am Boden liegende Sängerin. Dr. Abendrot, der neben der Toten kniete, sagte: „Wiederbelebungsversuche sind sinnlos, meine Liebe."

„Hat jemand die Polizei verständigt?", rief Gustav.

„Wozu? Sie hatte einen Krampfanfall", sagte der Souffleur.

„Sie ist tot", schrie Gustav ihn an.

„Solche Anfälle sind oft tödlich", bemerkte der Souffleur.

Der abfällige Blick, den Bruno Penzo bei diesen Worten auf die Tote warf, war Gustav nicht entgangen.

„Ich bin mir dessen nicht so sicher", sagte eine tiefe rauchige Stimme. „Sie könnte an einer Lebensmittelvergiftung gestorben sein oder ..." Dr. Abendrot sprach den Satz nicht zu Ende. „Auf jeden Fall werde ich alle Gläser einsammeln und auf mein Institut bringen lassen", fügte er nachdrücklich hinzu. „Würden Sie mir dabei behilflich sein, Herr von Karoly?"

„Maria Cerrutis Glas ist zu Bruch gegangen, als sie stürzte", sagte der Souffleur.

„Diese Scherben sind besonders wichtig. Ich benötige unbedingt etwas Flüssigkeit."

„Ist bereits erledigt", sagte Dorothea. Sie hatte ihre ellbogenlangen weißen Handschuhe wieder angezogen und die Reste des kaputten Glases eingesammelt. Auf einer größeren Scherbe befanden sich ein paar Tropfen Sekt. Sie hielt Dr. Abendrot das zerbrochene Glas mit ausgestreckten Armen hin.

„Wir brauchen ein sauberes Gefäß. Könnten Sie uns eines besorgen, Herr von Karoly? – „Und Sie da, stehen Sie nicht blöd herum und halten Maulaffen feil, sondern holen Sie die restlichen Gläser und stellen Sie diese hier auf den kleinen Tisch", fuhr der Gerichtsmediziner den Souffleur an.

Missmutig sammelte Bruno Penzo die anderen Gläser ein.

Theodore Kramer, der dem Geschehen bisher regungslos und mit leerem Blick gefolgt war, brach plötzlich weinend zusammen. Er fiel so unglücklich, dass er dabei Dorothea anstieß. Die Glasscherben landeten zum Teil auf dem Boden und brachen erneut in mehrere Teile. Die eine Scherbe, auf der sich Reste von Flüssigkeit befanden, konnte sie allerdings in letzter Sekunde retten.

Alma Lang hatte sich im selben Moment, als Theodore umfiel, auf ihn gestürzt. Sie tätschelte seine Wangen und sprach leise auf ihn ein. Doch er verscheuchte sie mit einer heftigen Handbewegung.

Gustav beobachtete den älteren Mann, der schluchzend am Boden lag. Als er endlich zu weinen aufhörte, näherte sich Gustav ihm und reichte ihm seine Hand.

„Stehen Sie auf, Sie können hier nicht liegenbleiben! Gleich wird die Polizei eintreffen.“

Theodore ergriff seine Hand und rappelte sich auf.

„Sie ist tot und ich bin schuld“, schluchzte er und drohte, jeden Moment wieder umzukippen.

Gustav griff ihm unter die Arme und schleppte ihn hinter die Kulissen.

„Was haben Sie getan? Warum sind Sie schuld an Marias Tod?“, fragte Gustav.

„Ich hätte sie heute nicht singen lassen dürfen. Sie war erkältet. Die Anstrengung war zu viel für ihr schwaches Herz. Aber ich habe sie praktisch gezwungen aufzutreten ...“

„Maria Cerruti ist nicht an einem Herzversagen gestorben“, versicherte ihm Dorothea, die den beiden Männern gefolgt war. Die Glasscherben befanden sich mittlerweile in Dr. Abendrots Händen. „War sie Epileptikerin?“, fragte sie den Impresario.

„Nein, wie kommen Sie auf diese Idee?“

„Sie hat so eigenartig gezuckt und hatte Speichel vor dem Mund“

„Hören Sie auf!“, schrie er und raufte sich sein lockiges graues Haar.

Gustav durchsuchte, bevor die Polizei eintraf, rasch Maria Cerrutis Garderobe. Außer den üblichen Schminksachen und jeder Menge Kostüme fielen ihm ein paar Schriftstücke auf, die auf ihrer Psyche herumlagen. Außer Verträgen fand er dort auch einen Brief, den die Sängerin anscheinend kurz vor ihrem Auftritt an den Hofoperndirektor Gustav Mahler geschrieben hatte. Es handelte sich offensichtlich um einen Entwurf, denn das meiste hatte sie durchgestrichen. Gustav konnte ihrem vor Rechtschreibfehlern nur so strotzendem Geschreibsel entnehmen, dass sie sich in diesem Brief über die miserablen Bedingungen bei den Proben beklagte und einige ihrer Kollegen – und vor allem den Souffleur – anschwärzte, der ihr öfters absichtlich falsche Einsätze gegeben hätte.

17. Zu viele Verdächtige

Dorothea war in aller Herrgottsfrüh ins Institut für Gerichtliche Medizin in der Spitalgasse aufgebrochen. Vera und Josefa waren gemeinsam einkaufen gegangen.

Gustav saß allein am Esstisch in seiner Wohnung und bemühte sich, die Ereignisse des vergangenen Abends zu rekonstruieren.

Gegen Mittag erschien Marie Luise bei den Karolys.

„Jakob wird nun auch verdächtigt, Maria Cerruti ermordet zu haben", sagte sie zu Gustav, ohne ein Wort des Grußes, und eilte an ihm vorbei in die Wohnküche.

„Dein Freund Rudi Kasper hält ihn sogar für den Hauptverdächtigen. Du musst mir helfen, seine Unschuld zu beweisen. Er hat weder Salvatore Valentino noch Maria Cerruti umgebracht, glaub mir, Jakob ist kein Mörder."

„Könntest du mir bitte langsam und der Reihe nach erzählen, was mittlerweile passiert ist? Seit Dorothea und ich gestern die Oper verlassen haben, habe ich nichts Neues mehr gehört."

„Jakob ist gestern Abend von deinem Freund in Gewahrsam genommen worden und hat die Nacht im Gefängnis verbracht. Ich wurde heute früh von einem anderen Sänger, der mit Jakob befreundet ist, über seine Verhaftung verständigt. Dein Freund, der Oberkommissär muss verrückt geworden sein. Allein der Gedanke, dass Jakob Maria ermordet haben könnte, ist völlig absurd. Jakob und Maria haben ihre langjährige Beziehung vor nunmehr fast zehn Jahren beendet. Zehn Jahre sind eine lange Zeit. Glaubst du im Ernst, dass er nach wie vor krank vor Eifersucht war? Als sie gemeinsam in Wien den Otello geprobt haben, sind sie wunderbar miteinander ausgekommen. Sie hat damals ein Techtelmechtel mit dem berühmten Salvatore angefangen, und Jakob hat davon gewusst. Es schien ihn nicht gestört zu haben. Jakob und Maria stammen aus Kroatien, haben sich in Fiume kennengelernt, als sie bei derselben Lehrerin Gesangsunterricht genommen haben. Sie waren ein paar Jahre lang ein Liebespaar. Maria ist fremdgegangen, wann immer es ihrer Karriere förderlich war. Sie hat sogar ein Verhältnis mit ihrem Impresario, diesem alten hässlichen Italiener, gehabt. Wenn Jakob krankhaft eifersüchtig ist, warum hat er sie nicht schon damals umgebracht?“

Diese Frage entbehrte nicht einer gewissen Logik.

Gustav ließ sich schließlich von seiner Halbschwester dazu überreden, die Polizeidirektion aufzusuchen, um seinem Freund Rudi mehr Details über die laufenden Ermittlungen zu entlocken.

Marie Luise wollte unbedingt mitkommen, doch Gustav blieb hart. „Ich rede allein mit Rudi oder gar nicht“, sagte er.

„Ich habe für heute genug von den Bathenys und Karolys, ich habe zu tun“, empfing Polizei-Oberkommissär Rudi Kasper seinen Freund mit gerunzelter Stirn.

„Verzeih, ich will dich nicht bei deiner Arbeit stören, aber du kennst ja meine Schwester. Ich habe ihr versprechen müssen, mit dir zu reden. Wegen dieses Sängers, dem Doma ...“

„Ja, und? Was willst du wissen? Seine Fingerabdrücke haben sich auf der Glasscherbe, die deine Dorothea mit Müh und Not gerettet hat, befunden."

„Und? Hat Dr. Abendrot Gift in der Flüssigkeit entdeckt?"

„Nein. Er vermutet aber, dass die Sängerin an einer Arsenvergiftung gestorben ist. Er nimmt an, dass ihr das Gift bereits früher verabreicht worden ist, wahrscheinlich in der Champagnerszene gleich im ersten Akt. Arsen wirkt nicht so schnell, die Wirkung tritt erst nach einer gewissen Zeit ein. Der Doktor hat gemeint, es würde mindestens eine Stunde dauern, bis das Opfer etwas spürt."

„Habt ihr die anderen Champagnergläser auch mit dieser neuen Methode untersucht?"

„Haben wir, hat leider nichts gebracht. Zu viele Fingerabdrücke auf allen Gläsern."

„Also habt ihr keinen eindeutigen Beweis, dass Jakob Doma sie vergiftet hat."

„Das ist korrekt. Aber er hat als Einziger ein überzeugendes Motiv. Er hat sie über alles geliebt und war sehr eifersüchtig. Ich denke ja nach wie vor, dass er auch Salvatore Valentino, den neuen Liebhaber seiner heißgeliebten Maria, auf dem Gewissen hatte."

„Diesen Mord habt ihr ihm erst recht nicht nachweisen können", warf Gustav ein.

„Das heißt nicht, dass er unschuldig ist. Uns gehen leider viele Mörder durch die Lappen."

„Und was ist mit den anderen Herrschaften? Ich halte auch den Impresario und den Souffleur für verdächtig. Hast du diese Herrn einmal genauer unter die Lupe genommen?"

„Du brauchst mir nicht zu erklären, wie ich meine Arbeit zu erledigen habe. Selbstverständlich habe ich die beiden verhört. Und sie haben gelogen wie gedruckt, dennoch halte ich sie für nicht schuldig. Und jetzt entschuldige mich, ich muss dem Polizeidirektor Meldung über die laufenden Ermittlungen erstatten."

Gustav war klar, dass sein Freund ihm keine weiteren Auskünfte geben würde. Rudi konnte sehr obstinat, sehr starrsinnig, sein. Frustriert ging er zu Fuß die Ringstraße entlang nach Hause.

Als Gustav heimkam, saßen Dorothea und Vera in der Wohnküche und tranken Tee.

Er fragte, ob er sich zu ihnen gesellen dürfe. „Oder konveniert es nicht?", fügte er hinzu, als er registrierte, dass Dorothea bereits ihr Nachtgewand anhatte.

„Nimm Platz", sagte sie. „Wir haben gerade über dich geredet."

Gustav errötete.

Sie tranken Tee mit Rum. Es war saukalt in der Wohnung. Josefa weigerte sich, im April noch einzuheizen.

Gustav berichtete den Damen von Jakobs Verhaftung und dass Marie Luise kein gutes Haar an Maria Cerruti gelassen hatte.

„Maria Cerruti hat sowohl ein Verhältnis mit Jakob Doma als auch mit Salvatore Valentino gehabt und angeblich auch mit ihrem Impresario Theodore Kramer. Ich komme gerade von der Polizeidirektion. Rudi hält Jakob Doma für den Hauptverdächtigen, während ich eher den Impresario oder den Souffleur, diesen schmierigen Antisemiten, verdächtige. Theodore Kramer ist nach dem Tod von Maria Cerruti zusammengebrochen und hat seine Schuld beteuert. Du warst ja dabei, Dorothea. Kam dir seine merkwürdige Vermutung, dass sie an einem Herzversagen gestorben sein könnte, nicht auch verdächtig vor?"

„Ich habe mich um die Glasscherben gekümmert, wenn du dich erinnerst, und diesem Herrn keine besondere Aufmerksamkeit geschenkt."

„Er war völlig außer sich ..."

„Sie könnte ja tatsächlich an einem Herzinfarkt gestorben sein, weil er sie dazu gedrängt hat, trotz ihrer Erkältung aufzutreten", warf Vera ein.

Dorothea widersprach sogleich heftig. Sie hatte heute am Institut für Gerichtliche Medizin Marias Obduktion beiwohnen dürfen.

„Ich bin mir ziemlich sicher, dass sie vergiftet worden ist, obwohl das Ergebnis der Obduktion noch nicht hundertprozentig feststeht. Aber es wurden eindeutig Spuren von Arsen in ihrem Körper gefunden. Und du magst durchaus recht haben, Gustav. Vielleicht hat Theodore Kramer seinen Nervenzusammenbruch gespielt. Auch ein Impresario kann ein guter Schauspieler sein. Immerhin hat er es fast geschafft, ein wichtiges Beweisstück, den Rest des Inhalts von Maria Cerrutis Glas, zu vernichten."

„Laut Rudi war der Sekt nicht vergiftet", warf Gustav ein.

Gleichzeitig waren ihm, nach Veras Worten, wieder Zweifel an seinem Verdacht gegen Theodore Kramer gekommen. Ein liebender Mann bringt doch eher seinen Rivalen um als seine Geliebte, dachte er. Als Dorotheas ehemaliger Verlobter letztes Silvester mit ihr in Wien zu Besuch gewesen war, hätte er diesen arroganten Schweizer Arzt am liebsten eigenhändig erwürgt. Plötzlich musste er aber an Othello denken. Dieser Idiot hatte, anstatt seinen vermeintlichen Nebenbuhler Cassio zu töten, seine geliebte Frau Desdemona umgebracht ...

„Hat dich wirklich der Impresario angerempelt?", fragte er Dorothea. „Ich habe eher den Eindruck gehabt, dass Alma Lang dich gestoßen hat, als sie Theodore auffangen wollte. Aber es spielt eh keine Rolle, da sich in diesem Glas ja offensichtlich kein Arsen befunden hat."

Dorothea beteuerte vor dem Schlafengehen, dass sie die Morde in der Wiener Hofoper zu gerne gemeinsam mit Gustav aufklären würde, vertröstete ihn aber augenzwinkernd auf die Zukunft: „Wenn ich eines Tages die Nachfolge von Professor Abendrot am Gerichtsmedizinischen Institut antreten werde, wird unserer Zusammenarbeit nichts mehr im Wege stehen."

„Ich fürchte, ich werde es nicht mehr erleben, dass eine Frau Institutsvorstand der Gerichtsmedizin wird", warf Vera seufzend ein.

„Musst du immer so ernüchternd sein", rügte Gustav seine Tante.

Dorothea wollte am nächsten Tag zurück nach Zürich, weil sie ja vor dem Sommer ihre letzten Rigorosen zu bestreiten hatte.

Gustav gab ihr einen brüderlichen Gute-Nacht-Kuss und verbrachte eine schlaflose Nacht.

18. Dorothea reist ab

In den frühen Morgenstunden hatte das Wetter umgeschlagen. Heftiger Regen hatte eingesetzt, begleitet von starkem Wind und einem Kälteeinbruch.

Gustav brachte Dorothea mit einer bequemen Kutsche zum Kaiserin-Elisabeth-Bahnhof. Er hatte darauf bestanden, sie allein zu begleiten, und Veras Protest mit bösen Blicken quittiert. Da Dorothea ebenfalls beteuert hatte, dass ihre geliebte Patentante bei dem scheußlichen Wetter lieber zuhause bleiben sollte, hatte diese schließlich nachgegeben.

Während der kurzen Fahrt über die Mariahilfer Straße zum Bahnhof redete Gustav kein Wort. Ein dicker Kloß saß in seinem Hals. Er fürchtete, jeden Moment in Tränen auszubrechen. In letzter Zeit war er oft dem Wasser nahe. Er führte dies auf seine angespannten Nerven zurück.

Auch Dorothea war ungewöhnlich schweigsam. Als sie die Sprache schließlich wieder auf die Opernmorde brachte und ihm einige Fragen stellte, gab er einsilbige Antworten.

Ecke Kaiserstraße kam die Kutsche plötzlich zum Stehen.

Gustav öffnete das Fenster: „Warum halten wir?", rief er dem Kutscher zu.

Der Mann hörte ihn nicht.

Lautes Geschrei und Geschimpfe schallten Gustav entgegen. Er öffnete die Wagentür und erhielt eine Antwort auf seine Frage. Ein paar Meter vor ihrer Kutsche lag ein Tramway-Waggon mitten auf der Mariahilfer Straße.

Der Kutscher stieg ab und kam zum Fenster.

„Die Elektrische ist entgleist. Hier ist kein Weiterkommen, gnädiger Herr. Ich fürcht, die Herrschaften müssen die letzten Meter zu Fuß gehen."

Gustav schnappte Dorotheas Koffer und überließ ihr seinen Mantel.

In strömendem Regen eilten sie zum Bahnhof.

Gustav ließ es sich nicht nehmen, Dorotheas Koffer persönlich hinauf zur Plattform zu tragen, obwohl sich gleich mehrere Dienstmänner auf das durchnässte Paar stürzten.

Der Zug nach Zürich stand auf Gleis 2 bereit. Gustav half Dorothea in den Waggon und folgte ihr mit dem Koffer.

Dorothea reiste Erster Klasse. Sie schien ein ganzes Abteil für sich allein zu haben und machte es sich auf ihrem Platz am Fenster bequem.

Gustav hievte den Koffer ins Gepäcknetz, holte ihn aber gleich wieder herunter.

„Du musst dich umziehen, sonst holst du dir eine Erkältung“, sagte er. „Ich werde draußen Wache halten. Mach schnell, ich möchte dir noch etwas Wichtiges sagen.“

Gustav hatte extra darauf geachtet, rechtzeitig zum Bahnhof zu kommen, doch der Unfall auf der Mariahilfer Straße hatte seine Pläne durchkreuzt.

Während er vor Dorotheas Abteil stand, mit dem Rücken zur Tür natürlich, blickte er ständig auf die Taschenuhr seines Großvaters. Es blieben ihm nur mehr wenige Minuten.

„Bist du endlich fertig?“, rief er und verfluchte sich sogleich für seine ungeduldigen Worte.

„Du kannst reinkommen, aber musst du nicht gehen? Der Zug fährt gleich ab“, antwortete Dorothea.

Gustav stürmte ins Abteil, fiel vor Dorothea auf die Knie und nestelte aufgeregt in seiner Jackentasche herum.

Irritiert und gleichzeitig belustigt sah Dorothea ihn an.

Als er endlich fand, was er gesucht hatte, ergriff er ihre linke Hand und streifte ihr den Verlobungsring seiner Großmutter über den Ringfinger.

„Ich lie…, lie… liebe dich“, stammelte er. „Bitte werde meine Frau.“

Bei diesen gewichtigen Worten sah er ihr nicht in die Augen, wie es sich gehört hätte, sondern blickte erschrocken aus dem Fenster.

Der Zug hatte sich bereits langsam in Bewegung gesetzt.

Dorothea starrte völlig verdattert auf den großen Smaragd auf ihrem Finger, als Gustav aus dem Abteil stürzte, die Waggontür aufriss und aus dem fahrenden Zug sprang.

Das Letzte, was er sah, war ihr blasses Gesicht, das an der Fensterscheibe zu kleben schien.

Er kam nicht dazu, ihr zum Abschied zuzuwinken, da er beim Sprung aus dem Zug auf den Knien gelandet war und sich erst aufrappeln musste. Als er danach heftig zu winken begann, war sie längst aus seinem Blickfeld verschwunden.

Fluchend humpelte er zum Bahnhofsvorplatz und nahm einen Fiaker nach Hause.

„Du bist ja waschelnass. Zieh dich sofort um", sagte Vera. „Ist Dorothea gut weggekommen?"

Gustav antwortete nicht. Erst, nachdem er ein heißes Bad genommen und einen halben Liter Tee mit Rum getrunken hatte, fühlte er sich imstande, seiner Tante zu erzählen, was passiert war.

Er ging in ihr Zimmer, räumte ein paar Manuskripte von einem Stuhl und setzte sich neben sie an den Schreibtisch.

„Ich habe um ihre Hand angehalten und habe ihr Großmamas Smaragdring geschenkt. Ich hoffe, das ist in deinem Sinne. – Eigentlich gehört er ja dir", fügte er kleinlaut hinzu.

„Du weißt, dass mir Schmuck nichts bedeutet. Ich habe fast alles, was uns deine Großmutter hinterlassen hat, im Pfandl versetzt. Diesen Ring habe ich nur aufbewahrt, weil sie wollte, dass ihn deine Frau einst bekommen sollte."

„Ich weiß, deshalb habe ich ihn ihr ja ge... ge... geben", stammelte Gustav.

„Wie hat Dorothea auf deinen Antrag reagiert? Hat sie ihn angenommen?“

„Ich weiß nicht, ich bin aus dem Zug ge... gesprungen, bevor sie ja oder nein hat sagen können. Aber den Ring hat sie am Finger“, sagte er kichernd. Die drei Stamperl Rum hatten ihm den Rest gegeben.

Vera verdrehte die Augen zur Decke.

„Mein Gott, Gustav, was hast du bloß wieder angestellt!“

19. Polizei-Oberkommissär Rudi Kasper ist ratlos

Am nächsten Tag eilte Gustav in aller Herrgottsfrüh aufs Telegraphenamt und schickte Dorothea ein Telegramm. Er überlegte sich ewig eine passende Formulierung. Der Mann hinter dem Schalter wurde ungeduldig. Schließlich fiel der Text nicht sonderlich romantisch aus. Gustav bat sie schlicht und einfach um eine baldige Antwort. „Bitte lass mich nicht zu lange warten“, schrieb er und unterzeichnete mit „Dein dich innig liebender Gustav“.

Dann eilte er nachhause, zog sich in sein Zimmer zurück und wartete.

Statt eines Telegramms von Dorothea brachte ein Dienstmann kurz vor Mittag eine Nachricht von Rudi.

Gustav war schwer enttäuscht.

Rudi bestellte ihn zum Mittagessen in die Gastwirtschaft „Zu den 3 Hacken“ in der Singerstraße im Ersten Bezirk.

Das alte Wirtshaus zählte zu Gustavs Lieblingslokalen, da dort bereits der von ihm hochverehrte Franz Schubert und auch Johann Nestroy Stammgäste gewesen waren.

Die Pendeluhr schlug zwölf Mal. Um halb eins waren sie verabredet. Die Nachricht hatte ihn viel zu spät erreicht, er hatte nicht einmal Zeit, sich anständig anzuziehen, schlüpfte in eine alte Jacke und zog seine ausgelatschten Schuhe an, die er eigentlich längst hatte wegwerfen wollen. Er hoffte, zu Fuß schneller zu sein als mit einem Fiaker.

Als Gustav mit einer Viertelstunde Verspätung die Gaststube der „3 Hacken“ betrat, war kein Rudi zu sehen.

Er wollte hinten im Stüberl nachschauen.

Ein Kellner hielt ihn zurück. „Müssen S’ schon verzeihen, gnädiger Herr, das Schubert-Stüberl ist reserviert.“

„Vielleicht für mich und einen Herrn von der Polizei?“

Der Kellner musterte ihn von oben bis unten, registrierte die abgetragenen Schuhe und die alte Jacke.

„Nix für ungut, verehrter Herr, wie lauten der werte Name?“

„Jetzt geh endlich aus dem Weg“, fuhr Gustav den Mann an, der die Tür zum Hinterzimmer fast völlig ausfüllte. Er hätte ihn gerne beiseitegeschoben, doch der Kellner sah aus wie ein Boxer der Schwergewichtsklasse.

„Immer mit der Ruhe“, tönte die Stimme des Polizei-Oberkommissärs aus der kleinen Stube. „Das ist der Herr, auf den ich warte. Lass ihn passieren, Schani, und bring gleich noch zwei Krügerl.“

„Müssen S’ entschuldigen, das konnt ich ja nicht wissen“, sagte der Kellner und verzog sich rasch.

„Tölpel“, schimpfte Gustav.

„Der Schani kann nichts dafür, ich hab ihm extra aufgetragen, ja keinen hier hereinzulassen. Ich muss mit dir in Ruhe reden. Setz dich endlich", sagte Rudi, dessen Bierglas fast leer war. „Du kommst viel zu spät!"

„Das ist nicht meine Schuld, ich habe deine Nachricht erst vor einer Dreiviertelstunde bekommen und bin gleich aufgebrochen ..."

Polizei-Oberkommissär Rudi Kasper sah schrecklich aus, hatte rotgeäderte Augen und war ziemlich blass.

Kaum hatte der Schani die Biere gebracht und Gustav ein Schnitzel mit Erdäpfelmayonnaisesalat bestellt, fing Rudi an, seinem Freund sein Leid zu klagen.

„Ich habe gestern einen gewaltigen Anschiss vom Polizeidirektor bekommen. In den Zeitungen war vom Phantom der Oper die Rede, und einige Journalisten haben es sogar gewagt, sich über die Unfähigkeit der Polizei lustig zu machen."

Unwillkürlich fiel Gustav der Souffleur ein, den er bereits nach dem ersten Mord als Phantom bezeichnet hatte. Er schwieg jedoch und hörte seinem Freund weiter zu.

„Daraufhin habe ich heute Früh gleich drei Verdächtige vorladen lassen. Zuerst habe ich mir noch einmal Jakob Doma vorgeknöpft, habe ihn höchstpersönlich zwei Stunden lang ins Gebet genommen, ihn aber nicht kleingekriegt. Fast alle anderen Sänger haben Fingerabdrücke auf der Mordwaffe hinterlassen, weil sie nach ihren eigenen Aussagen versucht haben, den Dolch aus Salvatores Brust zu ziehen, nur er nicht."

„Vielleicht hat er Handschuhe angehabt?"

„Hat er nicht, das haben wir überprüft."

„Oder er hat ihn mit einem Taschentuch angefasst?"

„Nein, hat er auch nicht. Maria Cerruti hat das damals bei ihrer Aussage bestätigt. Jakob Doma war allerdings der Erste, der sich über Salvatore gebeugt hat – das hat eine der anderen Sängerinnen ausgesagt. Er selbst hat vorgegeben, sich nicht daran zu erinnern, ob er der Erste war oder ob ihm sein Kollege, der den Jago gesungen hat, zuvorgekommen ist ... Jeder erzählt dir eine zusammenfantasierte Geschichte. Ich glaube keinem von denen mehr.“

Rudis Gesicht war vor Wut rot angelaufen, er funkelte seinen Freund böse an. „Ich hasse diese Opernmorde! Wenn es so weitergeht, kosten sie mich meine Karriere. Ich muss die beiden Fälle aufklären, und zwar möglichst rasch. Die Presse macht uns, wie gesagt, fertig, und der Polizeidirektor droht mir mit den schlimmsten Konsequenzen, weil ihm die ganze Wiener Schickeria und sogar das Herrscherhaus im Nacken sitzen.“

Rudi nahm einen großen Schluck von seinem zweiten Bier. Das Glas war halbleer, als er es absetzte.

„Trink nicht so schnell“, ermahnte Gustav ihn.

„Danke für deine guten Ratschläge! Hilf mir lieber. Du bist mit all diesen feinen Herrschaften mehr oder weniger befreundet.“

„Bin ich nicht. Marie Luise kennt diese Leute näher, ich habe bisher genauso wenig mit ihnen zu tun gehabt wie du. – Steht es endgültig fest, dass Maria Cerruti vergiftet worden ist? Dorothea durfte bei der Obduktion dabei sein und hat mir gesagt, dass die Sängerin höchstwahrscheinlich an einer Arsenvergiftung gestorben ist.“

„Ja, ja, so war es. Sie hat das Gift bereits im ersten Akt zu sich genommen. Aber, du wirst es nicht glauben, Jakob Doma hat ein Alibi. Der Regisseur und auch zwei Sänger haben behauptet, dass er keine Gelegenheit gehabt hätte, vor der berühmten Champagnerszene an das Glas der Diva zu kommen. Denn als die Gläser hinter den Kulissen vorbereitet worden sind, ist er auf der Bühne gestanden. Und als der Champagner eingeschenkt wurde, hat er sich weit weg vom Geschehen befunden. Das müsstest du eigentlich bestätigen können. Du warst doch bei dieser Aufführung."

„Du glaubst nicht im Ernst, dass ich darauf geachtet habe, wer den Champagner eingeschenkt hat? Einer der Diener oder ein Requisiteur, nehme ich an."

„Du bist ein Genie, Gustl, wusste ich es doch!" Rudi klopfte seinem Freund so heftig auf die Schulter, dass Gustav zusammenzuckte und laut „Aua, spinnst du?" rief.

Sofort kam der schwergewichtige Kellner herbeigeeilt.

„Ist gut, Schani, bring mir noch ein Bier", sagte der Polizei-Oberkommissär.

Gustav hatte sein Krügerl nicht einmal zur Hälfte geleert.

„Aber warum sollte einer der Nebendarsteller oder gar einer der Requisiteure die große Diva töten? Hat der Herr Meisterdetektiv dafür auch eine Erklärung?"

Gustav blickte verlegen in sein Glas.

„Was ist bei dem Verhör mit dem Impresario herausgekommen?", fragte er dann.

„Das erzähle ich dir gleich, lass uns erst einmal essen. – Wo bleiben unsere Schnitzel, Schani", rief Rudi.

Als der Kellner die beiden Wiener Schnitzel und das dritte Krügerl für Rudi brachte, fuhr Rudi fort: „Theodore Kramer ist ein merkwürdiger Mensch. Ich habe ihn fast sympathisch gefunden, aber irgendetwas stimmt mit ihm nicht. Im Gegensatz zu Jakob Doma hätte er sehr wohl den Theaterdolch gegen einen echten Dolch austauschen können, und seine Fingerabdrücke befanden sich auch auf der Waffe, denn er ist, als Salvatore Valentino zusammenbrach, auf die Bühne geeilt und hat, seiner Aussage nach, ebenfalls den Dolch zumindest berührt. Und er hat auch Gelegenheit gehabt, das Gift in Maria Cerrutis Champagnerglas zu geben. Er hat sich die ganze Zeit hinter den Kulissen aufgehalten. In seinem Fall gibt es aber kein Motiv. Warum sollte ein international erfolgreicher Impresario seine beiden besten Pferde im Stall umbringen? Das ergibt keinen Sinn! Salvatore Valentino, Maria Cerruti und Jakob Doma sind seit vielen Jahren bei Theodore Kramer unter Vertrag ..."

„Aus persönlichen Gründen? Eifersucht vielleicht?"

„Das glaubst du nicht im Ernst?"

„Nein. Dieser Fall ist wirklich ziemlich verwickelt ..."

„Du sprichst ein wahres Wort gelassen aus! Ich habe jedenfalls die verdächtigen Herren gehen lassen müssen, da ich keinem von ihnen die beiden Morde nachweisen hab können. Nach deinem Geistesblitz von vorhin wird alles anders, ich werde die gesamte Besetzung noch einmal verhören und dieses Mal keine Rücksicht auf die Beliebtheit der Opernleute beim Volk und bei der Presse nehmen."

„Keine Gewalt, Rudi!"

„Selbstverständlich nicht. Was denkst du von mir? Ich werde die feinen Herrschaften weiterhin mit Glacéhandschuhen anfassen, oder glaubst du, ich will noch mehr Probleme mit dem Polizeidirektor?"

„Und was ist mit dem Souffleur?"

„Ich halte ihn für einen relativ harmlosen Idioten."

„Er ist ein fanatischer Antisemit."

„Ja, mag sein. Er ist verrückt, doch ich kann mir nicht vorstellen, dass dieser Trottel fähig ist, einen eiskalten Plan auszuhecken."

„Um zu morden, muss man keineswegs intelligent ein.“

„Nein, aber ich traue ihm nicht zu, jemanden auf offener Bühne umzubringen. Er ist ein Versager, ein armes, desperates Schwein, glaub mir, ich habe ihn eine Stunde lang befragt, und er hat nichts als dummdreistes Gequassel von sich gegeben. Er hasst Gott und die Welt – und vor allem sich selbst.“

20. Marie Luise wird überfallen

Als Gustav am frühen Abend heimkehrte, herrschte große Aufregung in seiner Wohnung. Gustav kam nicht einmal dazu, Vera zu fragen, ob ein Telegramm von Dorothea eingelangt war.

Marie Luise war bei einem nachmittäglichen Bummel durch den Stadtpark von zwei Kerlen überfallen und hinter ein Gebüsch gezerrt worden. Sie hatte geschrien wie am Spieß und sich tapfer gewehrt, hatte aber einige Schläge einstecken müssen, als sie ihren Schmuck nicht hergeben wollte.

Meine kleine Schwester ist keine Zimperliese, dachte Gustav, schimpfte sie jedoch aus, weil sie allein, ohne ihre Zofe, im Park spazieren gegangen war.

„Ich war nicht allein, Olga hat mich sehr wohl begleitet, ich hatte sie nur kurz weggeschickt, damit sie mir ein paar Blumen besorgt. Ich hatte vor, anschließend meine Freundin Herlinde, die in der Weihburggasse wohnt, zu besuchen.“ Marie Luise blickte verlegen zu Boden und schnäuzte sich in ein blütenweißes Taschentuch.

Irgendetwas stimmt an dieser Geschichte nicht, dachte Gustav.

Marie Luises Kleid und ihr Umhang waren völlig zerfetzt. Sie hatte bei dem Handgemenge auch ihren neuen Hut verloren. Der Verlust des Hutes schien sie am meisten zu schmerzen.

Mit letzter Kraft und mit Hilfe eines Wachtmeisters, der auf ihre Schreie hin angerannt gekommen war, hatte sie sich zu ihrer Kutsche geschleppt, die vor dem Eingang zum Stadtpark auf sie gewartet hatte.

Der Kutscher war beim Anblick seiner verschmutzten und blutenden Herrin entsetzt gewesen. Zum Glück hatte sie nur Nasenbluten, aber sonst keine Verletzungen im Gesicht gehabt. Er wollte sie ins Palais Batheny bringen, doch der Wachtmeister bestand darauf, dass sie zur nächsten Polizeiwache mitkommen sollte. Marie Luise hatte sich, trotz ihrer schrecklichen Verfassung, durchgesetzt und sich in die k.k. Hofstallungen in die Wohnung ihres Bruders fahren lassen.

Josefa hatte ihr beim Ausziehen geholfen und ihr ein heißes Bad eingelassen. Sie hatte einige blaue Flecken an den Armen und am Rücken und einen hässlichen Bluterguss am Oberschenkel. Die alte Haushälterin hatte diese mit Johannisöl eingesalbt – ihrem Allheilmittel gegen Verletzungen jeglicher Art.

Vera hatte darauf bestanden, Marie Luises blaue Flecken und den Bluterguss mit Essig zu behandeln.

„Geriebene Petersilie hilft auch bei Entzündungen", hatte Josefa das letzte Wort zu behalten versucht.

Schließlich wurden die blauen Flecken gleich dreifach behandelt.

Jetzt saß die Comtesse am Esstisch, frisch gebadet und hübsch verpackt in Veras Morgenmantel und die Haare unter einem flauschigen weißen Badetuch verborgen, das Josefa geschickt zu einem Turban umfunktioniert hatte. Ihre Nase blutete längst nicht mehr und ihre Wangen schimmerten rosig. Sie sah jung, frisch und beinahe fröhlich aus.

„So ein wunderbarer Frühlingstag und dieser herrliche Sonnenuntergang. Ich hatte einfach Lust auf einen kleinen Spaziergang. Seit ich nicht mehr reite, mache ich viel zu wenig Bewegung. Ihre Majestät, Kaiserin Elisabeth, hat wenigstens einige Stunden pro Tag geturnt, ich bin leider zu faul, obwohl ich mir ja ebenfalls ein Turnzimmer in unserer Villa habe einrichten lassen", sagte Marie Luise zu ihrem Bruder.

„Habt ihr Papa verständigt?", fragte Gustav.

„Graf Batheny war leider nicht erreichbar", sagte Vera.

Gustav glaubte nicht an Zufälle. Zuerst der Raubüberfall auf ihn beim Theseustempel, dann der Unfall mit dem Fiaker und jetzt der Überfall auf Marie Luise! Irgendjemand will uns einschüchtern oder gar unschädlich machen, dachte er, sagte es aber nicht laut, denn er wollte die Damen nicht noch mehr beunruhigen. Allerdings würde in Zukunft jemand auf seine Schwester aufpassen müssen. Keinesfalls konnte sie weiterhin allein spazieren gehen. Er würde mit seinem Vater demnächst noch einmal ein offenes Wort sprechen müssen.

Erst, nachdem Marie Luise zu Bett gegangen war – sie übernachtete in Veras Zimmer auf der großen Couch –, stellte Gustav seiner Tante die für ihn alles entscheidende Frage: „Ist eine Nachricht von Dorothea gekommen?"

Vera verneinte und tätschelte seinen Arm.

„Sie wird sich bestimmt melden, Gustl. Mach dir keine Sorgen."

Gustav schüttelte ihre Hand ab, ging schnurstracks in sein Zimmer und versuchte, seinen Liebeskummer mit Cognac hinunterzuspülen.

21. Graf Batheny spricht ein Machtwort

Gegen acht Uhr früh klopfte jemand heftig an die Wohnungstür in den k.k. Hofstallungen.

Josefa eilte in den Vorraum und öffnete, weil sie Angst hatte, dieser unverschämte Mensch würde sonst womöglich die Tür eintreten.

Beim Anblick des Grafen Batheny vergaß sie auf die Beschimpfungen, die sie auf den Lippen gehabt hatte.

Sie konnte Gustavs Vater ebensowenig leiden wie Vera von Karoly, aber sie hatte, im Gegensatz zu ihrer Herrin, Angst vor ihm.

„Wo ist meine Tochter?“, herrschte der Graf sie an.

„Sie schläft, Eure Erlaucht“, flüsterte Josefa.

„Hol Sie Ihre Herrschaft“, befahl Graf Batheny.

Plötzlich wuchs Josefa über sich hinaus. „Meine Herrschaft ist gestern erst sehr spät schlafen gegangen, ich darf sie noch nicht wecken“, sagte sie.

Bevor sie den Zorn des Grafen zu spüren bekam, erschien zu ihrem Glück Vera mit offenem Haar und nur mit einem hübschen japanischen Kimono bekleidet im Vorzimmer.

„Was ist denn hier los? – Ah, Sie sind es, Graf. Was kann ich zu so früher Stunde für Sie tun?“

Graf Batheny starrte Vera sprachlos an. Sie war auch mit ihren fünfzig Jahren noch eine Schönheit. Ihre langen blonden Haare waren nur leicht ergraut und ihre hellgrauen Augen strahlten wie die Augen eines jungen Mädchens.

Seine Blicke schweiften verschämt über ihre gute Figur, die sich deutlich unter dem seidenen Morgenmantel abmalte.

„Verzeihen Sie mir bitte meinen Überfall in aller Herrgottsfrüh, gnädige Frau, mein Kutscher hat mir, als ich heute Morgen heimkam, von den schrecklichen Ereignissen gestern Abend berichtet. Darf ich fragen, wie es meiner Tochter geht?"

„Hervorragend, Papa", sagte Marie Luise, die sich nun in Veras altem wattierten rosa Morgenrock zu ihnen gesellte. „Ich habe diese beiden Kerle in die Flucht gejagt, habe mit Zähnen und Klauen gekämpft ..."

„Bitte erspare mir die Details, mein Kind. Bist du verletzt?"

„Nein. Ich habe ein bisschen Nasenbluten gehabt und ein paar blaue Flecken abbekommen, es war alles halb so schlimm."

„Wir werden uns zuerst einmal anziehen. Und Sie können einstweilen im Speisezimmer, oder besser gesagt in der Küche Platz nehmen, Herr Graf. Leider können wir Ihnen nicht mit einem Empfangssalon dienen. Josefa wird Ihnen einen Kaffee kochen", sagte Vera und zog sich mit Marie Luise wieder in ihre Gemächer zurück.

„Weck Gustav auf", rief sie Josefa aus ihrem Ankleidezimmer zu.

Kurze Zeit später saß die ganze Familie am Esstisch und ließ sich von Josefa mit Kaffee und einer herzhaften Eierspeise verwöhnen.

Graf Batheny entschuldigte sich mehrmals bei Vera für sein Eindringen.

Sie quittierte seine Entschuldigungen mit einem gelangweilten Lächeln. Doch als er zu Marie Luise und Gustav sagte, dass sie schleunigst aus Wien verschwinden sollten, unterstützte sie ihn.

„Ihr habt euch zu weit vorgewagt. Die Polizei hat offensichtlich bisher völlig versagt. Der Opernmörder, wie ihn die Presse mittlerweile nennt, ist nach wie vor auf freiem Fuß. Und er hat euch beide im Visier. Ihr reist am besten gleich heute oder morgen ab. Ein Kuraufenthalt in Abbazia würde deinen angegriffenen Nerven sicher guttun, Marie Luise. Und du wirst mitfahren, Gustav, und deine Schwester beschützen. Kann ich mich auf dich verlassen?"

Gustav dachte nicht im Entferntesten daran, Wien für längere Zeit den Rücken zu kehren, doch er war zu verschlafen, um sich auf eine Auseinandersetzung mit seinem Vater einzulassen. Auf keinen Fall würde er die Stadt verlassen, solange er keine Antwort von Dorothea hatte.

„Ich bitte dich, Papa, sei nicht so schrecklich melodramatisch", sagte Marie Luise. „Was ist denn schon passiert? Gustav wurde das Portemonnaie geklaut, und er hat bei einem Verkehrsunfall eine Narbe abbekommen, die seiner Schönheit keinen Abbruch tut, und ich wurde zum ersten Mal in meinem Leben verprügelt. Schlimm, aber eine durchaus interessante Erfahrung."

„Sei nicht so zynisch, mein Kind! – Mein Entschluss steht fest: Du verlässt die Stadt. Mir ist es egal, wohin du fährst, du kannst nach Triest oder Grado reisen oder nach Abbazia ..."

Wieder war ein heftiges Klopfen an der Wohnungstür zu vernehmen.

Gustav sprang auf und eilte zur Tür.

Endlich! Das heiß ersehnte Telegramm!

Er riss es sofort auf.

„Bitte lass uns bei meinem nächsten Besuch in Wien in Ruhe über alles reden. Lieben Gruß. Dorothea."

Die nüchterne Nachricht traf ihn wie ein Faustschlag in den Magen.

„Ist Ihnen nicht gut, gnädiger Herr?", fragte der Dienstmann, der auf seinen Schmattes wartete.

Gustav kramte in seiner Hosentasche, gab ihm ein paar Heller und schloss die Tür hinter ihm.

Bevor er zurück in die Wohnküche ging, warf er einen Blick in den Vorzimmerspiegel.

Er sah erbärmlich aus, war kreidebleich im Gesicht.

Dieser eine Satz konnte alles bedeuten. Gustav interpretierte ihn allerdings negativ. Was heißt „Besuch", fragte er sich. Hatte sie nicht gesagt, dass sie für immer nach Wien zurückkehren wolle?

Unterschiedliche Gefühle ergriffen abwechselnd von ihm Besitz: Niedergeschlagenheit, Verzweiflung, Angst und vor allem Wut. Wut auf sich selbst, weil er den Heiratsantrag so vermasselt hatte, Wut auf Dorothea, weil sie ihn nicht erhört hatte und Wut auf die ganze Welt.

Angesichts der lauten Stimmen, die aus der Küche zu ihm drangen, besann er sich auf seine guten Manieren und kehrte zu den anderen zurück.

Dorotheas Telegramm hatte einen Meinungsumschwung bei ihm herbeigerufen. Auf einmal war er nicht nur bereit, mit seiner Halbschwester nach Abbazia zu reisen, sondern betrachtete diese Reise als willkommene Gelegenheit, all seine Probleme hinter sich zu lassen.

„Ach, da bist du ja wieder, Gustav", empfing ihn sein Vater erfreut. „Was hältst du von der Idee, mit Marie Luise zu verreisen?"

Bevor Gustav antworten konnte, mischte sich seine Tante ein.

„Eine ausgezeichnete Idee, Eure Erlaucht. Ausnahmsweise bin ich einmal mit Ihnen einer Meinung. Gustav wird Marie Luise auf dieser Reise Gesellschaft leisten."

„Ein Momenterl mal, ich bin durchaus fähig, allein zu verreisen. Ich brauche keine Reisebegleitung", sagte Marie Luise und warf einen etwas kläglich Blick auf ihren Bruder, der schweigend vor sich hin starrte.

„Selbstverständlich wird es Gustav eine Ehre sein, dich begleiten zu dürfen, Marie Luise", sagte Vera. Und der Ton, in dem sie dies sagte, erlaubte keinen Wiederspruch.

Graf Batheny schenkte ihr einen dankbaren Blick.

Gustav gab nach wie vor keinen Mucks von sich.

Jetzt erst schien Vera zu bemerken, dass mit ihrem Neffen etwas nicht stimmte.

„Was ist los, Gustav? Hast du eine schlechte Nachricht bekommen?"

„Alles in Ordnung", log er. „Ich muss noch ein paar Sachen erledigen, bevor wir abreisen. In zwei, drei Tagen kann es losgehen."

„Na, dann wäre ja alles geregelt", sagte Graf Batheny. Die Erleichterung war ihm anzuhören.

Er bedankte sich höflich für die ausgezeichnete Eierspeise und fragte seine Tochter, ob sie mit ihm nach Hause fahren möchte.

„Ich bin todmüde, du hast mich mitten aus dem Schlaf gerissen. Ich bleibe hier und schlafe mich aus. Wir sehen uns später", sagte Marie Luise und gähnte demonstrativ.

Nachdem Graf Batheny die Wohnung verlassen hatte, legten sich alle, außer Josefa, wieder hin.

Gustav warf sich angezogen auf seine Chaiselongue und starrte wie hypnotisiert auf die paar Worte von Dorothea, so als hoffte er, sie würden sich unter seinem Blick verändern, ihm ein Quäntchen Hoffnung übriglassen.

Am frühen Nachmittag trafen Gustav, Marie Luise und Vera wieder in der Küche aufeinander.

„Ich muss dringend einkaufen gehen. Wenn wir übermorgen abreisen wollen, habe ich heute und morgen jede Menge zu tun“, sagte Marie Luise. „Du musst nicht mit, wenn du nicht willst, Gustav. Papa hält mich nach wie vor für ein Kind, aber ich komme sehr wohl allein zurecht, wie du weißt.“

„Nein, nein, ich begleite dich auf jeden Fall. Ich habe ebenfalls einiges für die Reise zu besorgen. Lass uns ruhig morgen gemeinsam einkaufen gehen.“

Gustav brachte seine Halbschwester ins Palais Batheny in der Herrengasse und verbrachte den Rest des Tages im Café Schwarzenberg.

Dort war jede Menge Post für ihn angekommen. Er hatte das Café in seinen Zeitungsinseraten als seine Postadresse angegeben, als er sich als Privatdetektiv selbständig gemacht hatte. Unter den vielen Briefen befand sich einer, der aus ausgeschnittenen und aufgeklebten Zeitungsbuchstaben bestand: „Die Morde in der Hofoper gehen dich nichts an. Misch dich nicht länger ein, sonst bist du der Nächste, der dran glauben muss!“

22. Marie Luise von Batheny kauft sich einen Hut und geht mit ihrem Bruder essen

Gustav begleitete seine Schwester am nächsten Tag zuerst zu dem k.u.k. Hoflieferanten P. & C. Habig. Den Drohbrief, den er gestern erhalten hatte, erwähnte er ihr gegenüber lieber nicht.

Das exklusive Hutgeschäft befand sich im Erdgeschoss des Palais Todesco am Beginn der Kärntnerstraße, gegenüber der Wiener Hofoper.

Dieser Neo-Renaissancebau, der von keinem Geringeren als dem Erbauer des Parlaments, dem berühmten Architekten Theophil Hansen, errichtet worden war, zählte zu den schönsten Palais der Reichshaupt- und Residenzstadt.

Marie Luise probierte bei Habig dutzende Seiden- und Filzhüte. Sie wollte unbedingt das gleiche Modell haben, das ihr bei dem Überfall im Stadtpark abhandengekommen war. Schließlich zeichnete sie es der Hutmacherin auf. Diese erinnerte sich daran und versprach, das gleiche Gebilde noch einmal anzufertigen. Allerdings würde das Hütchen nicht bis Ende nächster Woche fertig werden. Daraufhin entschied sich Marie Luise, ohne auf Gustavs Rat zu hören, für drei andere, extravagante Hüte in Weiß, Flieder und Zitronengelb. Gustav fand alle drei scheußlich.

Er selbst erstand einen champagnerfarbenen Strohhut mit einem weißen Band.

In dem exklusiven Warenhaus M. Neumann in der Kärntnerstraße 19 kaufte er sich zwei leichte, dünne Hemden und ein Paar bequeme Schuhe. Normalerweise trug er handgefertigte Maßschuhe von seinem Schuhmacher in der Neustiftgasse, aber in der Schnelle mussten die eleganten weißen Mokassins, die er in der Auslage des Kaufhauses gesehen hatte, genügen.

Marie Luise hatte nichts an ihnen auszusetzen, im Gegenteil, sie fand die Mokassins très chic.

Der champagnerfarbene Leinenanzug, den er sich voriges Jahr zugelegt hatte, war nicht aus der Mode. Vielleicht würde er sich in Abbazia bei einem Herrenschneider einen zweiten Anzug nach Maß anfertigen lassen. Soviel er gehört hatte, waren die Schneider in Abbazia viel billiger als jene in Wien.

Marie Luise kaufte normalerweise die Stoffe für ihre Kleider beim k.u.k. Hoflieferanten Wilhelm Jungmann am Albertinaplatz. Doch es war nicht genügend Zeit bis zu ihrer Abreise, um sich neue Kleider nähen zu lassen. Deshalb blieb ihr nichts anderes übrig, als sich bei einem mondänen Damenmodenausstatter am Graben umzusehen, der bekannt dafür war, die neuesten Kollektionen aus Paris anzubieten.

Marie Luise brachte die jungen Frauen, die sie bedienten, mit ihren extravaganten Wünschen und hohen Ansprüchen zur Verzweiflung.

„Wie findest du das, Gustav? Ist das Gelb nicht zu grell? Haben Sie nicht etwas in einem helleren, zarteren Gelb? Oder, nein, lindgrün steht mir angeblich gut. – Nein, nein, darin würde ich ja um zehn Jahre älter aussehen. – Oh, ist das nicht hübsch, Gustav? – Nein, du brauchst gar nicht zu nicken, es gefällt dir nicht, das sehe ich in deinen Augen. – Was haben Sie gesagt? Rosé soll heuer modern sein? Grässlich! Rosé kleidet nur kleine Mädchen und alte Damen. Weg damit, sofort! – Sieh dir das hellblaue Musselinkleid mal genauer an, Gustav. Denkst du, blau steht mir? Ich trage eigentlich so gut wie nie blau. Bei starkem Sonnenlicht könnte das zarte, changierende Muster aber recht hübsch zur Geltung kommen, glaubst du nicht auch?“

Gustav überlegte kurz, wie es sich anfühlen würde, wenn er seine Halbschwester erwürgte.

Die Verkäuferinnen schienen Mitleid mit ihm zu haben. Er wurde von ihnen genötigt, in einem bequemen Fauteuil vor der Umkleidekabine Platz zu nehmen. Ein hübsches Mädchen servierte ihm einen Kaffee.

Ein anderes Mädchen folgte Marie Luise in die Umkleidekabine und war ihr beim Anprobieren behilflich.

Plötzlich war laut und deutlich ein „Aua“ aus der Kabine zu vernehmen, gefolgt von gestammelten Entschuldigungen.

„Ungeschicktes Trampel“, schimpfte der herbeigeeilte Geschäftsführer leise und laut sagte er: „Verzeihen Sie vielmals, Euer Gnaden, wünschen Euer Gnaden eine neue Bedienung?“

„Auf keinen Fall! Das Mädl kann nichts dafür. Ich habe von einem Reitunfall ein paar blaue Flecken zurückbehalten“, log Marie Luise.

Augenblicklich fand Gustav seine Halbschwester zum Abbusseln. Er verscheuchte den Geschäftsführer mit einer eindeutigen Handbewegung.

Die Verkäuferinnen hielten Gustav für Marie Luises Ehemann und behandelten ihn mit größtem Respekt. Ihm war das peinlich. Er fragte sich, ob er die Damen aufklären sollte, doch Marie Luise schien es spaßig zu finden, nannte ihn mehrmals „Liebling“ und präsentierte sich ihm in jedem Kleid und Kostüm, das sie anprobierte.

Schließlich entschied sie sich für drei Frühjahrskostüme und drei Sommerkleider sowie für einige Schals, Jäckchen, Capes und anderen Schnickschnack.

Die Kleider passten ihr wie angegossen. An den Kostümen mussten Kleinigkeiten geändert werden.

„Spätestens morgen Mittag muss alles fertig sein. Liefern Sie die Sachen ins Palais Batheny in der Herrengasse. Die Rechnung geht ebenfalls an Graf Batheny“, trug sie dem devot lächelnden Geschäftsführer auf.

„Auf Wiedersehen, Herr Graf, beehren Sie uns bald wieder, Eure Erlaucht ...“ Mit vielen Bücklingen brachte der Speichellecker Gustav und Marie Luise zur Tür.

„Der hätte die Kleine bestimmt rausgeschmissen, wenn ich nicht eingeschritten wäre“, sagte Marie Luise zu Gustav als sie über den Graben Richtung Stephansdom schlenderten.

„Du warst großartig. Ich wusste gar nicht, dass du so eine geschickte Lügnerin bist", lobte Gustav sie.

Da er befürchtete, sie würde weitere Einkäufe tätigen wollen, schlug er vor, ins Griechenbeisl essen zu gehen.

„Aber ich brauche unbedingt noch neue Schuhe", protestierte Marie Luise.

„Hast du nicht hundert oder mehr Paare zuhause? Papa meinte unlängst, du könntest einen eigenen Schuhsalon eröffnen."

„Frauen lieben eben schöne Schuhe", sagte Marie Luise, hängte sich aber bei ihm ein und folgte ihm brav die Rotenturmstraße hinunter zum Fleischmarkt.

Das Griechenbeisl war schon bei levantinischen und griechischen Händlern, die sich im 17. Jahrhundert rund um den Fleischmarkt niedergelassen hatten, sehr beliebt gewesen. Heute war es eines von Gustavs Lieblingslokalen.

Marie Luise fand es wundervoll exotisch und extraordinär.

Sie bekamen einen Tisch in einer ruhigen Ecke. Gustav bestellte eine Flasche Weißwein und zweimal das Menü: Frittatensuppe und Paprikahendl mit Nockerln.

Marie Luise brachte das Gespräch sogleich auf ihre bevorstehende erste gemeinsame Reise. Sie behauptete, dass sie nur eingewilligt habe, nach Abbazia zu fahren, weil ihr Dr. Lipschitz unlängst geraten hätte, dort eine Kur zu machen, die gegen ihre nervösen Beschwerden helfen würde. Den wahren Grund, warum sie nach Abbazia fahren wollte, gestand sie ihrem Bruder erst nach dem zweiten Glas Wein.

„Ich habe euch gestern ein bisschen angeschwindelt. Ich war nicht allein im Stadtpark, und ich wollte nachher nicht meine Freundin Herlinde besuchen", begann sie.

„Habe ich es mir doch gedacht!", unterbrach Gustav sie. „Und mit wem hast du dich getroffen? Sag nichts, ich ahne es ohnehin. Jakob Doma?"

Sie nickte.

„Deshalb habe ich Olga weggeschickt. Ich trau ihr nicht über den Weg, habe befürchtet, sie würde zu Papa rennen und ihm verraten, dass ich ein Rendezvous mit Jakob hatte. Er hat mir ja strengstens untersagt, mich weiterhin mit diesem mörderischen Pack, wie er die Opernleute mittlerweile bezeichnet, zu treffen."

„Umso schlimmer, auch für Jakob, wenn herauskommt, dass du mit ihm zusammen warst, bevor du überfallen worden bist."

„Damit hat er nichts zu tun gehabt! Irgendjemand muss uns gefolgt sein. Vielleicht hatten die Männer es ja auf ihn abgesehen? Der Arme war jedenfalls völlig verzweifelt. Er wollte Wien sofort verlassen, aber eben nicht, ohne sich vorher von mir zu verabschieden. Mittlerweile dürfte er längst in Sicherheit sein", sagte sie seufzend. „Denn er hat gestern den Abendzug nach Triest genommen und ist von dort aus gleich nach Fiume oder Abbazia weitergefahren."

„Die Geheimen können ihn auch jederzeit in Abbazia oder Fiume aufspüren. Er scheint nach wie vor zu den Verdächtigen zu gehören, was die Morde an Salvatore Valentino und Maria Cerruti betrifft."

„Ja, weil dein Freund Rudi unfähig ist! Sein Verdacht hat sich von Anfang an auf Jakob konzentriert. Meinetwegen war das im Fall Salvatore Valentino verständlich. Die beiden waren schließlich Rivalen. Aber seiner ersten großen Liebe Maria hätte Jakob niemals ein Leid zufügen können. Sein Leben ist ruiniert. Seine Karriere kann er vergessen. Nach diesen Skandalen wird er nirgendwo mehr ein Engagement bekommen. Rudi und du, ihr müsst den wahren Mörder unbedingt bald finden, sonst tut sich Jakob womöglich etwas an. Die Internationale Presse hat ihn bereits verurteilt. Sowohl die deutschen als auch die italienischen Zeitungen haben ausführliche Artikel über die mörderische Wiener Hofoper gebracht und Vermutungen angestellt, dass ‚dieser heißblütige kroatische Gigolo' – so haben sie ihn genannt –, der Mörder sein könnte. In letzter Zeit hat Jakob sogar einige Morddrohungen erhalten. Er hat sich in Wien kaum mehr auf die Straße getraut."

„Und genau deswegen müssen wir auch ins österreich-ungarische Küstenland fahren", sagte Gustav, erwähnte aber die Drohbriefe, die er bekommen hatte, nach wie vor nicht.

„Abbazia ist knapp eine Tagesreise von Wien entfernt. Nach Bad Ischl benötigt man fast genauso lang. Der gesamte Wiener Hof schwärmt von der guten Luft und der fantastischen Landschaft dort unten", fuhr Marie Luise fort.

„Außer seiner Majestät, dem Kaiser. Er liebt Berge und Täler mehr als die See", warf Gustav ein.

„Eine gewisse Vorliebe für die Enge in jeder Hinsicht kann man Seiner Majestät nicht absprechen", spottete sie. „Angeblich trifft er sich aber mit der Schratt öfters in Abbazia in der Villa Schalek, obwohl er behauptet hat, dass nur die Faulen und die Müßiggänger Abbazia lieben. Auch die Sänger der Wiener Hofoper füllen ihre Lungen gerne in diesem Kurbad mit frischer salziger Seeluft. Selbst Alma Lang verbringt jedes Jahr einige Wochen in Abbazia."

„Die Lang war übrigens großartig bei der Premiere von La Traviata! Ich bin gespannt, ob sie demnächst mal eine Hauptpartie singen wird“, sagte Gustav.

„Ihr fehlt es an Charisma“, sagte Marie Luise. „Außerdem ist sie viel zu fett.“

Gustav, der Alma Langs Rundungen anziehend fand, widersprach seiner Schwester nicht, amüsierte sich nur insgeheim über die Rivalität, die aus Marie Luises Worten sprach.

Die Wiener Sängerin hatte ihm schon an dem leidigen Abend im Hotel Sacher gut gefallen. Er hielt sie für ein großes Talent. Außerdem hatte sie einen wunderschönen Busen. Gustav war eben ein Busenfetischist.

„Alma Lang war Maria Cerrutis beste Freundin, aber das weißt du ja. Seit Jahren hat sie sich bemüht, dieser großen Diva in allem zu gleichen. Angeblich ist sie eine sehr lebenslustige Frau. Man sagt ihr einige Affären nach. Dass sie bisher im Schatten der Cerruti gestanden ist, hat sie anscheinend nicht gestört. Wahrscheinlich hat sie gewusst, dass ihre Zeit noch kommen wird. Sie ist kein Sopran, sondern ein lyrischer Mezzosopran und sollte besser Partien singen, die für einen Mezzosopran geschrieben wurden, so wie letztens die Emilia im Don Giovanni.“

Gustav wollte nicht streiten. Geduldig hörte er sich weiter Marie Luises Geschichten über die diversen Affären und unglücklichen Liebesbeziehungen der Opernsänger und ihre Rivalitäten untereinander an. Seine Halbschwester war ein wahrer Fundus, was Tratsch und Klatsch aus der Welt der Oper betraf. Und für Privatdetektive waren Tratsch und Klatsch fast lebensnotwendig. Dennoch schweiften seine Gedanken immer wieder zu Dorothea. Ihr Telegramm hatte ihn sehr verunsichert. Über seine Ängste und Zweifel, was

Dorothea betraf, wollte er mit seiner Schwester jedoch keinesfalls reden. Er war überzeugt davon, dass sie diese nicht verstehen würde.

Als Gustav abends heimkam, hörte er das vertraute Klappern von Veras Schreibmaschine.

Sie hatten vor langer Zeit ausgemacht, dass er Vera niemals stören dürfe, wenn er dieses Geräusch aus ihrem Zimmer vernahm.

Doch heute hielt sich Gustav nicht an diese Abmachung. Er hatte bisher keine Gelegenheit gehabt, seiner Tante von Dorotheas Telegramm zu erzählen, wollte aber unbedingt ihre Meinung dazu hören. Schließlich war ein Heiratsantrag keine Bagatelle, sondern eine lebenswichtige Angelegenheit. Er klopfte an die Tapetentür zwischen ihren Zimmern und trat gleich ein.

„Ich arbeite!", sagte Vera, nicht gerade freundlich.

„Ich weiß. Dorothea hat telegrafiert."

„Und, was schreibt sie?" Vera drehte sich zu ihrem Neffen um.

Er wiederholte den Satz, den er längst auswendig kannte.

Vera fand die Nachricht weder positiv noch negativ. „Was hast du denn erwartet? Dass sie dir telegrafisch mitteilt, dass sie dich liebt und heiraten möchte? – Sei nicht kindisch, Gustav."

Vera hatte wegen der zahlreichen Besuche in den letzten Tagen ihre Arbeit vernachlässigt.

Unwirsch blickte sie ihren Neffen an.

„Sie will mich nicht", sagte er kläglich.

„Ach hör auf, Gustl! Ich habe gesehen, wie ihr letztens, als wir bei dem Heurigen in Neustift waren, miteinander Händchen gehalten habt. Sie ist genauso verliebt in dich wie du in sie. Dorothea ist kein leichtfertiges Frauenzimmer. Und wenn sie dir sogar einen Kuss gewährt hat, mag sie dich wirklich gern. Glaubst du im Ernst, sie würde einen Mann küssen, den sie nicht aufrichtig lieb hat? Wahrscheinlich warst du ein bisschen zu stürmisch mit deiner Werbung. Ihr gleich einen Heiratsantrag zu machen, war sicher ein Fehler. Du weißt genauso gut wie ich, dass Dorothea nur ein Ziel hat und das ist: Ärztin werden. Eine Ehe ist nicht sehr erstrebenswert für sie. Mein Mädchen ist eine ganz besondere junge Frau."

„Ich habe nichts dagegen einzuwenden, dass sie Ärztin werden will."

„Das glaube ich dir sogar. Aber, wenn ihr heiratet, wirst du ihr ein Kind nach dem anderen anhängen und sie wird ihre Arbeit als Ärztin vergessen müssen, denn du kannst ihr nicht den Lebensstil bieten, den berufstätige Frauen benötigen, um trotz Kinderschar erfolgreich in ihrer Arbeit sein zu können."

„Josefa und du, ihr könntet doch auf unsere Kinder aufpassen", warf Gustav kleinlaut ein.

„Josefa ist zu alt, und ich denke nicht im Traum daran, deine Sprösslinge aufzuziehen!"

„Dann kriegen wir eben keine Kinder. Wir passen halt auf."

„Sei nicht kindisch, Gustav. Natürlich würdet ihr Kinder bekommen, und ich würde mich über eine kleine süße Karoly sehr freuen, für Dorothea würde ein Kind allerdings das Ende ihres Traums, eine berühmte Ärztin zu werden, bedeuten."

„Ich könnte mich um die Kinder kümmern und zusätzlich ein Kindermädchen anstellen. Wenn ich endlich den Grafentitel bekommen werde, wird es uns nicht mehr an Geld mangeln. Ich denke, mein Vater würde uns finanziell unterstützen."

„Gustav, ich warne dich! Ich nehme kein Geld von dem Mann, der meine Schwester ins Unglück gestürzt hat!“

„Ich würde es nehmen!“ Gustav hatte seine Stimme erhoben.

Vera sah ihn vorwurfsvoll an.

„Verzeih!“, sagte er. „Es sind ja keine Almosen, mir steht ein Drittel seines Erbes zu, das wirst du hoffentlich nicht bestreiten.“

„Ich würde dieses Thema gerne beenden und weiterarbeiten“, sagte Vera. „Du und Dorothea müsst entscheiden, was ihr aus eurem Leben machen wollt. Ich sollte mich besser nicht einmischen.“

„Ich liebe sie nun einmal über alles“, murmelte Gustav, als er Veras Zimmer verließ.

Und einer liebt immer mehr, und derjenige, der mehr liebt, ist leichter verletzbar, fügte er in Gedanken hinzu.

23. Gustav und Marie Luise reisen nach Abbazia

Am letzten Apriltag brachen Gustav und seine Halbschwester am späten Nachmittag nach Abbazia auf.

Graf Batheny hatte vorgeschlagen, sie mit seinem Automobil zum Bahnhof zu bringen. Doch Marie Luise hatte ihn gebeten, davon abzusehen: „Du weißt, wie sehr ich Abschiede am Bahnhof hasse, tu mir das bitte nicht an, Papa. Ich würde sicher zu weinen anfangen und eine schlaflose Nacht in meinem Coupé verbringen.“

Auch Gustav hatte darauf bestanden, dass Vera ihn nicht zum Zug brachte.

Die Geschwister traten die große Fahrt nur in Begleitung von Marie Luises Zofe Olga an.

Marie Luise erschien am Bahnsteig mit sieben Koffern und einem riesigen Ungetüm auf dem Kopf, das Gustav gemeinsam mit ihr beim k.u.k. Hoflieferanten Habig ausgesucht hatte.

Alles an ihr war aristokratisch, ihr Auftreten, ihr Gang, ihre Handbewegungen, ihre Garderobe. Die Gepäckträger am Kaiserin-Elisabeth-Bahnhof überschrien einander. Ein jeder wollte dieser feinen Dame zu Diensten sein.

Gleichzeitig mit Gustav und Marie Luise verließ auch der Souffleur Bruno Penzo Wien mit dem Abendzug Richtung Süden. Sie trafen ihn am Bahnsteig. Er lüftete kurz seinen Hut und eilte weiter nach hinten zu den Waggons der zweiten Klasse.

Seit 1867 gab es einmal täglich eine Schnellzugverbindung von Wien nach Triest. Der Zug war ziemlich voll. Im Mai war es angenehm warm, aber noch nicht zu heiß an der österreichischen Riviera.

Graf Batheny hatte für seine Kinder 1.-Klasse-Abteile gebucht. Bereits am Gang des Waggons trafen sie einige Bekannte.

Seit ein paar Jahren schwärmte die feine Wiener Gesellschaft von den neuen Kurorten an der Adria. Vor allem liebten die Herrschaften Triest, das Tor zum Nahen Osten. Als absoluter Luxus galten romantische Kreuzfahrten auf einem der elegant eingerichteten Lloyd-Dampfer, die von Triest aus in See stachen. So eine Seereise stand für Lebensfreude und Modernität. Die meisten ihrer Bekannten, die sie im Zug trafen, fuhren bis Triest, um von dort aus eine Kreuzfahrt anzutreten.

Gustav bezog sein Abteil und gesellte sich dann zu Marie Luise, deren Abteil sich neben seinem befand.

Marie Luises Zofe reiste zweiter Klasse. Kaum hatten sie den Bahnhof verlassen, kam Olga herbeigeeilt, um ihrer Herrin behilflich zu sein, die nötigen Sachen für die lange Reise auszupacken.

Während Marie Luise und Olga mit Auspacken beschäftigt waren, sah Gustav durchs Fenster auf die vorbeiziehende Landschaft, die ihm vertraut und gleichzeitig fremd erschien. Mödling und der Annaberg kamen in Sicht, als er in sein Abteil ging, um ebenfalls sein Nachtgewand aus dem Koffer zu holen.

„Olga hat mir gerade erzählt, dass Alma Lang gestern nach Fiume gereist ist. Sie hat es von der Zofe der Baronin Mayerhof erfahren, mit der sie sich das Abteil teilt. Alma wird an der Oper von Fiume die Rolle der Gilda in Rigoletto verkörpern und bei einem Liederabend im Hotel Quarnero für ihre verstorbene Freundin Maria einspringen“, sagte Marie Luise zu ihrem Bruder, als er sich wieder zu ihr gesellte.

„Wir werden beide Veranstaltungen besuchen, nehme ich an“, fragte er.

„Selbstverständlich.“

Nachdem Olga das Nachtgewand und die Toilettesachen ihrer Herrin zurechtgelegt hatte, schickte Marie Luise sie weg.

„Ich brauche dich nicht mehr. Geh schlafen. Mein Bruder wird mir helfen, falls ich noch etwas benötigen sollte“, sagte Marie Luise und zwinkerte Gustav zu.

„Olga ist ein Schatz, aber sie geht mir schrecklich auf die Nerven. Sie ist eine fürchterliche Plaudertasche. Wenn wir allein sind, quasselt sie ununterbrochen Schwachsinn. In deiner Gegenwart hält sie sich zum Glück etwas zurück. Du scheinst sie einzuschüchtern.“

„Ich? Wieso denn?“

„Das weiß ich nicht. Womöglich ist sie männerscheu?“

Die Geschwister suchten den Speisewagen auf. Gustav hatte gleich reserviert, als sie eingestiegen waren. Das war sehr vorausschauend gewesen, denn fast alle Tische im Speisewagen waren besetzt, als sie an einem Zweier-Tischchen beim Fenster Platz nahmen.

Marie Luise erwiderte den Gruß von einem gutaussehenden Herrn am Nebentisch und nickte auch zwei älteren Damen, die schräg gegenüber von ihnen saßen, freundlich zu.

„Mein Gott, halb Wien scheint heute in den Süden zu fahren“, sagte sie zu Gustav. „Dort drüben sitzt die Fürstin Esterházy mit ihrer Freundin der Gräfin von Auersperg, und der gutaussehende Mann, der mich gerade gegrüßt hat, ist Graf Wildenfels.“

„Ist die junge Dame ihm gegenüber seine Frau?“

„Nein, das ist seine kleine Schwester, die Leopoldine. Der Felix hat vor zwei Jahren seine Frau verloren. Sie ist im Kindbett gestorben, erinnerst du dich nicht an diese Tragödie?“

„Dunkel. Ich glaube, du hast mir davon erzählt.“

„Sieht er nicht fantastisch aus? Meine Freundinnen halten ihn für einen der bestaussehenden Männer Wiens. Er scheint seit dem Tod seiner Frau das Interesse an Frauen verloren zu haben. Dabei hatte er vor seiner Heirat den Ruf, ein großer Verführer zu sein, manche bezeichneten ihn sogar als richtigen Wüstling.“

Obwohl Gustav in Gedanken bei seiner geliebten Dorothea war, entging ihm das Interesse seiner Halbschwester an diesem großen stattlichen Mann nicht. Verglichen mit der kränklich aussehenden jungen Person, die ihm gegenübersaß, wirkte der blonde Hüne mit den blauen Augen wie das blühende Leben.

„Er soll sehr vermögend sein“, sagte Gustav.

„Das ist er. Die Wildenfels besitzen fast halb Kärnten, und in Wien haben sie ebenfalls ein schönes Anwesen, draußen in Döbling."

„Du kennst ihn näher?"

„Nein. Ich war mit seiner verstorbenen Frau befreundet. Wir haben vor Jahren einmal gemeinsam eine Wohltätigkeitsveranstaltung für ledige Mütter organisiert. Sie war sehr sozial eingestellt, eine ganz Liebe."

Der bewaldete Semmering, das palastartige Südbahnhotel und einige moderne, elegante Villen tauchten vor den Zugfenstern auf.

„Ich liebe diese Gegend", sagte Gustav. „Der Semmering ist ein richtig verwunschener Zauberberg. Hast du nicht auch das Gefühl, dass gleich irgendwelche Zwerge oder Gnome aus den dunklen Wäldern springen werden?"

„Sei nicht albern. Auch ich liebe den Semmering, aber an ihm ist nichts mystisch. Seit dieses venezianische Genie Carl Ritter von Ghega die Bahnlinie errichtet hat, ist das riesige Hindernis, das Wien vom Meer getrennt hat, endgültig beseitigt. Dafür sollten wir diesem Herrn ewig dankbar sein."

„Wie viele Arbeiter sind bei dem Bau umgekommen? Ich glaube, es waren mindestens tausend, oder?"

„Hör auf, Gustav! Die großen fortschrittlichen Projekte der Menschheit forderten von jeher Menschenopfer."

„Dieser Gedanke besänftigt die Angehörigen der toten Arbeiter bestimmt ungemein. – Versteh mich nicht falsch, ich finde die technische Leistung auch bemerkenswert, all diese Tunnels und Viadukte und Brücken sind natürlich ein Meisterwerk der Technik, aber dennoch muss ich dabei an die vielen Opfer denken."

„Weißt du übrigens, dass im Grunde Friedrich Schüler, der Generaldirektor der k.k. privaten Südbahn-Gesellschaft einer der Gründungsväter des mondänen Seebades Abbazia war?“, wechselte Marie Luise das Thema. „Er ließ 1884 an der Österreichischen Riviera die ersten riesigen Hotels, wie das Quarnero, errichten. Ursprünglich war es ein Lungensanatorium für Adelige. Nachdem die Thermalbäder durch einen Brand zerstört wurden, gestaltete man es zu einem Nobelhotel um. Im neu errichteten Kristallsaal finden zahlreiche Bälle statt. Es soll jedenfalls ein glanzvoller Treffpunkt für die internationale Prominenz sein. Auch das Hotel Stephanie, das frühere Imperial, mit dem Adriaclub, ist ein Synonym für Exklusivität und Eleganz, habe ich zumindest in der Zeitung gelesen. Uns erwarten in Abbazia modernst ausgestattete Kuranstalten, in denen sehr heilsame Medizinalbäder angeboten werden. Das Sanatorium Quisisana ist weit über die Grenzen unseres Reiches hinaus bekannt. Arthur Schnitzler, den du ja sehr schätzt, hat sich zum Beispiel im März 1893 dort aufgehalten und über Abbazia geschrieben ...“

Gustav verstand nur mehr halbe Sätze, da die Dampflokomotive laut ächzend und stöhnend die zahlreichen Waggons den Semmering hinaufschleppte. „Hier trifft man alles Vornehme ..., teure Parfüms in der Luft, ... rauschende Seidenröcke ...“, zitierte Marie Luise den berühmten Schriftsteller. „Er hat im Quisiana beinahe eine Affäre mit der deutschen Sängerin Sophie Link begonnen, die sich in ihn verliebt hatte. Ist das nicht romantisch?“

„Was heißt beinahe?“

Sie ignorierte seinen Einwurf. „Wir haben den Semmering bald hinter uns, sind gleich in Mürzzuschlag.

Hat unser Vater nicht hier auf der Südseite des Berges ein riesiges Jagdrevier?", fragte sie.

„Ich halte nichts davon, unschuldige Tiere abzuschießen", sagte Gustav.

„Papa ist ein miserabler Schütze und hält auch nicht viel von Jagdgesellschaften. In den letzten Jahren hat er keine einzige Jagd mehr veranstaltet."

„Dann sind wir uns wenigstens in dieser Frage einig."

„Warum bist du so grantig, Bruderherz? Missfällt es dir so sehr, mich nach Abbazia zu begleiten? Du hättest doch Nein sagen können."

„Verzeih, du trägst keine Schuld an meiner schlechten Laune. Ich bin etwas gereizt wegen der beiden Morde. Diese Reise kommt mir gar nicht gelegen. Ich hätte besser in Wien bleiben und den Mörder von Salvatore Valentino und Maria Cerruti überführen sollen, als mit dir ins österreichisch-ungarische Küstenland auf Urlaub zu fahren."

„Ich weiß, unser Vater hat dich praktisch dazu gezwungen, mir Gesellschaft zu leisten, und das tut mir sehr leid, andererseits bin ich dir sehr dankbar für deine Begleitung."

Marie Luise blickte ihn treuherzig an.

Gustav griff nach ihrer Hand und küsste sie. „Du kannst wirklich nichts dafür, und ich werde versuchen, das Beste aus unserer Reise zu machen, werde auch von Abbazia aus Nachforschungen anstellen."

Marie Luise las ihm nun aus der Beilage der illustrierten Kur- und Bade-Zeitung „Hygiena" vor, die sie aus ihrem Abteil mitgenommen hatte: „Im Schutze des 1396 Meter hohen Monte Maggiore hat sich in und rund um Abbazia eine üppige Flora entwickelt: Azaleen, Libanonzedern, Magnolien, immergrüne Eibenzypressen, Oliven und Lorbeerhaine, Granatapfelbäume und Edelkastanien, Jasmin, Bougainvilleen und Kamelien ...“

„Die Kamelienblüte ist leider vorüber. Die Kamelien blühen zum ersten Mal im Dezember und ein zweites Mal im März“, unterbrach Gustav sie.

„Aber alle anderen Pflanzen stehen Anfang Mai hoffentlich in voller Blüte“, sagte Marie Luise. „Abbazia wurde übrigens bereits im Jahre 1889 von Seiner Majestät Kaiser Franz Joseph hochoffiziell zum Kurort ernannt. Und zwar wegen des gesundheitsfördernden Klimas, das vor allem bei Bronchitis, Asthma, Rheuma, Ischias und Diabetes Linderung, wenn nicht gar Heilung, verspricht. Hier steht, dass die gute, salzhaltige Luft sehr hilfreich bei Anämie und Bleichsucht sei sowie bei Nervenkrankheiten wie Neurasthenie und Hysterie wahre Wunder bewirken könne.“

„Na großartig, mein Nervenkostüm ist momentan mehr als empfindlich“, warf Gustav ein.

„Schon der Wiener Chirurg Theodor Billroth rühmte die Vorzüge des Kurortes in vielen Arztbriefen und wissenschaftlichen Arbeiten. Er empfahl den Aufenthalt für schwächliche Kinder und chlorotische Mädchen vor allem in den Wintermonaten ...“

„Ist er nicht vor ein paar Jahren bei seinem letzten Besuch in Abbazia im Hotel Imperial gestorben?“, unterbrach Gustav seine Schwester.

„Du bist unverbesserlich“, sagte Marie Luise und klopfte ihm auf die Finger.

„Die glänzendsten Erfolge erzielen die Kurärzte, wie gesagt, bei Nervenkranken. Mittlerweile machen viele renommierte Wiener Ärzte ihre wohlhabenden Patienten auf die heilsame Seeluft aufmerksam. Abbazia gilt als das Bad Ischl an der Adria! Es ordinieren dort mindestens fünfundvierzig Kurärzte, stell dir das mal vor! Und, soviel ich gehört habe, soll es, außer den berühmten Hotels, über achtzig Villen und vierzig Pensionen geben. Die Villa Amalia, wo ich wohnen werde, beherbergt sonst eigentlich nur den Hochadel. Die Villa wird Sisi-Haus genannt, weil Ihre Majestät, Kaiserin Elisabeth, hier einst abgestiegen ist. Der Bruder des Kaisers, Ludwig Viktor, unser Luziwuzi, sowie Adolf von Nassau, der Großherzog von Luxemburg, pflegen ebenfalls in der Villa Amalia zu logieren. Der serbische König Alexander und sein Vater König Milan bevorzugen hingegen die Villa Mandria, und der König von Schweden und Norwegen, Oskar II., die Villa Jeanette."

Marie Luises begeisterte Schilderung der Domizile des europäischen Hochadels wurde durch den Kellner unterbrochen, der ihnen die Vorspeise servierte.

Sie hatten beide das Menü bestellt.

Die Grießnockerlsuppe war total versalzen. Sowohl Gustav als auch Marie Luise ließen sie zurückgehen.

„Ich hoffe, das Essen wird in Abbazia besser sein", sagte Gustav.

„Garantiert, mein Lieber. Wir werden täglich frischen Fisch und Meeresfrüchte serviert bekommen. Fisch soll sehr gesund sein. Aber lass mich dir weiter vorlesen. Für ein mittleres Zimmer bezahlt man in Abbazia zehn bis fünfzehn Gulden in der Woche. Die Wohnungen sollen sehr hübsch und geräumig sein. Und die vollständige Verpflegung kostet noch einmal drei Gulden. Das ist wirklich preisgünstig."

„Für dich vielleicht", murmelte Gustav.

„Schau, da steht, dass man den Frühstücks- und Nachmittagskaffee am Meer im Café Quarnero einnimmt. Bei schlechtem Wetter kann man drinnen in den schönen Sälen, wo alle größeren Zeitungen aufliegen, herrlich schmökern oder einfach nur faulenzen. Das ist doch was für dich!“

Gustav hörte ihr kaum mehr zu, sondern genoss, solange es hell war, die am Zugfenster vorbeiziehenden lieblichen Hügeln und saftigen Wiesen der schönen Steiermark.

Die Hauptspeise, ein Zürcher Geschnetzeltes, war halbwegs genießbar. Gustav fragte sich dennoch, welches Tier dafür sein Leben gelassen hatte.

„Ich habe mich übrigens nach deiner Villa Neptun erkundigt. Sie liegt gleich neben der Villa Rosalia. Graf Donnersmarck hat diese romantische Villa erst vor ein paar Jahren erbauen lassen und nach seiner Enkelin benannt. Angeblich zählen beide Villen zu den schönsten am Nordstrand. Bis zum Jahre 1890 sind in Abbazia fünfundachtzig Neubauten entstanden, stell dir das mal vor. Der bevorzugte Architekt war Carl Seidl, steht hier. Sagt dir der Name was? Er hat die Villa Hasslinger sowie das Rathaus und das Amtsgebäude der Bezirkshauptmannschaft in Volosko erbaut. Sollen wir uns diese beiden offiziellen Gebäude nicht auch ansehen? Zur gleichen Zeit wie all diese Villen sind Kuranstalten, Sanatorien, Trinkhallen und die Strandpromenade mit Sitzbänken errichtet worden. Die Initiative dazu ging vom ‚Verschönerungsverein‘ Abbazias aus, einer Sektion des Österreichischen Touristenklubs. Parallel zum Lungomare haben sie einen Waldpfad am bergseitigen Ortsrand angelegt, die Promenade Carmen Sylva.“

„Der Name sagt mir was“, warf Gustav ein.

„Die rumänische Königin Elisabeth verwendet dieses Pseudonym als Schriftstellerin.“

Mittlerweile waren sie beim Dessert angelangt. Der Mohr im Hemd mundete beiden. Der Koch schien eher ein ausgezeichneter Patissier zu sein.

Marie Luise schwatzte weiter. Sie hatte bereits zwei Gläser von dem köstlichen Grünen Veltliner aus Gumpoldskirchen getrunken und wurde immer redseliger.

„Ein gern gesehener Kurgast in Abbazia ist auch der Liebling des Wiener Theaterpublikums, der Alexander Girardi. Und schau mal, sitzt dort drüben nicht der Hermann Leopoldi mit seiner Frau? Sicher fahren die beiden ebenfalls nach Abbazia. Sollen wir diesen großartigen Volksschauspieler an unseren Tisch bitten? Ich finde ihn fantastisch."

„Marie Luise, ich bitte dich!"

„Eigentlich haben die Wiener Abbazia erfunden", scherzte Marie Luise.

„Sollte die Südbahngesellschaft eine neue Direktorin suchen, wärst du sicher die geeignete Person für diese Position. Aber jetzt solltest du schlafen gehen. Wir haben noch eine anstrengende Reise vor uns", sprach Gustav ein Machtwort.

24. Gustav führt ein aufschlussreiches Gespräch

Nachdem Gustav seine leicht illuminierte Schwester in ihr Abteil gebracht hatte, überlegte er, ob er selbst auch zu Bett gehen sollte. Doch er würde bei all dem Lärm und Gerüttel sicherlich kein Auge zutun können.

Er suchte den Rauchsalon auf, setzte sich an den einzig freien Tisch und bestellte ein Glas Rotwein. Einige der anwesenden Herren nickten ihm zu, die meisten waren in Gespräche vertieft. An der Theke entdeckte Gustav ein bekanntes Gesicht.

Er lud den Souffleur mit einer eindeutigen Handbewegung ein, sich zu ihm zu gesellen.

Mit missmutiger Miene kam Bruno Penzo seiner Einladung nach.

„Was treibt Sie nach Triest?“, fragte Gustav.

„Wieso Triest? Ich fahre nach Fiume. Alma Lang hat mir dort an der Oper Arbeit verschafft – aus Mitleid. Aber ich will ihr Mitleid nicht!“

„Ich verstehe nicht ...“, sagte Gustav leicht konsterniert.

„Fiume soll weniger verjudet sein als Wien. Aber allein, dass sie dort andauernd Verdi-Opern aufführen, finde ich degoutant.“

Gustav hätte diesem dämlichen Antisemiten am liebsten eine kräftige Ohrfeige verpasst.

Bruno Penzo sah ziemlich heruntergekommen aus in seinem abgetragenen dunkelbraunen Anzug. Der Kragen seines Hemdes war abgestoßen, seine braunblau gestreifte Krawatte war schlecht gebunden und er benötigte dringend eine Rasur. Gustav verspürte jedoch nicht das geringste Mitgefühl, wunderte sich nur, dass Alma Lang diesem ihm suspekten Individuum geholfen hatte. Es kostete ihn einige Überwindung, sich mit ihm zu unterhalten. Der Souffleur war aber einer der Mordverdächtigen, und Gustav wollte sich die Chance, diesem Mann gründlich auf den Zahn zu fühlen, nicht entgehen lassen.

„Ist denn Giuseppe Verdi auch Jude?“, provozierte er ihn zu weiteren hasserfüllten Äußerungen.

„Nein, aber diese Itaker sind eine fast genauso schlimme Bagage wie die Juden. Ich weiß, wovon ich rede, mein Vater war Italiener. Er hat meine Mutter verlassen, als ich drei war. Er war ein richtiger Gigolo, hat sich meistens an wohlhabende ältere Damen herangemacht. Der verdammte Salvatore Valentino war um keine Spur besser als mein Alter. Er hat dafür gesorgt, dass mich der jüdische Hofoperndirektor Mahler rausgeschmissen hat. Andauernd hat er sich über mich beschwert. Die Traviata war meine letzte Vorstellung in Wien. – Wer weiß, wofür es gut war. Mit ein bisschen Glück werde ich demnächst nach Bayreuth berufen. Ich habe der hochverehrten Witwe des großen Meisters gerade einen Brief geschrieben und ihr mein Leid mit dieser jüdischen Mischpoche in Wien geklagt."

„Haben Sie Richard Wagner persönlich gekannt?", fragte Gustav.

„Leider nein, aber Alma Lang hat eine Anfrage aus Bayreuth bekommen. Rein privat! Denn an einen jüdischen Impresario würde sich eine Dame wie Cosima Wagner niemals wenden. Frau Lang hat das richtige Timbre, könnte eines Tages eine große Wagnersängerin werden. Ich könnte sie mir gut vorstellen als Fricka in der Walküre, die ihrem Ehemann Wotan die Leviten liest. Stimmlich besitzt sie auf jeden Fall genügend Durchhaltevermögen für eine Wagner-Oper. Leider hat sie den gravierenden Fehler begangen, sich von dem Kramer unter Vertrag nehmen zu lassen."

Das sind ja interessante Neuigkeiten, dachte Gustav und ließ den Spinner weiter über seine Verehrung und seine Liebe zu Richard Wagner schwätzen.

„Giuseppe Verdi ist ein alter Mann, ein aus der Mode gekommener Komponist, dem Richard Wagner längst den Rang abgelaufen hat", fuhr der Souffleur fort. „Er schreibt seit Jahren von dem großen Meister ab. Seine romantischen Opern sind nichts anderes als billige Imitationen der wunderbaren Werke von Richard Wagner."

„So ein Blödsinn!", warf Gustav nun doch heftig ein. „Denken Sie an Il trovatore oder an Nabucco und erklären Sie mir, was diese Opern mit jenen von Wagner gemein haben."

Bruno Penzo ging nicht auf seinen Einwand ein, sondern schwatzte ihm weiter die Ohren voll mit despektierlichen Geschichten über das Privatleben des berühmten italienischen Komponisten.

„Verdi ist ein Scharlatan, ein Volksverhetzer der schlimmsten Sorte. Er ist eine echte Gefahr für uns Deutsche. Seine Verherrlichung Garibaldis grenzt an Götzenanbetung. Sie wissen ja, was dabei herausgekommen ist, ein vereinigtes Italien auf Kosten unserer Monarchie."

„Italien gehört eben den Italienern", sagte Gustav und grinste den deutsch-nationalen Souffleur provokant an.

„Verräter", zischte dieser und kehrte Gustav demonstrativ den Rücken zu.

Vielleicht ist Bruno Penzo doch kein harmloser Spinner, dachte Gustav, sondern ein gefährlicher Psychopath, als er sich lange nach Mitternacht in sein Schlafabteil zurückzog.

Der Gedanke, dass der Souffleur sowohl Salvatore Valentino als auch Maria Cerruti auf dem Gewissen haben könnte, ließ ihn nicht einschlafen. Er wälzte sich in dem schmalen und für ihn viel zu kurzen Bett mit angezogenen Knien herum und überlegte, wie dieser Verrückte es angestellt haben könnte, Salvatore den Dolch ins Herz zu stoßen. Wenn, dann konnte er es nur gemeinsam mit Maria Cerruti getan haben, der er ja angeblich behilflich gewesen war, den Dolch aus Salvatores Brust zu ziehen. Aber dass die beiden Komplizen waren, konnte sich Gustav absolut nicht vorstellen. Maria hatte den Souffleur ebenso verabscheut wie Salvatore Valentino, das war aus ihrem Brief an den Wiener Hofoperndirektor, den er in ihrer Garderobe gefunden hatte, eindeutig hervorgegangen. Und Maria das Arsen zu verabreichen, wäre eine noch viel kompliziertere Angelegenheit für ihn gewesen, dachte Gustav, denn Bruno Penzo saß während der ganzen Aufführung in seinem Kabäuschen.

Verzweifelt suchte er seine Zigarillos. Er brauchte unbedingt etwas zu rauchen, um nachdenken zu können. Hatte er sein Etui etwa vorhin im Rauchsalon des Zuges liegengelassen? Es wäre ihm sehr leid drum, stammte es doch von seinem Großvater Albert von Karoly.

Gustav zog sich an und ging zurück in den Rauchsalon.

Die Kellner hatten alle Tische abgeräumt. Die ersten Sonnenstrahlen verliehen dem verrauchten Waggon einen gespenstischen Glanz.

Bruno Penzo lehnte allein an der Theke. Er rauchte und schimpfte leise vor sich hin.

Gustavs silbernes Etui lag vor ihm auf dem Tresen. Bruno Penzo hatte es gerade geöffnet und griff nach einem Zigarillo, obwohl er seines noch nicht ausgeraucht hatte.

„Bedienen Sie sich ruhig", sagte Gustav mit schneidender Stimme, schnappte sich sein Etui und zwickte dem Souffleur beinahe die Finger ein, als er es schloss.

Ehe Bruno Penzo den Mund aufbrachte, hatte Gustav den Rauchsalon wieder verlassen.

Dieser impertinente Mensch hatte ihm mit seinem blöden Gerede nicht nur den Abend, sondern die ganze Zugfahrt verdorben.

25. Ankunft in Abbazia

Die Reise hatte insgesamt vierzehn Stunden gedauert. Sie hatten Glück gehabt und in Triest nicht umsteigen müssen, da der Salonwagen und einige andere Waggons an eine neue Lokomotive angehängt worden waren.

Vom Bahnhof Mattuglie waren es sieben Kilometer bis nach Abbazia. Der Kurort war tatsächlich von Wien aus direkt und bequem über Nacht erreichbar.

Als sie am Bahnhof oben in den Hügeln über Abbazia den Zug verließen, warteten dort viele Kutschen und einfache Pferdewägen auf die Gäste aus Wien. Die meisten Pferde waren mit Blumen geschmückt. Es roch nach Lorbeer und Jasmin.

„Weißt du, was heute für ein Tag ist?", fragte Gustav seine Schwester, nachdem er dem Kutscher geholfen hatte, Marie Luises Gepäck auf dem Dach zu verstauen und sie es sich in der Kutsche bequem gemacht hatten.

„Der 1. Mai, oder?"

„Genau. Heute gibt es in allen Großstädten der Welt Demonstrationen und Kundgebungen in Gedenken an die Opfer des Haymarket Riot in Chicago. Bestimmt wird es auch in Wien wieder zu blutigen Auseinandersetzungen zwischen den Arbeitern und der Polizei kommen."

„Gustav, hör auf zu politisieren und entspann dich. Wir sind in Abbazia! Sieh nur, wie grün hier alles ist."

Sie fuhren durch eine prachtvolle immergrüne Vegetation hinunter in den Kurort.

Plötzlich kam die blaue Adria in Sicht und selbst Gustav vergaß auf die „Haymarket Affair".

Es gibt so viele Schattierungen von Blau, dachte er beim Anblick des Meeres, das in den seichten Buchten hellgrün schimmerte, weiter draußen fast königsblau war und am Horizont in ein sanftes Graublau überging.

Als sie sich dem Ortskern näherten, fielen ihnen als Erstes die gepflegten Parkanlagen mit Lorbeerhainen und Palmengruppen auf. Allerdings verpestete der Staub zahlreicher Baustellen die Luft. Überall schossen Neubauten aus dem Boden. Je näher sie dem Meer kamen, desto weniger Baustellen gab es und desto besser wurde die Luft. Geheimnisvolle grüne Labyrinthe, Blumenbeete mit exotischen Pflanzen, und überall weißer und lila Flieder in voller Blüte, der seinen wundervollen Duft verströmte. Gemütliche Weinschenken unter blühenden Kastanienbäumen und elegante Villen umgeben von prächtigen Gärten säumten die Straße.

Keine Demonstrationen, keine Streikenden weit und breit, nur elegant gekleidete Menschen promenierten auf und ab.

In Abbazia ist die Welt eben noch in Ordnung, dachte Gustav, behielt seine zynischen Gedanken aber für sich.

Er setzte seine Halbschwester in der Villa Amalia ab und ließ sich zurück zu seinem Urlaubsdomizil, der Villa Neptun, die sich direkt am Nordstrand von Abbazia befand, kutschieren.

Graf Batheny hatte sowohl Marie Luise als auch Gustav die Reise bezahlt. Gustav hatte sich jedoch geweigert, mit seiner Halbschwester in der feudalen Villa Amalia abzusteigen. Stattdessen hatte er die Einladung von Herrn Meyne, dem er einst als Privatdetektiv zu Diensten gewesen war, angenommen.

Herr Meyne, ein wohlhabender ungarisch-stämmiger Kaufmann, hatte diese Villa in den 90er Jahren des vergangenen Jahrhunderts erbauen lassen. Gustav hatte ihm vor einiger Zeit einen großen Gefallen erwiesen. Herr Meyne hatte seine schöne, um viele Jahre jüngere Ehefrau verdächtigt, einen Geliebten zu haben, weil sie viermal in der Woche immer um die gleiche Zeit das Haus verlassen hatte und erst Stunden später zurückgekehrt war. Gustav fand damals heraus, dass sie nicht zu einem Stelldichein mit einem Liebhaber gegangen war, sondern wegen ihrer Ängste und melancholischen Stimmungen den geheimnisumwitterten Seelenarzt Dr. Sigmund Freud aufgesucht hatte. Dr. Freud hatte ihr damals empfohlen, die trüben, kalten Wintermonate im sonnigen Abbazia zu verbringen. „Fahren Sie nach Abbazia“, hatte er angeblich wörtlich zu ihr gesagt. Sie war seiner Empfehlung gefolgt, hatte sechs Wochen mitten im Winter in diesem feudalen Kurort verbracht, war entspannt und bester Laune nach Wien zurückgekehrt und hatte ihrem Mann neun Monate später eine Tochter geboren.

Herr Meyne empfing Gustav überaus herzlich. Frau Meyne hingegen schenkte ihm weder ein Lächeln noch sah sie ihm in die Augen. Nach kurzer Begrüßung zog sie sich wieder in ihre Gemächer zurück.

„Sie müssen meine Gemahlin entschuldigen, Herr von Karoly, sie ist etwas scheu und Fremden gegenüber sehr unsicher. Außerdem weiß sie über unser ... unser damaliges, wie soll ich sagen, un... unser Arrangement Bescheid, und das macht sie verständlicher Weise Ihnen gegenüber verlegen.“

Gustav bereute sogleich, Herrn Meynes Einladung angenommen zu haben. Er schalt sich unsensibel, weil er keine Sekunde daran gedacht hatte, dass es peinlich werden könnte, der Dame, die er einst observiert und deren Geheimnis er gelüftet hatte, zu begegnen.

Herr Meyne schien seine Verunsicherung zu bemerken, denn beim anschließenden Begrüßungsschluck im großen Salon der Villa beteuerte er, dass er ihm nach wie vor überaus dankbar für seine damaligen Dienste sei.

„Meine Gattin hat, wie Sie wissen, viele Spezialisten konsultiert. Sie war blass und schwach und ständig müde. Ein Arzt hat sogar eine fortgeschrittene Schwindsucht vermutet. Ein anderer hat behauptet, die Nerven seien schuld an ihrem betrüblichen Zustand und ein bisschen auch die Lunge. Das Klima in Wien sei auf jeden Fall Gift für sie, hat die übereinstimmende Meinung gelautet. Mein Vertrauen in die Medizin hat seither merklich nachgelassen. Jeder dieser Spezialisten hat eine andere Krankheit diagnostiziert. Einige haben herbe Bergluft empfohlen, andere salzhaltige Seeluft. Als meine Gattin nach ihrer Kur bei Doktor Sigmund Freud schließlich einen mehrwöchigen Aufenthalt in Abbazia verbracht und bei ihrer Rückkehr behauptet hat, dass allein der Anblick des Meeres ihrer Seele gutgetan hätte, habe ich mich entschlossen, hier eine Villa direkt am Meer errichten zu lassen, in der sie zukünftig jederzeit ihre Ängste und ihre Schwermut kurieren kann", sagte Herr Meyne. „Ich wollte, dass meine Villa Neptun so ähnlich aussieht wie das Schloss Miramare in Triest, das der berühmte Architekt Carl Junker für Erzherzog Ferdinand Maximilian von Österreich und seine Frau Charlotte von Belgien erbaut hat."

Kein gutes Omen, denn nur wenige Jahre nach der Fertigstellung dieses Märchenschlosses in Triest ist Kaiser Maximilian von Mexiko als Kriegsverbrecher standrechtlich erschossen worden und seine ehrgeizige Frau Charlotte dem Wahnsinn verfallen, dachte Gustav, sprach diesen Gedanken aber nicht laut aus.

„Ich habe den tschechischen Architekten Adolf Tichy mit der Planung der Villa beauftragt, weil mir die Bibliothek für Adelige – dieser Palast für Bücher, den er in Abbazia errichtet hat –, sehr gut gefällt. Die Bibliothek sollten Sie unbedingt einmal aufsuchen, Herr von Karoly. Im ersten und zweiten Stock des Gebäudes befinden sich auch wunderbare Konzertsäle. Sie können das Haus nicht verfehlen, es liegt gleich neben dem Hotel Bristol, das innen und außen sehr schöne Stuckaturen hat, aber weder mit der prunkvollen Bibliothek noch mit meinem Schlösschen konkurrieren kann."

Gustav amüsierte sich über Herrn Meynes Gerede und warf, während sie beide Kaffee tranken, öfters einen Blick aus den großen Fenstern des Salons.

Jenseits der Gartenmauer lag das Meer, das zu dieser Stunde glatt und türkisfarben war.

Beim späten Lunch, den sie auf der Terrasse der Villa Neptun einnahmen, lernte Gustav auch die Schwiegermutter und die kleine, süße Tochter seines Gastgebers kennen.

Zu überbackenen Jakobsmuscheln, Salat, Fischsuppe und einem köstlichen Seeteufel mit Erdäpfeln tranken sie zuerst Champagner, danach vorzüglich gekühlten Weißwein.

Gustav bemühte sich, Frau Meyne, die verschämt seinen Blicken auswich, in ein Gespräch zu verwickeln. Sie stierte die ganze Zeit aufs Meer und antwortete ihm kaum. Als Gustav die fantastische Sicht auf den Golf von Fiume pries und ihr ein Kompliment für ihre wunderschöne Villa machte, begann sie zu schluchzen und verließ mit einem Taschentuch vor dem Gesicht den Tisch.

„Verzeihen Sie, Herr von Karoly, wir haben bisher kaum Besuch gehabt. Sie sind, außer zwei englischen Ladies, unser einziger Gast", sagte Herr Meyne. „Meine Gattin muss sich erst wieder an Fremde gewöhnen."

Der Mann tat Gustav leid. Er überlegte sich eine passende Bemerkung, doch die eher resolut wirkende

Schwiegermutter seines Gastgebers kam ihm zuvor: „Die Nerven meiner Tochter sind leider nach wie vor etwas angegriffen. Ein paar Wochen in diesem wunderbaren Klima werden ihr sicher Linderung bringen. Bitte haben Sie Geduld mit ihr, Herr von Karoly."

Als das Dessert, Vanilleeis mit Veilchen, serviert wurde, ermahnte sie ihre Enkelin: „Schling nicht alles so hinunter, du musst langsam essen, mein Kind!"

Der erschrockene Blick des kleinen, molligen Mädchens, das sofort seinen Löffel weglegte, irritierte Gustav. Er dachte, dass Dr. Sigmund Freud auch die Mutter seiner Gastgeberin und das vierjährige Kind behandeln hätte sollen. Um die Kleine zu trösten, sagte er: „Ihre verstorbene Majestät, Kaiserin Elisabeth, hat Vanilleeis mit Veilchen geliebt, sie hat nie genug davon bekommen können."

Die Schwiegermutter warf ihm einen bösen Blick zu, aber das Kind strahlte ihn an und stürzte sich wieder auf sein Eis.

Als der Diener eine Flasche Bordeaux zum Nachtisch öffnete, begann Herr Meyne von seinen hochherrschaftlichen Gästen zu erzählen: „Erzherzog Ludwig Salvator von Österreich-Toskana liebte diesen Wein. Er war bisher der prominenteste Gast in unserer Villa. Dieser Weltenbummler und Mittelmeer-Forscher ist bereits mehrmals hier abgestiegen. In seinem Werk ‚Lose Blätter aus Abbazia' hat er seine Impressionen über seinen Aufenthalt sehr anschaulich festgehalten. Sie müssen das unbedingt lesen, Herr von Karoly, er schreibt großartig. Der liberale Erzherzog Johann Salvator, der dem Adel Ade gesagt und sich fortan Johann Orth genannt hatte, ist ebenfalls einst bei uns zu Gast gewesen. Er war das Enfant terrible der Habsburger Familie. Leider ist er, trotz aller Gerüchte, dass er noch lebt, mit seinem Schiff beim Kap Tres Puntas, in der Nähe von Kap Hoorn, untergegangen."

„Guter Mann! Er hat sogar am Kronprinzenwerk mitgearbeitet, soviel ich weiß", bemerkte Gustav und griff nach seinem Wasserglas.

„Ja, trinken Sie nur viel Wasser. Wir haben ausgezeichnetes Trinkwasser in unserem kleinen, bescheidenen Heim. Die Wasserleitung von den Quellen des Monte Maggiore wurde schon vor Jahren in Betrieb genommen. Haben Sie übrigens in Ihrem Zuhause in Wien elektrisches Licht, Herr von Karoly? In Abbazia sind bereits vor drei Jahren alle Hotels und öffentlichen Gebäude elektrifiziert worden. Selbstverständlich haben wir auch in der Villa Neptun Elektrizität." Er erhob sich und schaltete die Deckenbeleuchtung im Speisezimmer ein.

„Großartig!", murmelte Gustav und warf einen sehnsüchtigen Blick aufs Meer und auf die gegenüberliegenden Inseln Cres und Krk. In den Fensterscheiben spiegelten sich die elektrischen Lampen des Lüsters wider und verzerrten den großartigen Anblick ein bisschen.

„Die elektrische Beleuchtung macht im Kurpark und auf den Straßen die Nächte zum Tage", fuhr Herr Meyne stolz fort. „Selbst der Lungomare ist beleuchtet – nicht sehr hell, aber immerhin. 1898 ist hier ein Film von den Brüdern Lumière gedreht worden ..."

Der letzte Satz erregte Gustavs Interesse, verehrte er doch diese großen französischen Erfinder der Cinematographie.

Leider meldete sich Herrn Meynes Schwiegermutter wieder zu Wort und verhinderte ein Gespräch über die interessanten Arbeiten dieses genialen Brüderpaares.

„Auch kulinarisch hat unser Abbazia einiges zu bieten“, sagte sie. „Vor kurzem hat die feierliche Eröffnung der Konditorei im Kurpavillon am Meer stattgefunden. Täglich werden so gegen fünfzehn Uhr frische Kuchen aus der Residenzstadt Wien angeliefert.“

„Herr von Karoly wird bei uns essen. Die Kuchen aus Wien kennt er ja“, unterbrach Herr Meyne seine Schwiegermama.

„Sie sollten sich gleich morgen die anderen schönen Villen am Nordstrand ansehen, z.B. die Villa der Großherzogin von der Toskana oder die Villa unseres Nachbarn, Graf Donnersmarck, zumindest von außen“, sagte die alte Dame.

„Ebenso prächtige Villen werden gerade am Südstrand erbaut, die Villen Slatina, Flora, Laura und Mandria ...“, warf Herr Meyne ein.

Und dann erzählten ihm beide von den Einheimischen, den Rivalitäten zwischen den Leuten aus den benachbarten Orten Volosko, Abbazia und Lovran.

Gustav schwirrte der Kopf von all dem Gerede. Nachdem er sein Glas ausgetrunken hatte, entschuldigte er sich bei seinem Gastgeber, schützte Müdigkeit vor und zog sich in seine Zimmer zurück. Er hatte ihm Zug tatsächlich kaum ein Auge zugetan, aber er war nicht müde, sondern total überdreht.

Auf den breiten Fluren mit den vielen weißen Türen fand er sich nicht gleich zurecht. Als er endlich oben in seinen Turmzimmern angelangt war, wurde er von den goldenen Lichtstrahlen der Abendsonne empfangen, die durch die Spalten der halbgeschlossenen Fensterläden drangen und sich an den Zimmerdecken widerspiegelten.

Gustav schloss die Fensterläden nicht ganz, zog sich aus und legte sich in das große Bett.

Obwohl das Bett wunderbar weich war, er buchstäblich darin versank, konnte er nicht einschlafen. Nachdem er sich eine halbe Stunde lang herumgewälzt hatte, stand er auf, setzte sich in seinem Salon an den hübschen kleinen Sekretär, der direkt am Fenster stand, und schrieb einen Brief an seine Tante.

„Liebe Vera!

Nach einer anstrengenden, aber sehr interessanten Zugfahrt sind Marie Luise und ich glücklich in Abbazia angekommen.

Herr Meyne hat nicht zu viel versprochen, als er mir seine Villa Neptun angepriesen hat. Schönste Lage an der Adria, direkt am nördlichen Strandweg, der vom Hafen in Abbazia nach Volosko führt! Von der Villa aus gibt es sogar einen eigenen Zugang zum Meeresstrand. Das alles ist umgeben von einem prachtvollen Park mit schattigen Gartensitzen. In diesem Hause herrscht außerdem größte Reinlichkeit! Du würdest dich hier sicher sehr wohl fühlen.

Herr Meyne stammt aus dem ungarischen Teil unserer Doppelmonarchie. Er hat die Villa Neptun von Anfang an als Pension geführt. Viele Villenbesitzer handhaben das hier genauso. Ein Teil ist Privatbereich, der andere Teil wird vermietet.

Ich bewohne eine Suite im dritten und obersten Stockwerk des massiven achteckigen Turms, direkt über dem Wasser gelegen. Die Zimmer sind sehr geräumig und herrschaftlich eingerichtet. Das ganze Haus ist mit elektrischer Beleuchtung und Fließwasser, das aus der Hochquellwasserleitung vom Monte Maggiore stammt, ausgestattet, was unheimlich angenehm ist. Wir sollten unsere Wohnung in Wien auch endlich elektrifizieren und das Wasser einleiten lassen.

Von meinen Fenstern aus habe ich eine prachtvolle Aussicht, ja sogar einen herrlichen Rundblick auf den Quarnero und den Golf von Fiume. Marie Luise, die in der noblen Villa Amalia abgestiegen ist, verstellen hohe Bäume die Sicht aufs Meer.

Herr Meyne ist ein liebenswerter, wenn auch etwas geschwätziger und sehr geschäftstüchtiger Mann. Da das mitteleuropäische Klima der Gesundheit seiner Frau abträglich war, kam er auf die Idee, sich hier eine Villa erbauen zu lassen, die groß genug ist, um gleichzeitig eine Pension darin zu führen. So hat er, wie er es mir gegenüber ausdrückte, Gesellschaft mit Einnahmen in einem. Der Gesundheitszustand seiner jungen Frau hat sich, seit sie öfters in Abbazia weilt, rasant gebessert. Auch das Kind gedeiht prächtig, fast zu prächtig. Die Kleine ist rund und gesund.

Die Lage der Villa Neptun ist phantastisch, ganz nach Süden gerichtet, man hat fast von morgens bis abends Sonne. Ich beobachte gerade Albatrosse, die in der Abendsonne mit langsamen Flügelschlägen über die glatte Wasseroberfläche segeln.

Außer mir wohnen zwei englische Damen, Mutter und Tochter, hier, die seit Jahren die Wintermonate in Abbazia verbringen. Die jüngere Dame ist eine bekannte englische Kriminalschriftstellerin. Vielleicht kennst du ja ihre Bücher. Sie heißt Dorothy Campbell.

Die Luft in Abbazia ist außerordentlich gut. Du und Josefa solltet, wie gesagt, unbedingt einmal hier Urlaub machen. Für Josefas Asthma wäre ein Aufenthalt in diesem Kurort sehr heilsam. Laut Herrn Meyne muss man nur kräftig durchatmen, und schon werden die Bronchien bestens durchgelüftet.

Übrigens hat man mir erzählt, dass alle Küstenorte miteinander rivalisieren – was ich sehr witzig finde. Die

Orte liegen knapp nebeneinander und dennoch behaupten die Leute aus dem jeweiligen Dorf, dass ausschließlich bei ihnen die beste Erholung und Heilung möglich sei. Die Voloskaner rühmen die kühlende Tramontana, die im Sommer morgens und abends weht, wodurch die Nächte viel frischer sein sollen als in Abbazia. Bedenke, Volosko ist keine drei Kilometer entfernt von Abbazia! Die Bewohner Abbazias wiederum betonen die Nachteile der Tramontana, die im Winter Eis und Schnee nach Volosko bringt, während bei ihnen ewiger Frühling herrscht. Wer's glaubt, wird selig! Und die Leute von Ika und Lovran preisen ebenfalls die frische Luft, ihren Überfluss an Wasser und ihren vortrefflichen Wein und finden, dass Abbazia mit ihrer Feuchtigkeit und Volosko mit ihrem Felsenreflex nichts wert seien. Ich amüsierte mich köstlich, wie du dir vorstellen kannst, habe aber nicht vergessen, dass ich den Mörder von Salvatore Valentino und Maria Cerruti finden soll. Fast alle Verdächtigen befinden sich hier. Ein Zufall? Jakob Doma scheint allerdings spurlos verschwunden zu sein. Momentan konzentriert sich mein Verdacht eher auf den Souffleur, einen antisemitischen Trunkenbold. Auch der Impresario von Salvatore Valentino und Maria Cerruti scheint Dreck am Stecken zu haben, aber leider musste Rudi diese beiden Verdächtigen gehen lassen. Vielleicht sind es ja zwei verschiedene Täter gewesen? Ich werde dich jedenfalls am Laufenden halten. Du kannst mich telefonisch erreichen. Herr Meyne hat einen Telefonanschluss in seiner Villa. Die Nummer lautet: 0511. Wir sollten uns endlich ein Telefon zulegen, liebe Tante, dann müsstest du nicht extra aufs Postamt gehen, um mich hier anzurufen! Sollte sich Dorothea melden, gib mir bitte sogleich Bescheid!

Liebe Grüße, auch an Josefa!
Dein Dir treu ergebener Gustav

26. Gustav und Marie Luise gehen spazieren

An nächsten Vormittag holte Gustav seine Halbschwester aus der Villa Amalia ab. Marie Luise wollte unbedingt die Markthalle besuchen.

„Du mischst dich gern unters Volk, so wie unsere verstorbene Kaiserin“, sagte Gustav grinsend.

„Ja, das habe ich von Ihrer Majestät übernommen. Nirgendwo lernt man Land und Leute besser kennen als auf einem Markt. Und die Markthalle hier soll ein beliebter Treffpunkt der Einheimischen sein.“

Gustav fand die kleine Markthalle ebenfalls bezaubernd. Bauern aus der Umgebung boten Obst und Gemüse sowie Schinken und Käse an, und es gab sogar einen Bäcker.

Sie kauften zwei Orangen, verzehrten sie gleich vor Ort. Die Früchte schmeckten süßer und saftiger als in Wien. Auch das Speiseeis, das sie sich anschließend gönnten, war köstlich. Marie Luise hatte Vanille genommen, Gustav hatte sich für ein Eis mit Schokoladengeschmack entschieden.

In einem benachbarten Tabakgeschäft kauften sie Ansichtspostkarten. Gustav wollte an Vera, Rudi und Dorothea schreiben. Marie Luise kaufte gleich ein ganzes Dutzend.

Gegenüber der Markthalle führte ein Weg zur Strandpromenade. Sie kletterten den steilen Hang hinunter und spazierten am Lungomare entlang bis zur Villa Neptun.

Seit sich Abbazia zum noblen k.u.k. Kurort entwickelt hatte, defilierte auf dieser Promenade praktisch der gesamte Hochadel Österreich-Ungarns. An diesem Vormittag war jedoch nicht allzu viel los.

Gustav war noch nicht oft am Meer gewesen. Zum ersten Mal hatte er das Meer bei der Überfahrt von Calais nach Dover gesehen. Damals war er schwer beeindruckt gewesen. Die Fahrt über den Ärmelkanal hatte eine nachhaltige Erinnerung bei ihm hinterlassen. Ihm war bei stürmischer See übel geworden, so wie vielen Passagieren, doch im Gegensatz zu den anderen hatte er sich nicht übergeben müssen. Ein freundlicher Steward hatte ihm geraten, an Deck zu gehen, und diesem guten Rat war er damals gefolgt.

In einer kleinen Bucht, unweit der Villa Neptun, blieb Gustav stehen. „Hier scheint das Wasser seicht zu sein“, sagte er, deutete auf den feinen Kiesstrand und sprang über das Steinmäuerchen. Dann reichte er seiner Schwester beide Hände und half ihr, trotz ihres Protests, hinunter.

Amüsiert sah sie ihm dabei zu, wie er Schuhe und Socken auszog und vorsichtig seine Zehen ins Wasser hielt.

„Herrlich“, seufzte er, krempelte die Hosenbeine bis zu den Knien hoch und watete ins Wasser. „Willst du dich nicht auch ein bisschen abkühlen?“

„Gustav! Ich kann mich hier doch nicht einfach meiner Strümpfe entledigen – wenn jemand kommt ...“

„Seit wann interessiert dich die Meinung anderer Leute? Ich bin überzeugt, unsere geliebte Kaiserin Elisabeth ist ebenfalls oft barfuß durchs seichte Wasser gewatet.“

Marie Luise zögerte dennoch. Als gleich darauf zwei elegant gekleidete Herrn um die Ecke bogen, schlug sie vor, morgen gemeinsam ins Bagno Slatina zu gehen.

„Sind dort nicht Männer und Frauen streng getrennt?“

„Das will ich hoffen", sagte Marie Luise

„Dann ist es nur das halbe Vergnügen", scherzte Gustav.

„Ich würde gern Schwimmen lernen."

„Beleg einen Schwimmkurs, oder wir engagieren einen Privatlehrer für dich. Auch ich könnte es dir beibringen, wenn du willst. Wir könnten am Strand vor der Villa Neptun früh morgens baden gehen. Dort ist das Wasser nicht tief, zumindest kann man den Meeresgrund deutlich sehen. Und wenn wir in aller Herrgottsfrüh üben, sieht uns kein Mensch."

Marie Luise sah ihren Bruder zweifelnd an, versprach aber, sich seinen Vorschlag zu überlegen. „Und jetzt komm raus, sonst erkältest du dich womöglich. Das Wasser ist bestimmt eiskalt. Denk an deine empfindliche Konstitution."

„Papperlapapp", sagte Gustav. „Ich fühle mich großartig. Die salzige Meeresluft tut mir richtig gut!"

Als der Weg einen Bogen um einen Felsvorsprung machte, erblickten sie eine Gruppe junger, der Kleidung nach einheimischer Mädchen.

Gustav und Marie Luise blieben, verborgen unter den Ästen eines blühenden Kastanienbaums, stehen und beobachteten die Mädchen, die beherzt über große Steine den Hang hinunterkletterten. Zwischen mit Moos bedeckten Felsen nahe dem Ufer hatte sich ein kleiner Tümpel gebildet.

Gustav hatte seine Kamera dabei und schoss ein paar Bilder von dem türkisfarbenen Wasser mit seiner flimmernden Oberfläche.

Fotografieren war die neueste Mode. Sein Vater hatte ihm für diese Reise eine relativ handliche, moderne Plattenkamera geschenkt, und Gustav fotografierte nun alles, was ihm vor die Linse kam. Blühende Bäume und

Sträucher, die rotwangigen Mädchen und die Wellen, die am Ufer versandeten.

Die Mädchen entkleideten sich und stürzten sich, bloß mit dem Hemde am Körper, in das seichte Wasser, paddelten mit Armen und Beinen wild herum und kreischten wie kleine Kinder. Eine von ihnen hängte sich eine Kette aus großen Korkstücken um die Taille und wagte sich zwischen den Felsen weiter hinaus ins offene Meer.

„Sie scheint eine geschickte Schwimmerin zu sein", flüsterte Gustav seiner Schwester ins Ohr. Obwohl er sich in Gedanken bereit machte, hinterher zu springen und die Kleine aus den Fluten zu retten.

„Schau dir die Rothaarige an! Die ist richtig schlau", murmelte Marie Luise.

Ein etwa sechzehnjähriges Mädchen mit üppigen roten Locken und einem dunklen Teint hatte sich auf den Rücken gelegt und fing den Wind in ihrem weiten, nassen Hemde auf. Sie hielt es mit den Händen so fest, dass eine Riesenblase, eine Art Segel, entstand, das sie, wenn sie die Füße leicht bewegte, über Wasser hielt.

Gustav konnte sich das Lachen nicht länger verkneifen. Er lachte so laut, dass die Mädchen ihn hörten.

Erschrocken drehten sich die Badenden um, versuchten ihre Blöße mit den Händen zu bedecken und begannen zu kreischen. Gustav packte seine Kamera rasch ein und suchte mit Marie Luise das Weite.

27. Rigoletto in Fiume

Graf Wildenfels hatte Marie Luise und ihrem Bruder sein gemietetes Mercedes Benz Automobil mit Chauffeur für ihren Opernbesuch in Fiume zur Verfügung gestellt. Sie nahmen Leopoldine, die Schwester des Grafen, in die Oper mit. Der Graf hatte sehr bedauert, dass er selbst nicht in der Lage war, sie zu begleiten. Er hatte eine Einladung zum Dinner beim serbischen König, die er unmöglich absagen konnte.

Fiume war der zweitwichtigste Seehafen der k.u.k. Monarchie. Die berühmte k.u.k. Marine-Akademie hatte hier ihren Sitz. Die Stadt gehörte nicht zu Kroatien, war aber von kroatischem Land umgeben.

Gustav und die beiden Damen kamen mit dem flotten Automobil viel zu früh in Fiume an. Sie flanierten über den belebten Corso mit seinen eleganten Cafés, Restaurants und Geschäften.

Auf ihrem Spaziergang durch die Stadt begegneten ihnen nicht nur feine Leute, sondern auch viele hübsche Mädchen, die Gustav und seine beiden vornehmen Begleiterinnen unverschämt anstarrten und sich manchmal kichernd vor ihnen verneigten.

Marie Luise nickte den Mädchen, die bestimmt alle unter zwanzig waren, gnädig zu.

Gustav lüftete hin und wieder verlegen seinen Hut, hütete sich aber, einem der kecken jungen Dinger in die Augen zu sehen.

Das Stadttheater von Fiume war von den berühmten Wiener Architekten Fellner & Helmer erbaut worden, die auch das Volkstheater in Wien und Theaterbauten in anderen Städten der Donaumonarchie geplant hatten.

Die Planung dieses Opernhauses hatte zehn Jahre gedauert, da das Theater über dem Meer errichtet worden war. Der Bau ging schneller, in zwei Jahren stand das neobarocke Gebäude da.

Das Foyer war ganz in Rot gehalten. Eine Büste von Giuseppe Verdi empfing die Gäste.

„Das Theater wurde 1885 mit Verdis ‚Aida' eröffnet. Damals ist übrigens die gesamte Elektrizität zusammengebrochen", sagte Marie Luise.

„Was Sie alles wissen." Leopoldine von Wildenfels schaute Marie Luise bewundernd an.

Gustav konnte es nicht lassen, ebenfalls mit seinem Wissen ein bisschen anzugeben.

„Rigoletto gilt als bisher größtes Meisterwerk von Giuseppe Verdi. Das Libretto von Francesco Maria Piave ist allerdings leicht verworren, so wie viele Libretti von Verdis Opern. Es beruht auf Victor Hugos ‚Le roi s'amuse' – ‚Der König amüsiert sich'. Dieses Theaterstück war damals ein Skandal und ist der französischen Zensur zum Opfer gefallen."

Mittlerweile hatten sie in ihrer Loge im Mezzanin Platz genommen.

„Die dunkleren Bilder an der Decke sind von Gustav Klimt und seinem Bruder, die helleren von Franz Matsch. Gustav Klimt war, als er sie gemalt hat, erst neunzehn oder zwanzig Jahre alt", trug Leopoldine von Wildenfels leise auch etwas zu der Unterhaltung bei. Sie deutete auf die Decke des Opernhauses. „Die Brüder Klimt haben diese Bilder in ihren Ateliers in Wien gemalt und dann hierhergebracht."

Gustav schenkte der jungen Frau einen anerkennenden Blick.

„Sie interessieren sich für moderne Malerei, Comtesse?"

Sie nickte und blickte verschämt zu Boden. „Das große Bild, direkt über der Bühne, ist ebenfalls ein Klimt-Gemälde", sagte sie und fügte unter leichtem Erröten hinzu: „Ich liebe die Malerei, aber die Oper besuche ich selten, wegen der schlechten Luft ..."

Gustav tätschelte ihr väterlich die Hand. „Geben Sie mir Bescheid, wenn Ihnen übel wird, ich begleite Sie dann hinaus."

Leopoldines Gesichtsfarbe wurde daraufhin noch eine Spur dunkler.

„Ich weiß nicht so genau, worum es bei Rigoletto geht", flüsterte sie. „Und mein Italienisch ist nicht besonders gut ..."

„Der Hofnarr Rigoletto versucht vergeblich seine schöne Tochter Gilda vor der Begierde des Herzogs von Mantua zu schützen. Manche Kritiker haben diese Oper als Schauerstück bezeichnet und Verdis wunderbare Musik als triviale Leierkastenmusik abgetan, doch ich halte Rigoletto für die beste Oper, die Verdi je geschrieben hat", erklärte Marie Luise ihr.

„Einfacher ausgedrückt: Der Tenor möchte mit dem Sopran schlafen, während der Bariton das zu verhindern sucht", zitierte Gustav etwas frei einen Ausspruch des berühmten irischen Dichters und Musikkritikers Bernard Shaw und machte Leopoldines Verlegenheit dadurch nur schlimmer.

Zum Glück ging das Licht aus und das Opernorchester begann mit der Ouvertüre.

Alma Lang sang die Partie der Gilda, der Tochter des verkrüppelten Hofnarren des Herzogs von Mantua. Sie war kurzfristig für ihre ermordete Freundin Maria Cerruti eingesprungen.

„Sie ist eine totale Fehlbesetzung als Gilda", flüsterte Marie Luise ihrem Bruder nach der ersten Arie der Gilda ins Ohr.

Gustav war auch nicht begeistert von Almas Darbietung.

In ihrer Loge war Platz für mindestens sechs Personen, es gab zwei Lehnsessel, dahinter zwei Hocker und mehrere Stehplätze. Gustav hatte den Damen die beiden Lehnsessel in der ersten Reihe überlassen und auf einem gepolsterten Stuhl hinter ihnen Platz genommen.

Als er seine Blicke über die Leute im Parterre schweifen ließ, erblickte er den Kopf des Souffleurs, der rechts von der Bühne in einem winzigen Kämmerchen hockte. Sogleich befürchtete er, dass wieder ein Mord auf offener Bühne stattfinden würde.

Misstrauisch beäugte er den riesigen zentralen Lüster, der bestimmt eine Tonne schwer war. Er nahm an, dass dieser Lüster herabgelassen werden konnte. Die Kulissen, die zum Teil an der Decke hingen, werden bei Bedarf ebenfalls hinuntergelassen werden, dachte er und malte sich aus, wie Alma Lang von dem herabstürzenden Lüster erschlagen oder unter den Kulissen begraben werden würde.

Bei dem rauschenden Fest zu Beginn des ersten Akts musste ich noch nicht auf der Bühne erscheinen. Während Rigoletto, der bucklige Hofnarr des Herzogs von Mantua, seine bösartigen Spielchen trieb, öffnete ich das kleine Geheimfach hinten in der Schublade meines Schminktisches. Erleichtert atmete ich auf, als meine Finger das winzige weiche Säckchen ertasteten. Auf meinen Lieferanten war anscheinend Verlass. Ich beglückte mich zu meiner Entscheidung, ihn nach Fiume mitgenommen zu haben.

Vorsichtig streute ich eine kleine Prise des weißen Pulvers auf meine silberne Puderdose und steckte das

Säckchen dann in meinen Pompon, denn den würde ich den ganzen Abend bei mir tragen. Egal, wie oft ich das Kostüm wechseln musste, meine Unterröcke waren immer dieselben, und darunter ließ er sich gut verstecken.

Mittlerweile wusste ich, dass ich nicht zu gierig sein durfte. Meine ersten Experimente mit dieser Wunderdroge waren mir nicht allzu gut bekommen. Das Zeug hatte eine fatale Wirkung auf mich gehabt. Im Grunde hatte ich dieses göttliche Rezept meiner besten Freundin Maria – Gott hab sie selig – zu verdanken. Als ich sie vor der Premiere von Otello an der Wiener Hofoper in ihrer Garderobe dabei überraschte, wie sie sich eine Linie reinzog, blieb ihr nichts anderes übrig, als auch mir etwas anzubieten. Ich nahm zu viel und war auf der Bühne angeblich außer Rand und Band. Die Kritiken waren jedenfalls vernichtend. Und Theodore hat mir eine Strafpredigt gehalten, die ich wohl niemals vergessen werde.

Inzwischen begnüge ich mich mit einer viel geringeren Dosis. Ich brauche dieses Stimulans, um mein schauspielerisches Talent entfalten zu können. Dieses Mal würde ich es den verdammten Kritikern zeigen. An meiner Stimme hatten sie ja kaum etwas auszusetzen, meist warfen sie mir zu wenig Bühnenpräsenz oder mangelndes schauspielerisches Können vor.

Gestärkt begab ich mich hinauf und wartete hinter den Kulissen ungeduldig auf meinen Auftritt.

Rigoletto hatte inzwischen den Grafen von Monterone getroffen, dessen Tochter vom Herzog von Mantua entehrt worden war. Rigoletto verspottete ihn und wurde von dem Grafen mit einem Fluch belegt.

Was sich diese Librettisten nicht für alberne Geschichten einfallen ließen, dachte ich. Bruno Penzo hat schon Recht, diesen Quatsch kann kein Mensch ernst nehmen.

Der Herzog und seine intriganten Höflinge glauben, dass Gilda die Geliebte von Rigoletto ist, dabei ist sie seine Tochter. Die Höflinge wollen dem bösartigen Narren einen Denkzettel verpassen und seine vermeintliche Geliebte dem Herzog am Silbertablett servieren. Rigoletto aber hat seine schöne Tochter weggesperrt. Sie darf das Haus nur in Begleitung ihrer Gesellschafterin Giovanna verlassen. Zum Glück singe ich heute endlich einmal die weibliche Hauptpartie, normalerweise bin ich ja auf die Rollen der Dienerinnen spezialisiert. Aber nun weiter im Text: Dieser Tunichtgut von Herzog stellt sich Gilda als armer Student vor, und Gilda verliebt sich sogleich in ihn. Maskierte Höflinge entführen sie dann. Rigoletto wird glauben gemacht, dass die Gräfin Ceprano entführt wird und dieser Trottel hält noch selber die Leiter, damit sie durchs Fenster einsteigen können. Erst, als er Gildas Rufe hört, wird ihm sein Irrtum klar, und er erinnert sich an den Fluch des Grafen Monterone.

Ich bin ziemlich nervös. Gut, dass ich vorher dieses Wundermittel genommen habe, denn zuletzt wird man mich in einen Sack stecken. Bei den Proben hatte ich darin schreckliche Platzangst.

28. Ein interessantes Pausengespräch

In der Pause bekam Leopoldine von Wildenfels Besuch von ihrer Tante, der Gräfin Kinsky, und deren Sohn. Nach kurzer Vorstellung und Begrüßung ergriffen Gustav und Marie Luise unter dem Vorwand die Flucht, dass sie dringend eine Erfrischung benötigten.

Auf dem Gang begegneten sie Theodore Kramer. Der kleine Mann mit dem langen grauen Haar trug einen perfekt sitzenden Frack über seinem blütenweißen

Hemd. In seinen schwarzen Lackschuhen spiegelte sich die Deckenbeleuchtung wider. Irgendetwas an seiner Erscheinung irritierte Gustav allerdings. Erst als er sah, dass Marie Luise wie gebannt auf den Kragen des Mannes starrte, bemerkte er das weinrote Mascherl um seinen Hals.

Verrückter Italiener, dachte Gustav amüsiert und überlegte, sich demnächst auch eine farbige Fliege zuzulegen.

Er begrüßte Theodore Kramer sehr freundlich, aber der ältere Herr schien weder ihn noch Marie Luise wiederzuerkennen. Erst als Gustav ihn an ihr Treffen im Hotel Sacher erinnerte, klopfte er Gustav leutselig auf die Schulter.

Marie Luise küsste er die Hand und murmelte: „Wunderbar! Diese Grazie! Congratulazione!"

Der berühmte Impresario befand sich in einem merkwürdigen Zustand. Seine Augen waren glasig und er taumelte leicht, als sie mit ihm an die Bar gingen. Gustav vermutete, dass er entweder getrunken oder irgendwelche Drogen genommen hatte.

Als Gustav drei Gläser Sekt bestellen wollte, lehnte Theodore Kramer ab und orderte stattdessen einen Whisky. Dann schwärmte er ihnen von Salvatore Valentino vor, der bei der letzten Aufführung von Rigoletto an der Mailänder Scala ein wesentlich eindrucksvollerer Herzog von Mantua gewesen war als der heutige Sänger. „Dieser italienische Tenor, den sie als Ersatz für Salvatore engagiert haben, ist eine Katastrophe, selbst Jakob hätte diese Partie besser hingekriegt."

„Wissen Sie, ob Jakob Doma auch hier ist? Wir haben ihn noch nicht getroffen. Aber er wollte ebenfalls nach Fiume kommen", sagte Marie Luise.

„Ich habe leider keine Ahnung, wo er sich momentan aufhält. Wahrscheinlich ist er untergetaucht. Die Polizei hält ihn ja nach wie vor für den Mörder von Salvatore und Maria."

„Sie glauben, dass er unschuldig ist?", warf Gustav rasch ein.

„Schuld oder Unschuld, das ist wohl eher eine philosophische Frage, eine Frage der jeweils herrschenden gesellschaftlichen Moralvorstellungen. Jakob hat Salvatore gehasst und Maria geliebt. Warum hätte er Maria ermorden sollen, nachdem Salvatore tot war?"

Gustav verschlug es buchstäblich die Sprache. Wie kam es, dass der Impresario in aller Öffentlichkeit mit praktisch Wildfremden so offen über seine Klienten sprach? Der Mann musste betrunken sein oder eben unter Drogen stehen.

Baron Trautner näherte sich mit seiner Frau am Arm und begrüßte Marie Luise und ihren Bruder hocherfreut. Die Baronin war eine Jugendfreundin von Marie Luise. Sie hatten dasselbe Institut für Höhere Töchter besucht.

Gustav stellte den beiden Theodore Kramer vor. Der Impresario verneigte sich knapp, zupfte Gustav am Ärmel seines Fracks und zog ihn ein wenig beiseite.

Gustav warf Marie Luise einen entschuldigenden Blick zu.

Theodore Kramer redete leise auf Gustav ein. „Maria war eine Hexe. Sie hat alle Männer verrückt gemacht, nicht nur Jakob und Salvatore. Ihr wäre ein Mord durchaus zuzutrauen gewesen. Ein Mord aus Leidenschaft, aus Eifersucht – sie wäre die ideale Besetzung für den Otello gewesen ..."

„Wollen Sie damit andeuten, dass Maria ihren Geliebten, Salvatore Valentino, umgebracht haben könnte?", unterbrach ihn Gustav.

„Wer weiß? In der modernen Oper findet sowieso nichts anderes als Mord und Totschlag statt", murmelte er. „Vermutlich wird auch heute Abend wieder jemand dran glauben müssen. Das Gesetz der Serie. Aller guten Dinge sind drei ... Glauben Sie nicht auch daran, Herr von K... – Wie war der verehrte Name?", fragte er etwas lauter.

„Sie meinen, Alma Lang könnte in großer Gefahr schweben?"

„Möglich, oder einer der anderen? Den Herzog von Mantua würde ich am liebsten eigenhändig erwürgen, wenn er noch einmal patzt", sagte der Impresario.

Gustav blickte ihn betreten an.

„Jakob Doma wäre auf jeden Fall die bessere Besetzung gewesen ..."

„Er hat sich, wie gesagt, bisher nicht blicken lassen. Keiner weiß, ob er überhaupt in Abbazia angekommen ist."

Der Impresario schien ihm nicht zugehört zu haben. Er fuhr fort: „Die liebe Alma scheint hingegen heute alle Register zu ziehen. Kaum tritt sie aus dem Schatten der großen Diva, entfaltet sich ihr Talent. Ich bin froh, dass ich sie auch unter Vertrag genommen habe. Sie ist momentan die Einzige, die Maria ersetzen kann."

Das Ende der Pause wurde eingeläutet.

Theodores Whiskyglas war fast leer. Seine Augen wurden plötzlich feucht. Er erhob sein Glas und murmelte: „Auf Maria und Salvatore, sie waren die größten Sänger unserer Zeit! Ich habe sie beide geliebt", sagte er mit zitternder Stimme.

Gustav fragte sich, ob der Impresario eher erotische Gefühle für Salvatore als für Maria gehabt hatte.

„Vielleicht hat Maria den armen Salvatore umgebracht und jemand hat seinen Tod gerächt? Haben Sie mal an diese Möglichkeit gedacht, Herr von K..., Herr Detektiv?“

„Aber wer?“, fragte Gustav.

„Das herauszufinden, ist Ihr... Ihre Aufgabe“, stammelte Theodore. „Ein jeder von uns könnte es gewesen sein ...“

„Auch Sie?“

Der Impresario sah ihm traurig in die Augen.

Gustav interpretierte seinen Blick nicht unbedingt als Geständnis. Doch auf einmal fiel ihm Theodores merkwürdiger Zusammenbruch nach dem Tod von Maria ein. Er hatte sich damals schuldig gefühlt. „Haben Sie die beiden auf dem Gewissen?“, fragte er ganz unverblümt.

„Sie verstehen überhaupt nichts“, sagte der Impresario und verließ auf unsicheren Beinen die Bar.

Gustav blieb verwirrt zurück. Einerseits traute er dem kleinen älteren Herrn die Morde nicht zu, andererseits könnte er sehr wohl der Drahtzieher gewesen sein.

Was für ein Spektakel, der Herzog von Mantua eilt in sein Schlafzimmer, in dem ich mich befinde. Kurz darauf erscheint Rigoletto im Palast des Herzogs, singt seine Verzweiflungsarie „Cortigiani vil razza dannata“. Dieser junge Bariton aus Fiume ist großartig. Theodore sollte ihn unbedingt im Auge behalten.

Rigoletto schwört Rache für meine beschmutzte Ehre „No, vecchio, t'inganni ...“

Tja, und danach wird alles sehr kompliziert. Zuletzt kommt auch noch der vermaledeite Sack auf mich zu. Ich fürchte jedes Mal darin zu ersticken. Ich werde mir vorher noch eine kleine Linie in die Nase ziehen, sonst überstehe ich diese Szene womöglich nicht.

Als „La donna è mobile“, die beliebteste Arie des Herzogs von Mantua, erklingt, bekomme ich ernsthafte Atemprobleme, mein Mund ist staubtrocken. Wann ist er endlich fertig? Dieser italienische Kollege ist eine Katastrophe. Mir ist übel und schwindlig zugleich, aber nicht wegen des schrecklichen Tenors, sondern weil ich heute noch nichts gegessen habe. Außer Schlaflosigkeit ist auch mangelnder Appetit eine der Nebenwirkungen dieses wunderbaren Aufputschmittels.

29. Gustav und Marie Luise werden nass

Marie Luise hatte eine aufregende Stunde mit ihrem privaten Schwimmlehrer im Bagno Angiolina verbracht. Er war begeistert von ihren Fortschritten: Nach nur drei Versuchen im kalten Wasser hatte sie es begriffen. Wie ein Frosch, mit Armen und Beinen zappelnd, war sie ein paar Meter hinaus ins Meer geschwommen. Die Bravissima-Rufe ihres Lehrers hatten sie angespornt.

Zu Mittag war Gustav mit seiner Schwester in der Villa Amalia verabredet. Er hatte versprochen, sie zum Lunch in eines der urigen Gasthäuser Abbazias auszuführen. Sie fand diese kleinen Restaurationen sehr charmant und liebte es, sich inkognito unters einfache Volk zu mischen, wie ihr großes Vorbild, die verstorbene österreichische Kaiserin Elisabeth.

Als er durch den Park Angiolina schlenderte, begegnete ihm Adolf von Nassau. Gustav wusste mittlerweile, so wie jedermann in Abbazia, dass die Ärzte dem alten Herrn nur mehr eine Zigarre pro Tag genehmigten. Er schmauchte nun täglich auf seinem Spaziergang eine Sonderanfertigung, eine Zigarre von einem halben Meter Länge.

Gustav begrüßte den alten Herrn ehrerbietig. Seine Verdienste hatten sich herumgesprochen. Der Großherzog von Luxemburg war ein fortschrittlicher Mann, er hatte nicht nur den Eisenbahnbau und die Industrialisierung seines Landes vorangebracht, sondern auch die Sparkassen für ärmere Menschen gegründet.

Der Großherzog ersuchte Gustav um seine Begleitung. Gustav fühlte sich sehr geehrt und bewegte sich im Schneckentempo mit dem alten Herrn Richtung Villa Amalia.

„Ich kenne Ihren Herrn Papa. Wir haben so manch gutes Fläschchen Wein miteinander geleert. Sie sehen aus wie er vor dreißig Jahren", sagte er schmunzelnd. „Was treibt Sie in diese Gegend, junger Mann? Sie sind doch nicht etwa krank? Hier laufen lauter eingebildete oder wirklich kranke Leute herum, Sie hingegen sehen mir kerngesund aus."

„Ich begleite meine Schwester, Marie Luise von Batheny."

„Ah ja, ich habe die Comtesse schon gesehen, ein fesches und gescheites Frauenzimmer. War sie nicht die jüngste Hofdame von der Elisabeth?"

„Ja, Eure Durchlaucht."

„Die Sisi war ganz gerne hier. Vor allem, bevor der Andrássy gestorben ist. Echt schade um ihn, war ein fescher Kerl. Sie schauen ihm sogar ein bisschen ähnlich, sind aber viel größer als er. Setzen wir uns kurz nieder, junger Mann, ich muss verschnaufen", sagte der Großherzog, als eine Bank in Sicht kam. „Wissen Sie, ich mag Abbazia, obwohl mir all die Kranken auf die Nerven ..." Ein heftiger Hustenanfall beendete seinen Satz. „Kaiser Franz Joseph mag diesen Kurort weniger, vielleicht, weil er all die hustenden Leute nicht aushält? Immerhin hat er sich im 94er Jahr hier mit dem deutschen Kaiser getroffen, obwohl er diesen arroganten Hohenzoller genauso wenig leiden kann wie ich. Trotzdem hat er seine Gastgeberrolle perfekt gespielt. Ich glaube, er hat das deutsche Kaiserpaar zuerst ins Hotel Stephanie eingeladen, wenn ich mich nicht irre. Ich war nicht dabei, aber so hat man es mir berichtet. Die deutsche Kaiserin Auguste Viktoria hat im Gegenzug euren Kaiser in die Villa Amalia zu einem Familien-Déjeuner gebeten. Anschließend hat man sich gemeinsam auf einen Ausflug mit der Yacht ‚Christable', die der Wilhelm gemietet hatte, begeben. Er hat die Yacht selbst gesteuert und, laut Franz Joseph, fürchterlich mit seinen Seefahrergeschichten angegeben. Und dann hat euer armer Kaiser auch noch einen Empfang auf dem deutschen Segelschulschiff ‚Moltke' über sich ergehen lassen müssen. Aber er liebt ja Paraden und schöne Uniformen, und mit diesen hat Wilhelm an dem Abend sicher aufzuwarten gehabt."

Gustav, der von seiner Schwester wusste, was Seine Majestät über dieses Treffen mit dem deutschen Kaiserpaar an seine Gattin geschrieben hatte, freute sich, etwas zu dem Getratsche beitragen zu können: „‚Abbazia machte mir, wie ich erwartete, keinen sehr günstigen Eindruck, nur die Luft ist, trotz der Hitze, sehr rein und gut.', schrieb Seine Majestät damals an seine Gemahlin."

„Genau deswegen schicken mich meine Ärzte ja hierher", seufzte der Großherzog und zog heftig an seiner mittlerweile stark geschrumpften Zigarre.

„Beim anschließenden Dinner in der Villa Amalia hat sich der Franz Joseph ebenfalls nicht sehr wohl gefühlt und deshalb gleich nach dem Essen die lange Rückfahrt nach Wien angetreten. Was für ein Affront gegen all die guten Menschen hier! Denn zu Ehren der Kaiser aus Österreich und Deutschland hat eine prächtige Illumination des ganzen Ortes stattgefunden. Die Fenster aller Hotels, Pensionen und privaten Villen waren hell erleuchtet, in den Gärten haben Lampions in den Baumkronen einen magischen Glanz verbreitet. Schade, dass ich nicht dabei war, dieses Spektakel hätte ich gerne miterlebt. – Aber jetzt muss ich schauen, dass ich auf mein Zimmer komme, sonst schimpft mich dieser alte Drachen wieder aus. Können Sie mir sagen, warum sie uns Alten immer die hässlichsten und bissigsten Krankenschwestern zuweisen, dabei gibt es so viele nette junge Lernschwestern, bei deren Anblick unsereins viel schneller genesen würde. Habe die Ehre, Herr von Karoly, unser kleiner Plausch war sehr vergnüglich für mich. Sollten wir bald einmal wiederholen."

Gustav verneigte sich vor dem leutseligen Großherzog und wartete im Foyer der Villa Amalia auf Marie Luise.

Eine Gedenktafel erinnerte an das Kaisertreffen in Abbazia am 29. März 1894 in dieser prachtvollen Nobel-Dependance des Hotel Quarnero.

Als Marie Luise in einem blau-grün karierten Baumwollkleid die Treppe herunterkam, fiel Gustav sogleich auf, wie hübsch sie heute aussah. Ihre Wangen hatten ein bisschen Farbe angenommen und ihre großen dunklen Augen, die seinen so ähnlich waren, strahlten. Sie hatte ihr langes dichtes brünettes Haar zu einem lockeren Knoten im Nacken geschlungen, einzelne lockige Strähnen hingen ihr in die Stirn und schmeichelten ihrem schmalen Gesicht.

Die große, schlanke, ja fast grazile Gestalt in dem schlichten Kleid erregte nicht nur Gustavs Bewunderung, auch die anderen Herrn, die im Foyer auf ihre

Damen warteten, schenkten ihr wohlwollende Blicke und verbeugten sich tief, als sie die Villa an Gustavs Arm verließ.

„Du solltest dich öfters einfacher kleiden. Du besitzt eine natürliche Schönheit, die keinerlei Putz und kosmetischen Schnickschnacks bedarf“, machte Gustav seiner Schwester ein Kompliment wegen ihres tollen Aussehens.

„Spar dir deine Schmeicheleien für die Comtesse Wildenfels auf. Sie schwärmt seit gestern Abend richtiggehend von dir“, wehrte sie seine lobenden Worte ab. „Findest du nicht, dass ihr die Kur hier gut bekommt? Sie sah gestern bereits viel frischer aus als bei unserer ersten Begegnung im Zug.“

Marie Luise wartete seine Antwort nicht ab, sondern berichtete ihm sogleich von ihren Fortschritten im Schwimmen.

„Mein Lehrer meinte, ich sei ein großes Talent. Zuletzt bin ich ein paar Meter allein ins Tiefe hinausgeschwommen. Ich hatte überhaupt keine Angst ...“

„Wunderbar! Du bist wirklich sehr sportlich“, sagte Gustav. Er war froh, dass sie das Thema so rasch gewechselt hatte. Von Marie Luises Verkuppelungsversuchen hatte er seit seinen Erlebnissen mit einer schwerreichen Wiener Bankierstochter die Nase voll.

„Diese Meerbäder sollen eine vorzügliche Wirksamkeit auf das Nervensystem und den ganzen Organismus haben. Man steigt vollbekleidet ins Wasser. Stell dir vor, einige Damen haben sich aus Angst vor dem Ertrinken sogar an den Pfählen festgebunden. Sie haben unheimlich komisch ausgesehen, wie sie da in einer Reihe mit ihren klatschnassen schwarzen Kleidern an den Pfählen hingen und bei jeder höheren Welle, die bis zu ihren Brüsten schwappte, hysterisch zu kreischen begonnen haben. - Hast du übrigens die hübschen, hölzernen Jugendstil-Badehäuser bemerkt? Ich finde sie entzückend!“

„Ich werde sie mir demnächst ansehen“, versprach er.

„Sind die schwarzen Badekostüme und Kopfbedeckungen, die die Leute beim Schwimmen tragen, nicht schrecklich? Sie sehen darin alle aus wie alte Krähen“, fuhr Marie Luise fort. „Als ich dieses Häubchen aufgesetzt habe, bin ich mir wie die Witwe Bolte von Wilhelm Busch vorgekommen ...“

„Jetzt übertreibst du“, unterbrach Gustav sie.

„Vor allem die Männer machen in ihrer meist gestreiften Matrosentracht, bestehend aus Hose und ärmellosen Laibchen, eine lächerliche Figur. Übrigens wurden wir Schwimmerinnen von diversen feinen Herren mit Operngläsern von den Balkonen der umliegenden Hotels und Villen aus beobachtet. Aber das war mir egal.“

„Hast du das Wasser nicht ziemlich frisch gefunden? Ich denke, es hat nicht mehr als achtzehn Grad.“

„Darauf habe ich nicht achten können, ich bin so sehr damit beschäftig gewesen, mich über Wasser zu halten, bin wild herumgestrampelt, mir ist eher heiß geworden. Außerdem ist es ja draußen herrlich warm. Fünfundzwanzig Grad hat es am Vormittag gehabt, nachmittags sollen es sogar achtundzwanzig werden.“

„Ja, was für ein ungewöhnlich warmer Mai!“

„Mein Gott, das Wichtigste hätte ich fast vergessen. Stell dir vor, heute ist von einer der badenden Damen ein Hai vor dem Angiolinabad gesichtet worden. Bald war sogar von drei Haien die Rede. Eine regelrechte Hysterie ist unter den Badenden ausgebrochen. Diejenigen, die sich an Pfählen festgebunden hatten, haben um Hilfe geschrien und geheult wie kleine Kinder. Eine der Damen ist in Ohnmacht gefallen und wäre ertrunken, wenn sich nicht mein mutiger Schwimmlehrer in die Fluten gestürzt und sie mit einem Messer losgeschnitten hätte. Die anderen ängstlichen Damen waren inzwischen auf allen vieren an Land gekrochen. Verstauchte Knöchel, aufgescheuerte Knie und zerschundene Handflächen haben verarztet werden müssen. Es hat ein absolutes Chaos geherrscht. Bei all dem Gekreische hat keiner dem Bademeister zugehört, der durch sein Megaphon Entwarnung gegeben hat. Bei den großen Fischen, die so nahe ans Ufer gekommen sind, hat es sich um neugierige Delphine gehandelt, die mit uns spielen wollten."

„Die haben euch wohl für ihresgleichen gehalten", sagte Gustav.

„Dann müssen sie sehr kurzsichtig sein, denn verglichen mit diesen hysterischen Jungfern sind das ja richtig edle Lebewesen."

„Dabei habe ich gehört, dass im Angiolinabad das vornehmere Publikum verkehrt", warf Gustav ein.

„Das mag schon sein. Die Galerien des Bades werden jedenfalls im Winter an sonnigen Tagen zum Lichtluftbade genützt. In bequemen Liegestühlen kann man sich dort stundenlang ungestört dem Müßiggang hingeben. Jetzt im Mai ist die Sonne bereits viel zu stark. Alles hat sich in den Schatten geflüchtet. – Irgendwann möchte ich auch einmal ins Slatinabad gehen. Angeblich ist es dort angenehmer zum Hineingehen, obwohl beide Bäder in Ufernähe Sandboden haben."

Das schöne Geschwisterpaar, das die Hauptstraße hinunterschlenderte, erregte allerhand Aufsehen. Einige Leute blieben stehen und blickten ihnen nach. Auch ein paar Kutscher verlangsamten ihr Tempo, damit die Insassen Marie Luise und ihren Bruder begrüßen konnten.

Die Beförderung der Kurgäste erfolgte in Abbazia fast ausschließlich mit Fiakern oder Einspännern. Für längere Fahrten wurden Landauer benützt. Nur vereinzelt sah man Automobile. Die steilen, sehr holprigen Wege waren für motorisierte Fahrzeuge nicht gut geeignet.

Auch am Kurplatz traf Marie Luise einige Bekannte aus Wien. Sie stellte ihnen ihren Bruder vor, und Gustav erntete mehr als nur einen schmachtenden Blick.

Als sich die beiden jungen Damen, in Begleitung ihrer Frau Mama, der Baronin Mayerhof, ihnen unbedingt anschließen wollten, wurde Marie Luise ziemlich direkt: „Wir gehen in ein verruchtes Lokal, das für Ihre Töchter nicht passend sein wird“, sagte sie.

„Oh mein Gott, warum denn bloß? In den Speisesälen des Hotels Stephanie isst man doch ganz ausgezeichnet.“

„Wie langweilig“, sagte Marie Luise und zog ihre Brauen hoch. „Man speist viel schmackhafter und preiswerter in den Restaurationen Slatina, Ertl und Falk, Baronin, glauben Sie mir. Aber wie gesagt, das ist wohl nicht das Richtige für Sie und Ihre Töchter.“

„Musstest du so taktlos sein“, sagte Gustav, nachdem sich die drei Damen naserümpfend entfernt hatten.

„Sonst wären wir sie nicht losgeworden. Oder hättest du einer der Mayerhof-Töchter den Hof machen wollen? Ich glaube, ich muss ein bisschen besser auf dich aufpassen, lieber Bruder, sonst kapert dich hier noch eine der Schönen. Obwohl, die Baronessen kann wohl niemand als schön bezeichnen, die Ältere schielt und die Jüngere ist viel zu fett.“

„Du bist unmöglich, Marie Luise!“, sagte Gustav, konnte sich aber ein Grinsen nicht verkneifen.

„Die riesigen Hotels hier sehen alle wie Schlösser aus, ist dir das schon aufgefallen?“, fragte sie.

„Es sind Schlösser, Schlösser für die Großbürger. Hier können sie sich dem Müßiggang und Vergnügen hingeben wie sonst nur Adelige.“

Marie Luise schenkte ihm einen fragenden Blick.

„War nicht bös gemeint. Du kennst mich, ich bin glühender Republikaner.“

„Wie Kronprinz Rudolf?“

„Genau. Ewig schad’ um ihn!“

Da sie noch keinen Appetit hatten, drehten sie eine kleine Runde im Park gegenüber des Hotels Stephanie.

Beim schönen Marmorbrunnen des Helios und der Selene blieben sie kurz stehen.

„Helios deutet in die falsche Richtung. Anstatt aufs Meer zeigt er nach Wien, woher die wohlhabenden Gäste kommen“, versuchte Gustav seine nachdenkliche Schwester aufzuheitern.

„Ich musste gerade an Jakob denken. Warum hat er sich noch nicht bei mir gemeldet? Ich habe ihm kurz vor unserer Abreise einen Brief an sein Postfach in Fiume, das er mir als seine neue Adresse angegeben hatte, geschickt. Und gleich bei unserer Ankunft habe ich ihm ein zweites Mal geschrieben. Er muss also wissen, dass ich in Abbazia weile, aber er hat mir nicht geantwortet. Sein Aufbruch aus Wien war ziemlich überstürzt. Womöglich ist er gar nicht hier angekommen? Lass uns der kleinen Kirche dort unten einen kurzen Besuch abstatten. Der Heilige Jakob ist der Schutzpatron von Abbazia. Vielleicht wird er seinen Namensvetter beschützen, wenn ich eine Kerze für ihn anzünde.“

„Seit wann bist du gläubig?“

„Was heißt gläubig? Man darf doch wohl eine Kerze für einen Freund anzünden."

„Verzeih. Aber du weißt schon, dass diese Kirche den Einheimischen als Gotteshaus vorbehalten ist? Wir haben da drinnen eigentlich nichts zu suchen. Früher ist hier eine Benediktiner-Abtei gestanden. Der Name Abbazia stammt von dieser Abtei", erklärte Gustav seiner Schwester, als er ihr in die kleine Kirche folgte.

Nachdem Marie Luise eine Kerze für ihre verstorbene Mutter und eine zweite für den verschwundenen Jakob Doma angezündet hatte, verließen sie rasch wieder das Gotteshaus.

„Schön langsam krieg ich Appetit", sagte Gustav als sie an einem Straßenhändler vorbeikamen und ihm der Duft von gebrannten Mandeln in die Nase stieg. Eigentlich war es viel zu spät für gebrannte Mandeln, aber in Abbazia gingen die Uhren anscheinend anders.

Sie gingen auf direktem Weg weiter zur Konoba Slatina. Obwohl das Lokal brechend voll war, machte der geschäftstüchtige Wirt sogleich einen Tisch am Fenster für das schöne Geschwisterpaar frei. Der Mann war kein Idiot, er hatte sofort kapiert, dass es sich bei den beiden teuer gekleideten Gästen um Angehörige des Adels handelte.

In ganz passablem Deutsch bot er ihnen die Spezialitäten des Tages an: „Fischsuppe mit Rochen, schwarzes Risotto, Oktopus gebacken mit Kartoffelsalat, gebackener Aal, Drachenkopf oder Seeteufel mit Kartoffeln und Mangold."

„Den Drachenkopf nimm lieber nicht. Er muss mindestens zwei Kilo schwer sein, sonst besteht er nur aus Gräten", warnte Gustav seine Schwester. „Wie wäre es mit einem Seeteufel? Die verstecken sich am Meeresboden im Sand und fressen mit Vorliebe kleine Fische."

Marie Luise entschied sich für das Risotto mit Tintenfisch und Gustav, der Erdäpfelsalat liebte, nahm den gebackenen Oktopus.

Das Essen war vorzüglich, allerdings missfiel Gustav der schleimige Wirt, der andauernd um sie herumwuselte. Sie tranken eine Flasche Weißwein und bestellten danach Kaffee und zwei Desserts, eine Art Schokoladenpudding mit Schlagobers.

Die Rechnung war schwer überhöht. Gustav bezahlte sie zähneknirschend und nahm sich vor, zukünftige Gelüste seiner Schwester, sich unters Volk zu mischen, nicht mehr zu unterstützen.

Nachmittags konzertierte die örtliche Musikkapelle im Pavillon hinter dem Seebad Angiolina. Im Programm wurden vor allem Walzer und Polkas von Johann Strauss Sohn angekündigt.

Elegant gekleidete Damen und Herren promenierten vor Beginn des Konzerts im Auditorium auf und ab. Die Luft war frühlingshaft mild. Das Wasser azurfarben. Über den Wolfsbergen türmte sich allerdings eine weiße Wolkenbank auf.

Marie Luise hielt nach Jakob Doma Ausschau. Auch Gustav ließ seine Blicke über die Konzertbesucher wandern. In der ersten Reihe entdeckte er Bruno Penzo. Der Souffleur sah ihn, grüßte ihn jedoch nicht.

Als die Musiker zu ihren Instrumenten griffen, suchten sich Gustav und Marie Luise rasch zwei freie Stühle in einer der hinteren Reihen.

Als Erstes intonierte das Orchester den Johann Strauss-Walzer „Wo die Citronen blüh'n", gefolgt von der schnellen Polka „Im Sturmschritt". Ein schlechtes Omen!

Die meisten Damen waren zum nachmittäglichen Kurkonzert mit changierenden Strohhüten, plissierten, zum Kleide passenden Gazeschirmchen, aber meist ohne Jaquet oder Cape erschienen. Ein heftiger Windstoß blähte die Kleider der Damen auf, legte ihr meist weiß bestrumpften Beine bloß und ließ ihre hellfarbenen seidigen Schals wehen. Sommerhüte mit breiten, verwegen geschwungenen Krempen wirbelten durch die Luft, und der Wind zerzauste die aufwendigen Frisuren. Einige hatten ihre Schoßhündchen dabei, nahmen diese auf den Arm und eilten von dannen. Die Musiker packten rasch ihre Instrumente ein.

Gustav brachte seelenruhig seine neue Kamera in Position und schoss ein paar witzige Fotos von dem überstürzten Aufbruch der Musiker und Konzertbesucher.

Graf Wildenfels bot Marie Luise und Gustav einen Platz in seinem Wagen an.

Gustav winkte ab, beteuerte, er würde gerne zu Fuß nach Hause gehen. Das bisschen Regen mache ihm nichts aus.

Auf dem Heimweg entlang der Standpromenade wurde er jedoch von heftigem Regen überrascht. Der Wind brachte salzig schmeckendes Wasser mit sich.

Das Meer verdunkelte sich, rauschte und toste beunruhigend, schwappte über die Felsen, überschwemmte die Strandpromenade.

Gustav bekam in seinen neuen weißen Mokassins nasse Füße. Fluchend stellte er sich in einem überdachten Aufgang zu einer Villa unter.

Während er darauf wartete, dass der Regen aufhörte, dachte er über eine Verbindung zwischen seiner Schwester und Graf Wildenfels nach. War er eine konvenierende Partie für sie? Jedenfalls zeigte sie zum ersten Mal nach dem schrecklichen Ende ihrer Verlobung mit einem Erzherzog Interesse an einem Mann. Nein, das stimmte nicht, denn ihr Interesse an Jakob Doma war mehr als ein rein freundschaftliches gewesen. Selbstverständlich kam ein Opernsänger nicht als Ehemann für eine Marie Luise von Batheny in Betracht. Jedenfalls schien ihre Passion für Jakob Doma ein bisschen nachgelassen zu haben, seit sich Graf Wildenfels um sie bemühte. In Abbazia hatte sie heute zum ersten Mal Jakobs Verschwinden ihm gegenüber ernsthaft zur Sprache gebracht.

Die Brandung des grauschwarzen Meeres klang wie Donnergrollen, aber der Regen hatte etwas nachgelassen. Gustav marschierte weiter. Er hatte viel über die gefährliche Bora und die wilden Stürme an der Küste gelesen. Plötzlich bildete er sich ein, die Schreie von Gekenterten zu hören, doch am Meer waren keine Boote zu sehen.

Die Strandpromenade führte ein Stück vom Wasser weg. Die dichten, beinahe undurchdringbaren Büsche am Ufer boten jedoch nur unzureichenden Schutz vor der Gewalt des Meeres. Er fröstelte in den feuchten Kleidern. Seine schwarzen Haare klebten klatschnass an seinem Kopf und in seinem Schnauzer verfingen sich silbrig glänzende Tropfen. Als er in der Villa Neptun ankam, war er völlig durchnässt.

30. Liederabend im Hotel Quarnero

Alma Lang gab einen Liederabend im Hotel Quarnero.

Ein Kristalllüster mit viertausend Leuchten ließ den Tanzboden in goldenem Licht erstrahlen. Es gab über siebenhundert Plätze im Saal, alle waren besetzt.

Die Wiener Opernsängerin trug bei ihrem Auftritt ein schwarzes Abendkleid mit einem sehr gewagten Dekolleté.

Vor der Pause sang sie Schubert-Lieder. Ihre Interpretation der „Schönen Müllerin“ war so ergreifend, dass selbst Marie Luise nach ihrem Taschentuch griff.

Bruno Penzo saß eine Reihe vor ihnen und applaudierte heftig. Gustav behielt ihn während des Konzerts ständig im Auge.

Nach der Pause erschien Alma Lang in einem hauchdünnen, weißen Seidenkleid auf der Bühne und interpretierte drei Lieder des Wiener Hofoperndirektors Gustav Mahler aus seinem Zyklus „Des Knaben Wunderhorn“.

Der Applaus wollte nicht enden. Ein paar junge Offiziere in Uniform, die ganz hinten saßen, schrien „Da capo“.

Gustav beobachtete weiter Bruno Penzo, der nun mit grimmiger Miene und vor der Brust verschränkten Armen dem Jubel lauschte.

Als Zugabe wählte Alma Franz Schuberts „Ave Maria“.

Man hätte eine Stecknadel fallen hören können, so still und andächtig lauschte das Publikum ihrer wunderbaren Stimme.

„Sie war fast so gut wie die Anna von Mildenburg“, sagte Theodore Kramer, der mit Gustav am Ende der langen Reihe der Gratulanten auf Alma wartete. „Sie sollte es bald einmal mit Wagner versuchen.“

Neben Theodore und Gustav stand plötzlich der Souffleur. „Bevor sie sich an die großartige Musik des Meisters heranwagt, muss sie mit diesem Judengesäusel aufhören“, fauchte er Theodore Kramer an.

Sowohl Gustav als auch der Impresario blickten den jungen Mann irritiert an. Ehe sie etwas erwidern konnten, war er wieder in der Menge untergetaucht.

„Schwachsinniger Idiot“, murmelte Theodore.

„Oder gefährlicher Idiot?“, bemerkte Gustav. Doch im Grunde nahm er den Souffleur und seine dummen antisemitischen Äußerungen auch nicht ernst.

Alma Lang schwebte in ihrem fast durchsichtigen Seidenkleid, unter dem sich ihre Rundungen deutlich abzeichneten, auf sie zu. Sogleich vergaß Gustav auf den Souffleur.

Er starrte sie mit weit aufgerissenen Augen an. Sie war das erotischste Geschöpf, das er in letzter Zeit zu Gesicht bekommen hatte. Zum ersten Mal hielt er diese Sängerin sogar für richtig schön, was sie eigentlich nicht war, denn sie war ziemlich mollig, hätte besser in die Zeit des Barock gepasst.

„Oh, Herr von Karoly, wem verdanke ich die Ehre Ihres Besuches?“, fragte sie ihn.

„Ach, Ihre verehrte Frau Schwester, die Comtesse, ist auch da. Ich freue mich sehr, Sie zu sehen, Comtesse“, sagte sie und machte vor Marie Luise einen tiefen Knicks.

Sie plauderten nur kurz miteinander. Marie Luise entfernte sich bald, um Bekannte aus Wien zu begrüßen.

Gustav schlug vor, anschließend gemeinsam etwas zu trinken.

„Ohne mich. Solche sogenannten geselligen Abende sind mir ein Gräuel“, murmelte Theodore und empfahl sich ebenfalls, nachdem er Alma gratuliert und ihr etwas ins Ohr geflüstert hatte.

Gustav bildete sich ein, den Namen Jakob vernommen zu haben, und blickte Alma fragend an.

„Nichts von Belang, er hat mich gefragt, ob ich weiß, wo Jakob sich aufhält."

„Jakob Doma?"

„Ja, er soll hierher geflüchtet sein, nachdem ihn die Medien in Wien als Mörder gebrandmarkt haben. Aber ich habe nichts von ihm gehört", sagte Alma. „Ich kann mir nicht vorstellen, dass er Salvatore und Maria auf dem Gewissen hat. Obwohl er Grund genug hatte, Salvatore zu hassen, nicht nur, weil Salvatore der erfolgreichere Sänger war ..."

„Ja, das weiß ich alles", unterbrach Gustav sie. „Ich halte ihn aber deshalb nicht zwingend für den Täter."

„Ich bin, wie gesagt, ganz Ihrer Meinung. Wenn Sie möchten, können wir gerne einmal in aller Ruhe darüber reden. Hier ist es zu laut, und außerdem muss ich Sie jetzt leider verlassen. Die Reporter warten auf mich. Glauben Sie mir, ich hasse Interviews, aber Theodore würde mit mir schimpfen, wenn ich mich den Fragen der Zeitungsmenschen nicht stelle."

„Darf ich Sie morgen zu einem späten Dejeuner im Café Wagner einladen?", fragte Gustav.

„Sie werden einen Tisch reservieren müssen, Herr von Karoly, denn morgen findet das große Frühlingsfest in Abbazia statt. Ein volkstümlicher Brauch. Die Einheimischen treiben mit Gesängen, Blumenkränzen und Weihrauch den Winter aus. Normalerweise findet dieses Fest im März statt, heuer gab es im März noch Schnee, deswegen wurde es auf Anfang Mai verschoben. Der ganze Ort und alle Kurgäste werden auf den Beinen sein und in den Hotels und Cafés um die besten Plätze kämpfen."

„Keine Angst, Madame, der beste Platz gebührt Ihnen", sagte Gustav galant und bereute sogleich seine Großspurigkeit. Er hoffte, dass es ihm mit Marie Luises

Hilfe gelingen würde, eine Reservierung auf der Terrasse des Cafés zu bekommen.

31. Frühlingsfest in Abbazia

Marie Luise schaffte es, aufgrund ihrer ausgezeichneten Beziehungen tatsächlich, einen Tisch auf der Terrasse des Café Wagner zu reservieren.

In der Vitrine der hübschen Konditorei lachten Gustav prächtige Torten und Süßspeisen an: Erdbeerkuchen, Sachertorten, Pariser Spitzen, Schaumrollen und Cremeschnitten.

Die Gäste saßen im Schatten der Bäume, schauten auf den Kurplatz und zugleich aufs Meer.

Alma erschien pünktlich. Marie Luise traf etwas später ein. Sie hatte anfangs den Festivitäten auf Einladung von Graf Wildenfels am Balkon seiner Suite im Hotel Stephanie beigewohnt.

Villen und Hotels hatten Flaggengala angelegt, alle Fenster trugen Blumenschmuck. Über die Straßen waren in kurzen Abständen Schnüre mit bunten Fahnen gespannt worden. Zu beiden Seiten der Fahrbahn standen dicht gedrängt staunende Zuschauer.

Gustav bewunderte all die eleganten Damen mit ihren pompösen Sonnenhüten und meist weißen knöchellangen Kleidern.

Er packte seine Kamera aus und begann zu fotografieren.

„Schau dir lieber das wunderbare Spektakel an, anstatt dauernd mit diesem schrecklichen Ungetüm herumzuspielen“, rügte Marie Luise ihn.

Da er sich weder für die Parade der einheimischen Fischer und Bauern noch für die freiwilligen

Feuerwehrleute und die Rettungsmannschaften in ihren farbenfrohen Uniformen interessierte, legte er die Kamera weg. Die Zuseher jubelten den tapferen Männern besonders heftig zu. Gustav klatschte halbherzig mit.

Die einheimischen Musikkapellen, meist Blasmusikkapellen, verbreiteten einen ohrenbetäubenden Lärm. Erst, als der sogenannte Blumenkorso begann, zeigte Gustav aufrichtige Begeisterung und schoss nun wieder ein paar Fotos von den üppig geschmückten Wagen. Applaus ertönte, wenn einer der Wagen oder die hübschen Insassinnen den Leuten besonders gut gefielen. Gespanne über und über mit Rosen und anderen blühenden Blumen dekoriert, zogen an ihnen vorbei. Meeresgöttinnen und Rosenjungfrauen erregten die Gemüter der männlichen Zuschauer.

„Der liebste Zeitvertreib der zahlungskräftigen Gäste hier an der Adria sind Vergnügungen aller Art", sagte Alma spöttisch. „Der ADRIA-Club zur Förderung des geselligen Verkehrs der Kurgäste organisiert für die feinen Herrschaften alles, was ihr Herz begehrt: Wettschwimmen im Bagno Slatina, Ruderregatten, Tennisturniere, Bälle und Konzerte, Varietéabende, Tombolas, Schönheitswettbewerbe, Blumen- und Konfettischlachten, Park- und Wasserfeste. Auch ‚lebendige Bilder' sind eine beliebte Unterhaltung in Adelskreisen. Nicht wahr, Comtesse?"

Almas respektlose Art gefiel Gustav außerordentlich. Er wunderte sich über Marie Luises ernste Miene. Seine Schwester besaß an sich einen ähnlichen Humor wie er, doch bei Almas ironischen Bemerkungen entkam ihr kein Lächeln.

Als der örtliche Verein der Leistungsschwimmer, stramme junge Männer in gestreiften Badeanzügen, vorbeimarschierte, ertönte schallendes Gelächter, und vor allem das weibliche Publikum klatschte begeistert.

Auf dem Kurplatz fand als Abschluss und Höhepunkt die Preisverleihung für die schönsten Wagen und die originellsten Kostüme statt.

Ein auffallend gut aussehender junger Bursche und ein rothaariges Mädchen mit wildem krausem schwarzem Haar und olivfarbener Haut, das als Arbeiterin aus der Tabakfabrik in Fiume von dem Moderator angekündigt worden war, betraten die Bühne.

„Was für eine hübsche Zigeunerin“, sagte Marie Luise.

Das Pärchen sang ein Duett. Das Publikum fiel in den Refrain mit ein.

„Wie heißt das Lied“, fragte Gustav.

„Moja mala – mein Kleines, würde man auf Deutsch sagen. Es ist eines der beliebtesten kroatischen Liebeslieder: Mein Mädchen hat keinen Fehler, außer zwei Andere ...“, sang Alma leise.

Gustav kam die rothaarige Sängerin bekannt vor. War sie nicht die lustige Schwimmerin gewesen, die ihr Hemd als Segel benützt hatte, als er mit Marie Luise an seinem ersten Tag in Abbazia spazieren gegangen war?

„Was für göttliche Stimmen“, hörte Gustav jemanden sagen. Er drehte sich um und sah in die traurigen Augen von Theodore Kramer. Er saß an einem Tisch hinter ihnen, dürfte aber erst vor kurzem gekommen sein, denn Gustav hatte ihn vorher nicht bemerkt.

„Wer ist dieser junge Mann? Ich nehme ihn augenblicklich unter Vertrag.“

„Das ist Luca, der Sohn von Maria und Jakob“, sagte Alma.

„Wie bitte?“, stieß Theodore Kramer entsetzt hervor.

„Hat Ihnen Maria nie erzählt, dass sie einen Sohn hat? Sie hat ihn gleich nach der Geburt zu einem Fischer und seiner Frau in Pflege gegeben. Übrigens wissen weder Jakob noch sein Sohn über ihre Verwandtschaft Bescheid. Maria wollte nicht, dass es bekannt wird ... Ein, wie ich glaube, mittlerweile achtzehnjähriger Sohn hätte ihrer Karriere bestimmt geschadet. Als sie ihre Schwangerschaft nicht länger verbergen hatte können, war sie aufs Land geflüchtet und wenige Monate später wieder rank und schlank auf die Bühne zurückgekehrt. Wie sie Jakob damals ihre Abwesenheit erklärte, weiß ich nicht. Vielleicht ahnte er ja, dass sie schwanger war ..."

Gustav, Marie Luise und der Impresario starrten Alma verblüfft an.

Gustav fing sich als Erster. Er wollte diesen Sohn von Maria Cerruti unbedingt näher kennenlernen und bat Alma, ein Treffen mit dem jungen Mann zu arrangieren.

„Ich werde mein Bestes versuchen, kann aber nichts versprechen. Luca mag keine Fremden."

32. Gustav trifft sich mit Luca

Gustav holte Alma am nächsten Vormittag aus dem Hotel Bristol ab und schlenderte Arm in Arm mit ihr die Straße hinunter zum Café Glacier.

Alma trug ein Kleid aus weißem Musselin, das bis hinauf mit schwarzen Samtstreifen besetzt war. Sie hob sich durch ihre Kleidung sehr deutlich von den älteren Damen im Café ab, die an diesem eher trüben Tag seidene Toiletten in Schwarz, Braun oder Violett bevorzugten.

Er spürte Almas bebende Brust an seinem Arm, doch das erregte ihn nicht besonders. Er war selbst verwundert über sein mangelndes Interesse.

Dorothea spukte nach wie vor in seinem Kopf herum und jedes Mal, wenn er ihr liebliches Antlitz vor seinem inneren Auge verscheuchen wollte, hörte er ihr herzliches Lachen und spürte ihre Lippen auf seinem Mund, und sogleich kamen ihm die üppigen Formen einer Alma Lang oder selbst die aufreizend leicht bekleideten jungen Mädchen von Abbazia weniger begehrenswert vor.

Dennoch fragte er Alma, ob sie ihn heute Abend zu einem Dinner in der Villa Neptun begleiten wolle.

Herr Meynes großartiger Koch war am Vortag angereist. Daraufhin hatte Frau Meyne spontan Gustav und seine Schwester zum Essen eingeladen.

Marie-Luise bedauerte, anderweitig vergeben zu sein. Sie war mit den Wildenfels' im Hotel Stephanie zum Abendessen verabredet. Gustav hätte sie begleiten sollen, sagte jedoch wegen der Einladung von Frau Meyne ab. Er war froh, dass ihm seine Gastgeberin mittlerweile etwas wohlgesonnener war, und wollte es sich keinesfalls wieder mit ihr verscherzen. Als er fragte, ob er, anstatt seiner Halbschwester, die berühmte Sängerin Alma Lang als seine Tischdame mitbringen dürfe, war Frau Meyne begeistert, da sie für diese großartige Sängerin aus Wien schwärmte. Alma schien keine andere Verabredung zu haben, denn sie sagte sofort zu.

Gustav hatte seine Schwester nicht zu dem Treffen mit Marias und Jakobs Sohn mitnehmen wollen. Sie war zu voreingenommen in allem, was Jakob betraf. Das Glück war auf seiner Seite gewesen, Marie Luise hatte an diesem Vormittag wieder Schwimmunterricht und danach eine Tennisstunde.

Luca wartete bereits auf Gustav und Alma vor dem Kaffeehaus. Gustav bildete sich ein, ihm vor dem gestrigen Frühlingsfest schon einmal begegnet zu sein. Vielleicht lag das auch nur an seiner frappierenden Ähnlichkeit mit Jakob Doma? Er hatte das gleiche dichte schwarze Haar und die gleichen dunklen Augen wie sein Vater. Körperlich war ebenfalls eine gewisse Ähnlichkeit gegeben. Beide waren groß und kräftig gebaut.

Gustav fand den jungen Mann nicht sehr sympathisch. Er wirkte mürrisch, brachte seinen Mund kaum auf.

„Sie müssen wissen, dass die frischen Torten aus Wien und Budapest erst am Nachmittag per Bahnexpress hier eintreffen", flüsterte Alma Gustav ins Ohr, als der Kellner an ihren Tisch kam, um ihre Bestellung aufzunehmen.

Als Gustav trotzdem für alle drei Kaffee und Malakofftorte bestellte, protestierte Alma: „Die Torten werden von gestern sein."

„Deswegen werden sie nicht schlechter schmecken", meinte Gustav, „aber Sie können gern etwas Anderes ordern."

Alma entschied sich für Vanilleeis mit Veilchen.

Luca taute ein bisschen auf. „Mir ist es wurscht, von wann die Torte ist. Ich habe noch nie eine Malakofftorte gegessen, ist mit Mandeln, oder?", fragte er.

Gustav nickte.

„Was essen denn die da drüben zum Frühstück?", fragte Luca und deutete mit dem Zeigefinger auf einen der Nachbartische.

„Gänseleber und getrüffelte Braunschweiger", sagte Gustav. „Ehrlich gesagt, hätte ich auch eher Gusto auf eine Leberwurst und ein frisches Bier. Torten am Morgen sind nicht so ganz nach meinem Geschmack."

„Früher sind die Leute in Abbazia unter den Feigenbäumen gesessen und haben sauren Wein getrunken und dazu ein trockenes Stück Brot gegessen, hat mir mein Vater erzählt", sagte Luca mit vollem Mund. Die Malakofftorte von gestern schien ihm zu schmecken.

„Meine Mutter hat mir übrigens verboten hierherzukommen."

„Du bist selbstverständlich eingeladen", sagte Gustav, der dachte, ein armer Fischerjunge würde sich in diesem noblen Café keine Torte leisten können.

„Das will ich hoffen." Luca grinste, nicht unverschämt, sondern eher wie ein kleiner Bub, der etwas angestellt hatte. „Es ist aber nicht wegen dem Geld, meine Mutter hat Angst vor diesem Ort, weil er verflucht ist. Hier treibt ein Vampir sein Unwesen."

„Oder ein Werwolf", warf Alma Lang mit ernster Miene ein.

Gustav bemerkte den Schalk in ihren Augen. „Das müsst ihr mir jetzt genauer erklären", sagte er.

„In der Nacht vom 17. Juni 1881, also in der Nacht, als ich auf die Welt gekommen bin, haben zwei Diener des damaligen Badeanstaltsbesitzers Pasquale Jacic hier die Leiche von Ivan Varljen ausgegraben. Man hatte ihn gepfählt und ihm die Kniekehlen durchgeschnitten", begann Luca mit seiner Horrorgeschichte. „Sie haben die Leiche dann wieder ins Grab gelegt, weil der Verstorbene eben ein Vampir oder ein Werwolf war. Doch sobald es finster ist, steigt er aus seinem Grab und holt sich frisches Blut. Schon so mancher Gast, der das Lokal erst nach Einbruch der Dunkelheit verlassen hat, ist spurlos verschwunden."

Gustav versuchte, einen Hustenanfall vorzutäuschen.

„Lachen Sie ruhig, das Lachen wird Ihnen vergehen, wenn Sie mal als einziger Gast übrigbleiben ..."

„Das Café sperrt zum Glück vor Sonnenuntergang zu, um acht Uhr abends ist hier Schluss", warf Alma ein.

„Weil sich danach keiner mehr her traut", sagte Luca.

„Wenn man Ihnen so zuhört, könnte man es glatt mir der Angst zu tun bekommen", sagte Gustav und bedachte sein Gegenüber mit einem ironischen Blick.

„Spotten Sie ruhig, gnädiger Herr. Ich könnte Ihnen noch viel gruseligere Geschichten erzählen ..."

Er kam nicht dazu, denn Alma Lang ließ die beiden Männer nun allein und setzte sich zu Bekannten am Nebentisch.

„Sie ist nicht von hier, deshalb glaubt sie nicht an Vampire und Werwölfe. Aber sie sollte sich besser in Acht nehmen, denn meisten verschwinden junge, hübsche Frauen."

Um das leidige Thema zu wechseln, fragte Gustav seinen Gast, ob er auch seine Torte essen möchte.

Luca strahlte übers ganze Gesicht und griff sofort nach Gustavs Teller.

„Ich war noch nie hier. Nein, stimmt nicht, ich war schon mal in diesem Café. Vor zwei Jahren, als ich das Junioren-Wettschwimmen gewonnen habe, hat mich ein Herr von der Kurverwaltung auf ein Eis eingeladen. Aber wir haben uns nicht hingesetzt."

„Du bist also ein ausgezeichneter Schwimmer", sagte Gustav.

„Der beste an der ganzen Küste", sagte Luca grinsend. „Heuer im August werde ich sowohl beim Tempo-Schwimmen – lächerliche siebzig Meter – als auch beim Dauer-Schwimmen über 1200 Meter antreten und beide Wettbewerbe gewinnen. Um was wetten wir?"

An Selbstbewusstsein scheint es dem Burschen nicht zu mangeln, dachte Gustav. Da er gegen eine gute

Wette nie etwas einzuwenden hatte, ging er auf den Vorschlag ein. „Und worum möchtest du wetten?"

„Sie laden mich für ein paar Tage nach Wien ein, wenn ich gewinne."

„Das ließe sich machen. Was ist dein Einsatz?"

„Eine Einladung nach Volosko. Meine Mutter vermietet Zimmer. Sie könnten umsonst bei uns wohnen und so viel essen und trinken, wie Sie wollen. Oder ist es einem feinen Herrn wie Ihnen bei uns zu primitiv? Wir haben Strom und Fließwasser und ein Klo."

„Wunderbar!", sagte Gustav und streckte Luca die Hand hin. „Die Wette gilt!"

„Ich freu mich schon auf Wien", sagte Luca. „Ich war vor kurzem zum ersten Mal in der Reichshauptstadt. Leider habe ich nicht viel von der Stadt gesehen, war nur für einen Abend dort, und dieser eine Abend hat schrecklich geendet."

Plötzlich fiel es Gustav wie Schuppen von den Augen, er wusste nun, wo er Luca bereits einmal begegnet war. Damals bei der Premiere von La Traviata war ihm ein junger Mann aufgefallen, der in der ersten Reihe gesessen war und von einem Platzanweiser daran gehindert worden war, ebenfalls auf die Bühne zu springen.

„Ich habe einen Brief von einer berühmten Sängerin bekommen. Die Dame hat mir darin mitgeteilt, dass sie meine leibliche Mutter ist. Beigefügt hatte sie eine Fahrkarte nach Wien und eine Karte für die Premiere von La Traviata. Ich war neugierig, wollte die Frau kennenlernen, die mich zur Welt gebracht hat. Leider hatte mein Zug Verspätung. Ich habe daher diese Dame nicht vor der Vorstellung in ihrer Garderobe besuchen können, so wie sie es vorgeschlagen hatte, sondern habe es gerade geschafft, rechtzeitig in den Saal zu kommen."

„Und dort habe ich dich gesehen. Du bist in der ersten Reihe gesessen, nicht wahr? Du hast so ganz anders ausgesehen als all die anderen Besucher“, sagte Gustav. Obwohl er ja seit kurzem wusste, dass Luca Maria Cerrutis Sohn war, erstaunte es ihn, dass auch der junge Mann über seine Herkunft Bescheid wusste. Er fragte sich, was Luca empfunden hatte, als er seine richtige Mutter zum ersten Mal gesehen hatte. Wut, Hass, Stolz – oder hatte ihn sogar eine spontane Zuneigung ergriffen? Du bist ein hoffnungsloser Romantiker, hörte er im Geiste seine Tante sagen.

„Ja, ich hab mich eh für mein Aussehen ein bisschen geschämt. Aber ich hab' nur diesen einen schwarzen Anzug, den mir meine Mama vor drei Jahren gekauft hat. Damals ist meine Großmutter gestorben. Sie war eine alte Hexe, hat mich nicht leiden können, aber für ihr Begräbnis hat eben ein schwarzer Anzug für mich hermüssen. Ich bin längst aus ihm rausgewachsen.“ Luca schaute verlegen zu Boden.

Gustav verstand ihn besser, als der Bursche es sich vorstellen konnte. Hatte doch auch er in seiner Jugend oft unter den knappen finanziellen Verhältnissen seiner Familie gelitten.

„Ich habe mitansehen müssen, wie meine echte Mutter, die ich nie kennengelernt habe, gestorben ist“, sagte Luca.

Seine Worte klangen weder wehmütig noch hasserfühlt. Gustav bemerkte keinerlei Gefühlsregung in seinem Gesicht.

Hatte er diese Frau gehasst? Es wäre nicht verwunderlich, nachdem sie ihn gleich nach seiner Geburt weggegeben hatte. Luca sprach jedoch in so nüchternem Ton, dass Gustav seinen Verdacht sogleich revidierte. Er traute dem Jungen keinen Giftmord zu. Außerdem hatte er keine Gelegenheit gehabt, das Gift in Marias Glas zu geben, er saß im Publikum.

Luca sprach weiter, sagte, dass er gleich am nächsten Tag zurück nach Abbazia gefahren sei.

„Hast du ihren Brief noch?“, fragte Gustav.

Luca nickte.

„Würdest du ihn mir zeigen?“

„Wieso?“

„Weil ich mich vergewissern möchte, dass dieser Brief tatsächlich von Maria Cerruti stammt. Ich kenne zufällig ihre Handschrift, weil ich bei den Ermittlungen nach ihrem Tod einige von ihr verfasste Schriftstücke gesehen habe.“

„Na gut, ich bringe Ihnen den Brief später vorbei.“

„Ich wohne in der Villa Neptun.“

„Die kenne ich. Aber ich kann erst am späten Nachmittag kommen, muss vorher ein paar Netze flicken, sonst krieg ich von meinem Vater eine aufs Dach. Vor lauter Gesangsproben bin ich vor dem Frühlingsfest nicht dazu gekommen“, sagte Luca.

„Ich werde ab drei Uhr nachmittags dort sein und auf dich warten.“

Bevor er ging, verabschiedete sich Gustav auch von Alma und erinnerte sie an die Abendeinladung in der Villa Neptun. „Ich darf Sie um 19 Uhr abholen?“

Sie nickte gnädig.

Dunkle Regenwolken bedeckten den Himmel. Was für ein trüber Nachmittag, dachte Gustav, als er in seinem Turmzimmer saß und aufs Meer starrte. Der Himmel sah gleichmäßig grau aus. Es nieselte schon eine Weile. Grau auch das Meer und die Berge auf der gegenüberliegenden Insel Cres.

Luca erschien nicht und schickte auch keine Nachricht.

Gustav wartete bis sechs Uhr abends auf ihn.

Er war sauer, weil er den ganzen Nachmittag vergeudet hatte. Andererseits waren die vielen Stunden, die er in der Bibliothek von Herrn Meyne totzuschlagen versucht hatte, nicht wirklich vergeudet, sondern durchaus amüsant gewesen. Ihm war aufgefallen, dass sich viele berühmte zeitgenössische Künstler wochen- oder monatelang in Abbazia aufgehalten hatten: Tschechow, Puccini, Mahler, Lehar, Kálmán ... Zumindest einer von ihnen schien sich hier ähnlich gelangweilt zu haben wie er heute Nachmittag.

Gustav hatte die Erzählung „Ariadna“ von Anton Tschechow in Herrn Meynes Bibliothek entdeckt und sie gelesen. Der berühmte russische Dichter hatte 1894 einige Zeit hier verbracht und sich sehr negativ über den Kurort geäußert. Anscheinend hatte es während seines Aufenthalts sieben Tage lang geregnet. „Ich war in Abbazia am Ufer des Adriatischen Meeres und habe hier einen schönen Regen und die Langeweile besichtigt“, schrieb er und kritisierte in seiner Erzählung die auf schnellen Profit zielende Geschäftemacherei der Einheimischen, denen das Wohl des Gastes nicht wirklich am Herzen liege ...

33. Abendessen in der Villa Neptun

Gustav holte Alma Lang aus ihrem Hotel ab und erschien mit ihr pünktlich um zwanzig Uhr in der Villa Neptun.

Sie trug ein weißes Voilekleid mit einem rosa Carmenjäckchen und einer kecken roten Neapolitanermütze.

Frau Meyne, längst nicht mehr so schüchtern wie zu Beginn seines Besuches, verwickelte ihren prominenten Gast gleich in ein Gespräch über die neueste Mode.

Die Meynes hatten auch die beiden englischen Ladies zum Dinner gebeten.

Die hagere hochgewachsene Kriminalschriftstellerin Dorothy Campbell und ihre fast achtzigjährige Mutter, die sich noch sehr aufrecht hielt, obwohl sie am Stock ging, boten einen entzückenden Anblick in ihren karierten langen Röcken und weißen Spitzenblusen, die mit kostbaren Broschen eng um den Hals geschlossen waren. Es stellte sich heraus, dass die Damen Schottinnen waren und aus Edinburgh stammten.

Beim Aperitif, den der englische Butler servierte, beklagte sich Herr Meyne, dass kaum einheimisches weibliches Dienstpersonal aufzutreiben sei, weil alle jungen Mädchen und Frauen entweder in der Torpedofabrik Whitehead oder in der königlich-ungarischen Tabakfabrik in Fiume arbeiten würden.

„Frauen in einer Torpedofabrik?", gab Gustav mit hochgezogenen Brauen seiner Verwunderung Ausdruck.

„Ja, ich habe mich anfangs auch gewundert, habe mir aber sagen lassen, dass vor allem die jungen Mädchen mit ihren zarten Händen für die Feinarbeit viel trefflicher geeignet sind als die Männer mit ihren groben Pranken", sagte Herr Meyne.

„Das Gleiche gilt wahrscheinlich auch für die Herstellung von Zigarren, nehme ich an", warf Dorothy Campbell ein. „Und das bedeutet wohl, dass hier im österreichisch-ungarischen Küstenland vor allem die Frauen mit ihrer Hände Arbeit die Familien ernähren."

Gustav musste an seine Tante und an Dorothea denken. Die beiden hätten sich mit Dorothy Campbell sicherlich bestens verstanden, während ihm diese Dame eher ein bisschen Angst einjagte.

„Werden in Fiume nicht die allseits beliebten Virginias hergestellt?", fragte er rasch.

„Ja, möchten Sie eine probieren, Herr von Karoly?" Herr Meyne reichte ihm einen kleinen Humidor.

„Nein danke, vielleicht nach dem Essen."

„In der Zigarrenfabrik sind etwa zweitausend junge Frauen beschäftigt. Angeblich werden sie relativ gut entlohnt, deswegen will sich eben keine der Einheimischen mehr als Zimmermädchen oder Küchenmagd verdingen. Wir Hotel- und Villenbesitzer müssen Dienstboten aus Böhmen und Ungarn anwerben."

„Die Böhminnen sind meistens exzellente Köchinnen", bemerkte Gustav. „Und die Ungarinnen gelten als sehr adrette Kammerzofen. Meine Schwester hat eine ungarische Zofe und ist sehr zufrieden mit ihr."

Dorothy Campbell schenkte ihm einen missbilligenden Blick. Gustav nahm sich fest vor, während des Essens lieber den Mund zu halten.

Er vermied es auch tunlichst, die beiden Mordfälle zu erwähnen, obwohl die Dame ja Kriminalschriftstellerin war. Morde eigneten sich seiner Meinung nach aber nicht als Tischgespräch. Außerdem wollte er die angenehme Atmosphäre und die gute Laune seiner Gastgeber nicht mit diesen schrecklichen Geschichten trüben.

Nachdem sie ein wenig Konversation über Kunst und Literatur gemacht hatten, wurden die Vorspeisen serviert: Tintenfisch-Carpaccio und Garnelen in diversen Saucen.

Gustav war begeistert und verschmähte die Fischsuppe, die als zweiter Gang folgte.

Der St. Petersfisch schmeckte hervorragend. Gustav aß gerne Fisch, vor allem, wenn er grätenfrei war. Der St. Petersfisch galt als teuerster Fisch der ganzen Region und wurde seinem Ruf gerecht.

Die britischen Ladies nahmen statt Fisch das halbrohe Steak mit Kartoffeln.

Plötzlich wandte sich die Kriminalschriftstellerin an Gustav. „Sie sind Privatdetektiv, soviel ich gehört habe. Arbeiten Sie momentan an einem Fall?"

Gustav nickte.

„Möchten Sie uns nicht davon erzählen?"

„Darf ich nicht", murmelte Gustav. „Die Ermittlungen der Polizei sind noch im Gange."

Er hoffte, mit diesen Worten die Neugier der Schriftstellerin befriedigt zu haben.

Doch nun mischte sich ihre Mutter ein. „Es geht um die Opernmorde in Wien, nicht wahr? Wir haben davon gehört und man hat uns erzählt, dass Sie hier auf der Suche nach einem der Verdächtigen sind. Haben Sie schon eine Spur zu ihm aufgenommen?"

Gustav schüttelte den Kopf. „Sie irren sich, meine Damen, ich begleite nur meine Schwester, die Comtesse von Bartheny."

Mutter und Tochter blickten einander vielsagend an.

Gustav wollte gerade ansetzen, erneut zu beteuern, dass er ausschließlich wegen seiner Schwester in Abbazia weilte, zum Glück wurde jetzt aber die Nachspeise serviert: Vanilleeis mit flambierten Himbeeren.

Gustav gratulierte Herrn Meyne zu seinem exzellenten Koch.

Während sich alle auf das vorzügliche Eis stürzten, kam Alma Lang Gustav zu Hilfe. Sie verwickelte die englischen Ladies und die Meynes in eine harmlose Plauderei über die Bewohner der Inseln im Quarnero.

„Tragen nicht vor allem die Italiener hier viel zur guten Stimmung bei?", fragte sie. „Ich habe selten so viele fröhliche Gesichter gesehen wie beim Frühlingsfest."

„Auch die Kroaten sind sehr freundliche und geradlinige Menschen“, betonte die ältere Schottin.

Herr Meyne setzte an, etwas zu erwidern, die Kriminalschriftstellerin war schneller als er. „Sagt Ihnen der Ausdruck ‚Sartorelle‘ etwas?“, fragte sie.

„‚Sartorelle‘ ist ein Sammelbegriff für junge italienische Mädchen aus kleinbürgerlichen Verhältnissen, die sich sehr bemühen, ihr Leben durch eine gute Heirat zu verbessern“, erklärte Herr Meyne und zwinkerte Gustav zu.

„Ich kenne nur den Ausdruck Sessollotta, das hier gebräuchliche Wort für eine Arbeiterin, die sich um geringen Lohn in einem Magazin oder in einer Schwammfabrik verdingt“, warf Gustav mit einer gewissen Schärfe in der Stimme ein. Er hatte für männerbündlerische Witzchen auf Kosten von Frauen nie viel übrig gehabt.

„Ja, das sind die Ärmsten der Armen“, beeilte sich Dorothy Campbell einzuwerfen. „Über diese Arbeiterinnen und diese Sartorelle werde ich in meinem nächsten Roman schreiben, und über die Fischer hier, die fast nur mehr Sardinen fangen. Wissen Sie übrigens, dass Fischer ihre Boote mehr lieben als ihre Frauen und Kinder?“

„Wer hat das behauptet?“, fragte Gustav.

„Die Frau eines Fischers in Lovran, mit der wir uns heute lange unterhalten haben. Ich recherchiere hier für meinen nächsten Kriminalroman und habe deswegen extra ein bisschen Italienisch und Kroatisch gelernt.“

Die englischen Ladies berichteten nun von ihrem Ausflug nach Lovran. Mutter und Tochter fielen einander ständig ins Wort.

„Lovran ist viel weniger mondän als Abbazia, aber es hat eine zweitausend Jahre alte Seefahrertradition“, sagte Dorothy Campbell.

„Das stimmt nicht. Auch einige Angehörige des Hochadels pflegen sich dort, inmitten von Lorbeerhainen, zu erholen“, unterbrach ihre Mutter sie.

„Die Villa Magnolia bildet die Grenze zu Lovran, wenn man aus Abbazia kommt ...“, fuhr Dorothy fort.

„Und der Name Lovran kommt von Lorbeer ...“, ließ ihre Mutter sie wieder nicht ausreden. „Lovran wurde übrigens sechs Jahre nach Abbazia ebenfalls Kurort ...“

„Mama, das wissen die Herrschaften doch. Aber haben Sie auch schon mal den Schnurrbartmann gesehen, der dort über einem Haustor hängt? Sie haben mehrere Dämonen unter den Balken der Balkone angebracht, die dem Bösen Angst machen, es fernhalten sollen. Die Menschen hier scheinen sehr abergläubisch zu sein“, sagte die Kriminalschriftstellerin.

Gustav amüsierte sich über die Redseligkeit der englischen Ladies, während Alma Lang demonstrativ gähnte und sich nicht einmal die Mühe machte, sich zu entschuldigen. Dafür entschuldigte sich Dorothy Campbell: „Verzeihen Sie, meine Liebe, unsere Geschwätzigkeit muss unerhört ermüdend für Sie sein. Erzählen Sie uns lieber von Ihren Plänen. Welche Partie werden Sie als nächste in Angriff nehmen?“

Bevor Alma Lang antworten konnte, sagte Gustav: „Ich fürchte, die letzten Tage waren für Frau Lang sehr anstrengend. Zuerst ihr großartiger Auftritt in Rigoletto und kurz danach ihr Liederabend. Ich denke, ich sollte sie besser in ihr Hotel bringen.“ Er sprach über Almas Kopf hinweg zu den Meynes und den Damen Campbell, so, als wäre sie gar nicht anwesend.

Alle zeigten Verständnis für die erschöpfte Diva, die sich artig für das erstklassige Dinner bedankte und bat, den Waschraum aufsuchen zu dürfen. Frau Meyne zeigte ihr den Weg.

Gustav plauderte vor dem Haustor eine ganze Weile mit Herrn Meyne, lobte ebenfalls das vorzügliche Abendessen und versprach, sobald er die Sängerin in ihrem Hotel abgesetzt hätte, vor dem Schlafengehen auf einen kleinen Cognac und ein Zigarillo in der Bibliothek des Hausherrn vorbeizuschauen.

Als Alma endlich erschien, wirkte sie gar nicht mehr müde, sondern verabschiedete sich ziemlich aufgekratzt von ihrem Gastgeber.

Kaum hatten sie in Herrn Meynes Kutsche einander gegenüber Platz genommen, brach sie in undamenhaftes Gekicher aus. „Die beiden englischen Schreckschrauben sind köstlich und diese verklemmte Frau Meyne und ihre biedere Frau Mama ... Nein, sowas habe ich lange nicht mehr erlebt!"

Gustav, der den Abend durchaus anregend gefunden hatte, schenkte ihr einen missbilligenden Blick.

Sogleich ergriff sie seine Hand und beugte sich zu ihm hinüber. „Nicht böse sein, Herr von Karoly, ich bin eben an die sogenannte gute Gesellschaft nicht mehr gewöhnt. In Künstlerkreisen geht es völlig anders zu."

Ihr Gesicht war seinem ganz nahe und der unschuldige, fast kindliche Ausdruck rührte ihn an. Er drückte ihr einen Kuss auf ihren süßen Schmollmund.

Sie erwiderte seinen Kuss mit mehr Leidenschaft.

Gustav musste sich sehr zusammenreißen, schaffte es aber, der Versuchung zu widerstehen. Lächelnd lehnte er sich zurück und sagte: „Ich fürchte, wir haben beide ein bisschen zu viel von Herrn Meynes köstlichem Wein erwischt."

In der Kutsche war es dunkel, obwohl sie die Vorhänge offengelassen hatten. Vielleicht bildete er sich auch nur ein, dass der unschuldige Ausdruck aus Almas Gesicht gewichen war und sie ihn wütend anstarrte.

Den Rest der Fahrt brachten sie schweigend hinter sich. Gustav stellte sich schlafend. Auch Alma hatte die Augen geschlossen.

Als sie vor Almas Hotel angelangt waren, öffnete der Kutscher die Tür. Gustav half seiner Begleiterin aus dem Wagen, brachte sie zur Haustür und verabschiedete sich von ihr mit einem formvollendeten Handkuss.

Auf der Rückfahrt erfüllte ihn ein Gefühl von Stolz, weil er seiner geliebten Dorothea treu geblieben war, egal, ob sie seine Treue verdiente oder nicht.

Als er in der Villa Neptun ankam, musste er sofort die Toilette aufsuchen.

Auf dem Waschbecken neben dem Klo entdeckte er Spuren von weißem Pulver.

Er strich mit den Fingern darüber und hielt die Finger dann an seine Nase, konnte aber nichts Besonderes riechen, dennoch war er sich ziemlich sicher, dass es sich bei dem schneeartigen Zeug um Kokain handelte. Er reinigte das Waschbecken, spülte das weiße Gold hinunter und verfluchte Alma, die wahrscheinlich die Letzte gewesen war, die vor ihm dieses moderne Wasserklosett aufgesucht hatte.

34. Gustav und Marie Luise besuchen Volosko

Gustav besprach die Geschichte von Lucas kurzem Wienaufenthalt am nächsten Tag mit seiner Halbschwester auf einem Spaziergang am Lungomare, von der Villa Neptun nach Volosko. Seine kleine Tändelei mit Alma Lang am gestrigen Abend verschwieg er, und er erzählte ihr auch nichts von dem Kokain, das er auf der Toilette der Villa Neptun entdeckt hatte. Marie Luise würde dem Fund sicher keine große Bedeutung beimessen, denn ihre verehrte Kaiserin hatte dieses Stimulans ebenfalls geschätzt.

„Der Junge ist sehr musikalisch. Er tritt öfters in Gasthäusern und bei Festen als Volkssänger auf ..."

„Kein Wunder bei diesen Eltern", warf Marie Luise ein.

Sie schien nicht gerade hellauf davon begeistert zu sein, dass Jakob und Maria einen Sohn hatten.

„Ich würde gerne in den nächsten Tagen mit dir nach Triest fahren und dir das wunderschöne Märchenschloss Miramare wenigstens von außen zeigen, vor allem den prächtigen Park. Vielleicht wird man uns das Schloss auch besichtigen lassen. Wie du weißt, kenne ich Erzherzogin Stephanie, die Witwe von Kronprinz Rudolf, sehr gut. Sie ist oft in Miramare."

„Hat sie dort in der Schlosskapelle nicht vor kurzem den ungarischen Grafen Elemér Lónyay geheiratet?"

„Ach ja. Für mich ist sie halt immer noch Erzherzogin. Seine Majestät, der Kaiser, hat übrigens von der Wiener Hofburg aus telefonisch gratuliert. Laut seinem Leibkammerdiener Ketterl war dies das erste Telefonat, zu dem der Kaiser bewegt hatte werden können. Vielleicht wird es sogar das letzte bleiben, denn Seine Majestät hasst diese scheußlichen modernen Apparaturen."

„Ich habe gehört, dass sich Triest sehr verändert haben soll ..."

„Das wundert mich gar nicht. Sagt man nicht, Triest sei Klein-Wien am Meer? Wahrscheinlich herrscht dort eine ähnlich rege Bautätigkeit wie bei uns."

„Tja, ich würde Triest sehr gerne besuchen, aber du wirst verstehen, dass ich zurück nach Wien muss, wenn ich hier mit meinen Nachforschungen nicht weiterkomme."

„Immerhin hast du Luca ausfindig gemacht."

„Den ich für unschuldig halte. Wichtiger wäre es, noch einmal mit Jakob zu reden. Aber hier gibt es zu viel Ablenkung. Ich bin bisher nicht dazu gekommen, ernsthaft nach ihm zu suchen. Die beiden Morde in der Hofoper lassen mich nachts kaum schlafen. Rudi hat sich auch nicht gemeldet, das bedeutet, sie haben den Mörder bisher nicht gefasst …"

„Der Herr Polizei-Oberkommissär benötigt also wieder einmal deine Hilfe." Der Spott in Marie Luises Stimme war nicht zu überhören. „Jakob solltet ihr beide lieber in Frieden lassen. Ich verstehe zwar auch nicht, warum er sich nicht bei mir meldet, aber er wird schon seine Gründe haben."

Über Jakob ist mit Marie Luise nicht vernünftig zu reden, dachte Gustav verärgert. Schweigend gingen sie dann nebeneinander her.

„Lass uns zuerst in den Ort gehen", sagte Gustav, als der Hafen von Volosko in Sicht kam.

Durch enge, verwinkelte Gassen und über hunderte Stufen gelangten sie hinauf in das Dorf. Schöne alte Villen und kleine, für diese Küste typische Steinhäuser säumten die schattigen, zum Teil von wildem Wein überwachsenen Wege.

Luise fand das Dorf entzückend und war hellauf begeistert von dem Blick aufs Meer, der sich manchmal zwischen den Häusern auftat.

In der zweitürmigen Jesuitenkirche des Ortes zündete sie eine Kerze für ihre geliebte verstorbene Kaiserin an und eine zweite Kerze für den ebenfalls toten Graf Andrássy. Nachher gingen sie Arm in Arm über unzählige Stufen wieder hinunter in die durch Berghänge geschützte Bucht von Preluca.

„Volosko ist berühmt für den Thunfischfang, hat mir Graf Wildenfels letztens erzählt. Ich würde gerne einmal so einen Thunfisch probieren. Vielleicht finden wir eine Konoba in diesem pittoresken Fischerdorf", sagte Marie Luise. „Felix kennt sich mit diesen Meerestieren gut aus, er hat einige Fischteiche in Kärnten ..."

„Darin schwimmen wohl eher Süßwasserfische", warf Gustav ein.

„Sei nicht so albern, Gustl", Marie Luise klopfte ihm mit ihrem Fächer auf den Arm. „Felix hat mir erklärt, dass es in der Adria weiße und blaue Fische gibt. Und ich weiß nun auch, woran man erkennen kann, ob sie frisch sind. Die Augen müssen klar sein, die Kiemen schön hellrot, nicht dunkelrot, und der Körper sollte fest sein."

„Du bist ja eine richtige Fischexpertin geworden! – Seit wann nennst du den Grafen bei seinem Vornamen? Darf man bereits gratulieren?", fragte Gustav.

„Ich habe seine verstorbene Frau gut gekannt ..."

„Na und? Das ist kein Hindernis, im Gegenteil ..."

„Hör auf, mich zu traktieren, Gustav. Ich habe nicht mehr vor, mich zu verehelichen, und dabei bleibt es!"

„Wie du meinst. Lass uns jetzt Luca suchen. Ich möchte ihn dir unbedingt vorstellen."

Gustav fragte einen Fischer, der gerade einen riesigen Tintenfisch auf der Mole erschlug, wo er Luca finden könne.

Der Fischer deutete auf ein Haus direkt gegenüber und schlug weiter auf das zappelnde Tier ein.

Marie Luise hatte sich bereits abgewandt, sie konnte das grausame Schauspiel nicht ertragen.

„Was wollen Sie von meinem Sohn", vernahm Gustav die raue Stimme des Fischers hinter sich, als er Marie Luise folgen wollte.

Rasch drehte er sich um und reichte dem Mann seine Hand.

Der Fischer deutet auf seine mit Tinte verschmierten Hände.

„Ich bin mit ihm verabredet“, sagte er, „mein Name ist Gustav von Karoly.“

„Ah, Sie sind das! Er hat mir schon von Ihnen erzählt. Gehen Sie rüber ins Haus und warten Sie dort auf ihn. Ich werde ihm sagen, dass Sie ihn sprechen wollen. Aber ich warne Sie, lassen Sie meinen Bub in Frieden, setzen Sie ihm nicht irgendwelche Flausen in den Kopf!“

Der große, kräftige Mann hieb mit dem Stock weiter wie ein Berserker auf den Tintenfisch ein.

Das Haus von Lucas Ziehvater war sehr schmal, aber zweistöckig. Ein halbverfallener Schuppen diente dem Fischer offensichtlich als Lager für seine Netze und Bootszubehör. Daneben befand sich eine Konoba, die geöffnet hatte.

Gustav schlug seiner Schwester vor, während sie auf Luca warteten, eine Kleinigkeit zu essen.

Eine rothaarige Frau in bunter ländlicher Kleidung eilte herbei, sobald sie Platz genommen hatten. Sie kam Gustav bekannt vor. Die Frau war außerordentlich schön, hatte einen großen sinnlichen Mund, fast schwarze Augen und eine wunderbare glatte olivfarbene Haut. Sie ist bestimmt nicht viel älter als fünfunddreißig, dachte er.

„Was möchten die verehrten Herrschaften trinken“, fragte sie in bestem Deutsch.

Gustav bestellte eine Flasche Rotwein und fragte, ob es auch etwas zu essen gäbe.

„Miesmuscheln in Weißweinsauce, Scampi busara und gegrillte Sardinen“, sagte sie.

Marie Luise entschied sich für die Scampi busara, Gustav für die gegrillten Sardinen. Er hoffte, sie würden klein sein, damit er sie samt Kopf essen konnte.

„Das ist eine Zigeunerin", sagte Marie Luise, nachdem die Wirtin zurück ins Haus gegangen war.

„Ja, und ich bilde mir ein, ihr schon einmal begegnet zu sein. – Eigentlich ist das unmöglich."

„Du magst eben rothaarige Frauen." Marie Luise lächelte vielsagend.

Gustav musste sofort an Dorotheas rotblonde Lockenpracht denken.

„Mir gefallen die Männer hier in der Kvarnerbucht", fuhr Marie Luise fort. „Seit Jahrhunderten befahren sie die See. Hast du vorhin die riesigen Pranken des Fischers bemerkt? Nur solche Hände können die Segel setzen, die Ruder bei wildem Seegang halten und die schweren Netze an Bord holen. Ihr ganzes Leben lang sind diese kräftigen Männer den tollwütigen Launen des Meeres ausgesetzt." Marie Luises Augen strahlten voller Begeisterung.

„Du schockierst mich, liebe Schwester! Entwickelst du eine Vorliebe für Seemänner und Fischer? Bitte lass das unseren Herrn Papa ja nicht wissen, er würde entsetzt sein", sagte Gustav.

Marie Luise begann zu lachen. „Mach dir keine Sorgen, Gustl." Sie zwinkerte ihm schelmisch zu. – „Ist dort links nicht die Villa Minach, in der Graf Andrássy gestorben ist? Meine Zofe hat mir unlängst Klatsch und Tratsch erzählt, den sie von anderen Dienstboten gehört hat. Angeblich hat Ihre Majestät, Kaiserin Elisabeth, ihren Freund und Gefährten Graf Andrássy dreimal hier besucht."

„Das waren wohl Krankenbesuche. Wenn ich mich nicht irre, hat er die letzten Jahre seines Lebens im Kreise seiner Familie verbracht und ist hier im Februar 1890 gestorben."

„Die Einheimischen erzählen, dass sie öfters einer geheimnisvollen, ganz schwarz in schwarz gekleideten Frau mit einem schwarzen Schleier vor dem Gesicht begegnet sind. Diese vornehme Dame pflegte ausgedehnte Spaziergänge am Lungomare zu machen. Sie hat sich als Gräfin Soundso ausgegeben, aber jedes Kind hat Bescheid gewusst, dass es sich bei der großen schlanken Dame um die Kaiserin von Österreich und Königin von Ungarn gehandelt hat. Alle haben jedoch bis zu ihrem Tod Stillschweigen über diese Geschichte bewahrt."

„Womöglich hat sie sich hier auch mit ihrem Gatten heimlich getroffen", scherzte Gustav. „Seine Majestät, der Kaiser, war ja angeblich ebenfalls öfters inkognito in Abbazia."

„Soviel ich weiß, meidet Seine Majestät diesen Kurort lieber. Offiziell war er jedenfalls erst zweimal hier. Beim ersten Mal, um den deutschen Kaiser zu treffen."

„Diese Geschichte kenne ich, die hat mit schon der Großherzog von Nassau erzählt", sagte Gustav.

Kaum hatte ihnen die schöne Wirtin das Essen serviert, kreuzte Luca auf.

Gustav stellte ihn seiner Schwester vor und bat ihn, Platz zu nehmen. Als er ihn aufforderte, sich ebenfalls etwas zu bestellen, winkte der Bursche ab: „Ich hab gerade gegessen."

Es stellte sich heraus, dass das Wirtshaus den Eltern von Lucas Angebeteter, Romana, gehörte. Nun wusste Gustav, warum ihm die Wirtin so bekannt vorgekommen war. Lucas junge Freundin, die mit ihm dieses wunderbare Liebeslied beim Frühlingsfest in Abbazia gesungen hatte, war ihrer Mutter wie aus dem Gesicht geschnitten.

„Hat Marina Sie gut versorgt?", fragte Luca.

„Danke, die Sardinen sind vorzüglich und deine Scampi auch, nehme ich an?“ Gustav warf seiner Schwester, die in der Tomatensauce auf ihrem Teller die Scampi herauszufischen suchte, einen strengen Blick zu.

„Hervorragend“, beeilte sich Marie Luise zu beteuern.

Während Gustav seine Sardinen genoss, beobachtete Luca das Wolkenspiel am Himmel. „Die Quellwolken sind gefährlich“, sagte er mit finsterer Miene. „Vater und ich können wahrscheinlich heute Nacht wieder nicht auslaufen. Wir haben in den letzten Tagen kaum etwas gefischt. Zuerst haben wir die Bora gehabt. Die bringt zwar schönes Wetter, aber leider auch stürmischen Seegang mit sich. Und jetzt kommt der Jugo, der Südwind, und das bedeutet große Wellen und Regen. Anfang Mai haben wir oft fünf Meter hohe Wellen, da kann man mit so einem kleinen Boot wie unserem nicht hinausfahren. Die Winde hier im Kvarner darf man nicht unterschätzen. Vor allem die Bora macht uns oft schwer zu schaffen.“

„Ich würde gerne mal segeln gehen“, sagte Gustav.

„Besser im Sommer, verehrter Herr, dann sind die Winde schwächer. Der Tramontana bläst in den Sommermonaten von Volosko hinüber nach Abbazia, und von Moscenicka Draga kommt der frische Mistral, was bei der Hitze recht angenehm ist.“

Gustav war kein großer Esser, ließ aber nicht eine Sardine übrig, während Marie Luise nur ein paar Scampi zu sich genommen hatte.

„Wollten Sie mir nicht einen Brief bringen?“, fragte Gustav.

„Habe ich nicht vergessen. Gestern konnte ich nicht.“ Luca zog ein fleckiges weißes Kuvert aus seiner Hosentasche und reichte es Gustav.

Dieser rührte das Kuvert nicht an, zog zuerst seine weißen Handschuhe über.

Die Schrift kam Gustav bekannt vor, doch er war sich nicht hundertprozentig sicher, ob es sich um Marias Handschrift handelte.

„Darf ich ihn eine Weile behalten? Selbstverständlich bekommen Sie ihn wieder zurück. Ich möchte ihn auf Fingerabdrücke hin untersuchen lassen." Er wollte dem Jungen erklären, worum es sich bei dieser neuen Methode handelte, doch Marie Luise fiel ihm ins Wort.

„Darf ich den Brief auch lesen", fragte sie.

Luca nickte.

„Sei bitte vorsichtig und lass deine Handschuhe an. Auf diesem Kuvert sind so viele Fingerabdrücke, dass die Polizei verzweifeln wird, wenn sie ihn unter die Lupe nimmt", ermahnte Gustav sie.

Luca erzählte ihnen dann, dass er von Alma Lang vor Kurzem erfahren hatte, wer sein richtiger Vater war. Alma hatte ihm überdies gesagt, dass Jakob Doma damals seine Geliebte zur Abtreibung zwingen hatte wollen und sie sehr schlecht behandelt hätte.

„Glauben Sie ihr kein Wort! Ich kenne Ihren Vater sehr gut, er ist ein sensibler Künstler. Ich kann mir nicht vorstellen, dass er so etwas Schreckliches von ihr verlangt hat. Er hat sie über alles geliebt", empörte sich Marie Luise.

Auch Gustav wunderte sich und fragte sich, warum Alma so etwas Gemeines behauptet hatte, während seine Schwester weiter über die Sängerin schimpfte, sie als unverschämte Lügnerin bezeichnete.

Luca wechselte das Thema, sprach von seiner Freundin Romana, der Tabakarbeiterin und Tochter ihrer Wirtsleute, die beim Frühlingskorso den ersten Preis für ihr Meerjungfrau-Kostüm verliehen bekommen hatte. Er gestand ihnen, dass er seine Freundin am liebsten gleich morgen heiraten würde. Seine Zieheltern, der Fischer Susic und seine Frau, hätten nichts dagegen, meinte er. Aber seit er über seine leiblichen Eltern Bescheid wusste, fragte er sich, ob sein Vater nicht etwas mitzureden hätte, denn er und Romana wären ja noch nicht mündig.

„Als ich durch diesen Brief von meiner wahren Herkunft erfahren habe, war ich sehr wütend, aber nachdem ich ein paar Tage darüber nachgedacht habe, ist mir klargeworden, dass meine Mutter bei meiner Geburt jünger war, als ich es heute bin. Wahrscheinlich ist ihr nichts anderes übriggeblieben, als mich zu Pflegeeltern zu geben, weil mein Vater sie ja nicht heiraten hatte wollen."

„Ich bin mir sicher, dass Jakob nichts von ihrer Schwangerschaft gewusst hat", warf Marie Luise ein.

„Das werde ich bald herausfinden", sagte Luca mit finsterer Miene. „Meiner Mutter habe ich vergeben, als ich sie in Wien in der Hofoper singen gehört hab. Sie hat gesungen wie ein Engel. Nicht einmal meine geliebte Romi kann ihr das Wasser reichen."

Der Fischer Susic näherte sich ihrem Tisch und gab Luca einen unmerklichen Wink.

„Ich muss gehen, mein Vater braucht mich." Luca sprang auf.

Gustav schlug vor, sich morgen in Abbazia zu treffen.

„Ich weiß nicht. Die dunklen Wolken haben sich verzogen, vielleicht fahren wir heute Nacht doch zum Fischen hinaus."

„Dann eben übermorgen", beharrte Gustav, der noch einige Fragen an den Burschen hatte.

„Mal sehen", sagte Luca und leiser fügte er hinzu: „Schauen Sie öfter bei der Madonna del Mare vorbei, die Barkajoli wissen, wann ich Dienst habe."

Marie Luise blickte Gustav fragend an.

„Du kennst doch die schöne Madonnenstatue auf dem kleinen Felsen bei der Einfahrt zum alten Hafen." Mehr sagte Gustav nicht. Er hoffte, nächstes Mal allein mit Luca reden zu können.

35. Gustav schwingt das Tanzbein

Gustav und Marie Luise besuchten gemeinsam mit Graf Wildenfels und seiner Schwester den Five o'Clock Tea im Hotel Stephanie. Diese Veranstaltung war äußerst beliebt bei jüngeren Kurgästen, da auch getanzt werden durfte und weder Frackzwang herrschte noch kostbare Ballkleider benötigt wurden. Wegen des großen Andrangs an tanzwütigen jungen Damen und Herren der besseren Gesellschaft fand der Five o'Clock Tea heute zum ersten Mal in dem vierzehn Meter breiten goldenen Ballsaal mit den in Weiß, Gold und Blau gehaltenen Holzdekorationen statt.

Obwohl draußen noch die Sonne schien und die lange Balkonfront den Blick aufs Meer freigab, waren die riesigen elektrischen Kristalllüster an. Gustav war geblendet von so viel Prunk und weiblicher Schönheit.

„Das ist der heimliche Heiratsmarkt von Abbazia. Schau dich ruhig mal um", flüsterte seine Schwester ihm ins Ohr, als er mit ihr eine rasante Polka tanzte.

„Alte Kupplerin", murmelte Gustav und steigerte das Tempo, sodass Marie Luise völlig außer Atem geriet.

„Gnade, Gustav, bitte Gnade", stöhnte sie lachend. „Ich schwöre dir, ich werde dich nie mehr einer verzweifelten Mutter, die ihre Tochter unter die Haube bringen möchte, vorstellen."

„Auch keinem Vater, der sein verwöhntes Töchterchen loswerden will?“, fragte Gustav in Erinnerung an die hysterische Tochter eines Wiener Bankiers, mit der er kurz verlobt gewesen war.

„Nein, auch keinem Vater mehr. Bitte, Gustav, ich falle gleich in Ohnmacht.“

Gustav verlangsamte das Tempo und grinste seine Schwester vergnügt an.

„Du Teufel! Ich tanze nie mehr mit dir“, schimpfte sie, als sie an ihren Tisch zurückkehrten.

Zum Englischen Walzer forderte er dann Leopoldine von Wildenfels auf.

„Nehmen Sie sich in Acht, Leopoldine. Mein Bruder ist auf der Tanzfläche unberechenbar, ein richtiges Raubein“, rief Marie Luise ihnen nach.

Erschrocken blickte die kleine Wildenfels Gustav in die Augen.

„Hören Sie nicht auf meine Schwester, sie neckt uns nur. Sie brauchen keine Angst zu haben, Comtesse.“

Leopoldine wog trotz ihres schweren hellblauen Brokatkleides keine fünfzig Kilo. Wie eine Feder schwebte sie in seinen Armen übers Parkett. Gustav war ein ausgezeichneter Tänzer. Für Leopoldine war es der aufregendste Tanz ihres Lebens. Ihre grauen Augen strahlten und ihre bleichen Wangen röteten sich, sie sah richtig glücklich aus, vor allem, als sich die anderen Tanzpaare zurückzogen, um ihnen Platz zu machen. Einige applaudierten sogar.

Doch ihr Glück hielt nicht lange an. Kaum hatten sie wieder Platz genommen, betrat Alma Lang am Arm eines hochdekorierten Marineoffiziers den Saal, und alle Augen richteten sich auf die Sängerin, die ein tief dekolletiertes scharlachrotes Kleid trug und das große Aufsehen, das sie erregte, nicht zu bemerken schien.

Sie steuerte direkt auf den Tisch der Wildenfels zu, begrüßte Gustav wie einen alten Bekannten und stellte ihren Begleiter als Kapitän Duimic vor.

Graf Wildenfels fühlte sich bemüßigt, die beiden einzuladen, bei ihnen Platz zu nehmen. Der Kapitän entschuldigte sich. Er sprach sehr gebrochen Deutsch. Soviel Gustav mitbekam, hatte er Alma nur hierherbegleitet und war eigentlich mit seinen Leuten verabredet. Er deutete auf einen Tisch im hinteren Teil des Saals, an dem lauter Marineoffiziere in eleganten Galauniformen saßen. Alma Lang nahm die Einladung des Grafen jedoch ungeniert an.

Obwohl Gustav kaum seine Augen von ihrem hinreißenden Dekolletee wenden konnte, registrierte er sehr wohl den empörten Blick seiner Schwester und den unglücklichen Blick der kleinen Wildenfels.

Da ihm die ganze Situation etwas unangenehm war, bat er Alma Lang sogleich um den nächsten Tanz. Der Walzer „Glücklich ist, wer vergisst" aus der „Fledermaus" war eine seiner Lieblingsmelodien.

Alma gab ihm einen Korb und bat ihn, ihr lieber ein Glas Champagner zu reichen.

„Diese Tanzerei ermüdet mich schrecklich", sagte sie.

Graf Wildenfels führte Marie Luise auf die Tanzfläche. Gustav blieb allein mit den beiden Damen zurück.

Alma benahm sich äußerst liebenswürdig Leopoldine gegenüber, fragte sie, bei wem sie dieses wundervolle Kleid hatte nähen lassen. Doch Leopoldine schien nicht dazu aufgelegt zu sein, sich mit der Primadonna über Mode zu unterhalten. Sie gab ihr nur einsilbige Antworten.

Gustav verwünschte beide. Der fesche Kapitän erlöste ihn schließlich aus seiner unangenehmen Lage.

Er stand plötzlich vor ihnen und bat Leopoldine, der er ja vorgestellt worden war, um den nächsten Tanz.

Leopoldine blickte Gustav fragend an.

„Ich erlaube es“, sagte er lächelnd, „im Namen Ihres Bruders.“

Als sich Graf Wildenfels und Marie Luise wieder zu ihnen gesellten, schien der Graf zwar wenig erfreut zu sein, seine Schwester in den Armen eines Marineoffiziers über die Tanzfläche gleiten zu sehen, benahm sich aber formidabel und forderte nun Alma zu einem Walzer auf. Dieses Mal wagte sie es nicht, Nein zu sagen.

Marie Luise fand die Wiener Sängerin nach dem Gespräch mit Luca noch unsympathischer als vorher und warf Gustav vor, viel zu freundlich zu dieser falschen Schlange zu sein.

„Sie ist eine Schmeichlerin, tut allen schön und spielt gerne die Unschuld vom Lande, dabei hat sie es faustdick hinter den Ohren“, fauchte sie.

Alma kehrte nach ihrem Walzer mit dem Grafen nicht zu ihnen zurück.

„Sie wollte sich die Nase pudern“, sagte Graf Wildenfels, als Gustav nach ihr fragte.

Marie Luise wurde wieder von ihrem Verehrer mit Beschlag belegt. Er ließ keinen der nächsten Tänze mit ihr aus.

Gustav fragte sich, was sein Vater von dieser Partie halten würde. Dann tanzte er ein zweites Mal mit Leopoldine, war jedoch unkonzentriert und hielt die ganze Zeit nach Alma Ausschau.

Als die Geschwister Wildenfels ein kleines Tänzchen miteinander wagten, fragte Gustav seine Schwester, ob sie nun doch vorhabe, den Grafen zu erhören.

Marie Luise schüttelte lachend den Kopf. „Er ist eine sehr amüsante Gesellschaft, mehr nicht! Ich habe es dir doch letztens gesagt, mit dem Kapitel Männer habe ich vor zwei Jahren endgültig abgeschlossen. Der einzige Mann, der mir gefährlich werden hätte können, ist Jakob Doma. Doch so eine Mesalliance hätte Papa sicher nicht geduldet. Ich mache mir übrigens große Sorgen um Jakob, kann nur hoffen, dass ihm nichts passiert ist. Sein Verschwinden bereitet mir nach wie vor schlaflose Nächte."

Als sich der Five o'Clock Tea seinem Ende zuneigte, ließ sich Marie Luise von Graf Wildenfels in die Villa Amalia bringen. Leopoldine schloss sich ihnen an.

Alma Lang erschien wieder und wollte ebenfalls in ihr Hotel. Sie gab vor, Kopfschmerzen zu haben.

Gustav schlug einen kleinen Spaziergang durch den Park der Villa Angiolina vor. Er wollte mit ihr über Luca reden und sie fragen, warum sie dem Burschen so üble Geschichten über seinen leiblichen Vater erzählt hatte.

„Bei Kopfschmerzen hilft am besten frische Luft, das weiß ich aus eigener Erfahrung", beteuerte er, als sie zögerte.

Hand in Hand schlenderten sie durch den Park mit seinen Eiben, Thujen und Hartlaubgewächsen, tauchten ein in das Dunkel der Baumkronen von Pinien, Kiefern und Zypressen. Plötzlich erschien im Mondlicht ein von Efeu umwachsener Hauseingang. Das verwunschene Häuschen mitten im Park mit den moosgrünen Holzjalousien vor den verschlossenen Fenstern erregte Gustavs Neugier.

„Ist das nicht das Schweizerhaus? Ich glaube, von hier aus wurde früher die Villa Angiolina mit Milchprodukten beliefert", sagte er zu seiner Begleiterin. „Ritter von Scarpa, ein schwerreicher Holz- und Weinhändler, hat rund um die Villa, die er für seine schöne Triestiner Gattin erbauen ließ, diesen Park errichtet. Er war

Freimaurer und ein echter Schöngeist. Außerdem waren er und seine göttliche Gattin sehr gastfreundlich. Seine zahlreichen Freunde und Geschäftspartner haben Pflanzen aus aller Welt für seinen Park mitgebracht, so zum Beispiel den Bambus, der hier prächtig gedeiht, wie Sie sehen." Gustav deutete auf die üppigen Bambussträucher vor ihnen. „Es gibt hier mindestens hundertfünfzig verschiedene Sorten von Pflanzen, vorwiegend die Camellia japonica, aber auch viele andere exotische Gewächse wie Jasmin und Magnolienbäume ... Das Symbol für Abbazia ist die Kamelie, die zweimal im Jahr blüht. Ihr Duft soll dermaßen betörend sein, dass niemand ihm widerstehen kann, alle Liebenden werden angeblich völlig verrückt nach einander von diesem Duft."

Kaum hatte er geendet, küsste Alma ihn leidenschaftlich und ließ ihre Hände über seinen Körper wandern.

Gustav war nicht ganz bei der Sache. Dorotheas liebliche Züge erschienen vor seinem inneren Auge.

„Hier stiegen einst Kronprinz Rudolf und seine Gattin Stephanie gerne ab", murmelte er und versuchte, sich aus Almas Umarmung zu befreien. „Inzwischen hat der Generaldirektor Friedrich Schüler von der Südbahngesellschaft diese spätbiedermeierliche Villa und den Park rundherum gekauft und das ganze Ensemble zu einer Luxuspension umgewandelt."

„Ich weiß, mein Lieber, sei endlich still", flüsterte Alma und suchte mit ihren Lippen wieder seinen Mund.

Der Mond stand fast voll und silbern über dem Meer. Seine sanften Strahlen fielen durch die Lorbeer- und Kameliensträucher, tauchten den Park in ein geheimnisvolles, glänzendes Licht. Die Sterne am Himmel leuchteten hell, und der tiefstehende Mond wirkte größer als sonst. Gustav wusste, dass es sich um eine optische Täuschung handelte.

Weit draußen auf dem glitzernden Wasser erblickte er einen einsamen Mann in einer Barke. Während er Almas Küsse mit wenig Leidenschaft erwiderte, beobachtete er das Fischerboot, das auf den hohen Wellen tanzte. Es war nicht weit vom Ufer entfernt, doch es schien hinauszutreiben.

Alma legte sich in den Rasen unter eine Palme und zog Gustav zu sich herab. Die Blätter der Palme über ihnen erzitterten leise im Wind. Halbherzig streichelte Gustav ihren üppigen Busen, während ihre linke Hand in seine Hose glitt.

Energisch packte er ihre Hand und sagte: „Ich fürchte, wir sollten das lieber bleiben lassen. Jetzt habe auf einmal *ich* schreckliche Kopfschmerzen."

„Dagegen habe ich ein ideales Mittel." Alma nestelte an ihrem Kleid herum und brachte ein kleines durchsichtiges Säckchen mit weißem Pulver zum Vorschein. „Es hilft immer, selbst bei schwächelnder Männlichkeit, glaub mir, Liebster."

„Woher hast du dieses Teufelszeug?"

„Bruno versorgte Maria Cerruti damit und jetzt eben mich."

Plötzlich hatte Gustav das Gefühl, dass sie nicht allein in dem schönen Park waren. Er bildete sich ein, heiteres Flüstern hinter den benachbarten Büschen zu vernehmen. Als ein lautes Rascheln in den Sträuchern neben ihnen erklang, sprang er auf.

„Das ist nur eine Katze oder ein streunender Köter", flüsterte Alma und versuchte, ihn wieder zu sich auf den Rasen zu ziehen.

In diesem Augenblick erblickte Gustav die Silhouette eines uniformierten Wachmanns im hellen Licht des Mondes. Alma hatte ihn ebenfalls gesehen. Rasch steckte sie das Säckchen wieder ein, richtete ihre Kleider und sagte leise: „Lass uns lieber gehen, bevor er uns erwischt und wir in der morgigen Zeitung lesen, dass ich wegen unzüchtigen Verhaltens in der Öffentlichkeit verhaftet worden bin."

Gustav brachte sie ohne jeden weiteren Umweg in ihr Hotel. Am Eingang verabschiedete er sich von ihr mit einem Handkuss und lud sie nicht nur aus schlechtem Gewissen, sondern weil er mehr über Bruno Penzo erfahren wollte, für den kommenden Abend zum Dinner im Hotel Bellevue ein.

Erfreut sagte Alma zu.

Sehr nachdenklich ging er dann die Straße entlang zur Villa Neptun. Der nächtliche Spaziergang ernüchterte ihn. Er fragte sich, was bloß in ihn gefahren war, warum er, anstatt ihr Fragen zu stellen, sich auf ein Techtelmechtel mit ihr eingelassen hatte. Im Grunde zählte Alma ebenfalls zu den Mordverdächtigen. Er schalt sich selbst einen großen Thor und nahm sich fest vor, bei ihrem gemeinsamen Dinner am nächsten Abend nicht mehr ihrem Charme zu erliegen, sondern sie ordentlich in die Mangel zu nehmen.

36. Tragödie am Karfreitag

Am späten Vormittag musste Gustav bei strahlend schönem Wetter seinen Mann am Tennisplatz stehen. Marie Luise hatte ein Mix-Doppel arrangiert. Sie spielte mit ihm gegen Graf Wildenfels und seine Schwester Leopoldine.

Gustav spielte sehr gut Tennis, hatte es während seines einjährigen Studienaufenthaltes in London gelernt. Die kleine Wildenfels hingegen traf kaum einen Ball. Gustav und Marie Luise gewannen beide Sätze souverän.

Gustav hatte nach wie vor das Gefühl, dass ihn seine Halbschwester mit der Comtesse Wildenfels verkuppeln wollte. Die junge Frau rührte ihn an, hatte etwas Kindliches an sich, und er benahm sich ihr gegenüber entsprechend onkelhaft, als sie nach dem Match im Adriatic-Club gemeinsam lunchten.

Abbazia war von dem Journalisten Max Constantin Herz in der Presse unlängst als Verlobungskurort bezeichnet worden. „Selbst die Männerscheuen laufen im kleinen Hafen von Abbazia glücklich in den großen Hafen der Ehe ein", hatte der Mann geschrieben.

Gustav dachte die ganze Zeit an Dorothea, während er dem nichtssagenden Geplauder seiner Schwester mit der Comtesse Wildenfels zuhörte.

„Die Kur schlägt bereits nach einer Woche bei der Leopoldine an", sagte Marie Luise zu Gustav, als sie nach Hause gingen. „Findest du nicht auch, dass sie weniger bleich aussieht? Diese Diäten und Kohlesäurebäder scheinen ihr zu bekommen."

„Hoffentlich hat sie eine Mastkur und keine Diät verschrieben bekommen und plantscht in der Adria anstatt in diesen unhygienischen Bädern", murmelte er.

„Du bist unmöglich, Gustav! Die Badeärzte werden schon wissen, was ihr guttut."

„Dein Vertrauen in die Medizin in Ehren, aber ich denke, dass Leopoldine mehr Bewegung an der frischen Luft braucht und anständig essen sollte, dann wären all ihre gesundheitlichen Probleme wahrscheinlich gelöst. Denn sie ist ja nicht wirklich krank, sondern nur sehr nervös, wie du mir letztens versichert hast."

„Vielleicht bräuchte sie einen Ehemann?"

„Lass das bloß nicht meine Tante hören, sie würde dir auf der Stelle den Hals umdrehen", sagte Gustav lachend. „Und wenn du mich als ihren Ehegatten im Auge haben solltest, vergiss es!"

„Du hast neuerdings einen Rivalen. Dieser schneidige kroatische Kapitän, der mit ihr beim Five o'Clock Tea tanzte, hat ihr heute Früh einen riesigen Blumenstrauß geschickt. Er ist übrigens ein Freiherr, käme also eventuell sogar in Frage."

Wenn sie gehofft hatte, mit dieser Neuigkeit sein Interesse an Leopoldine anzustacheln, hatte sie sich getäuscht.

„Guter Mann! Bedeutet das, ich bin aus dem Schneider? Du weißt, ich liebe nur die Eine, und wenn ich sie nicht zu meiner Frau machen kann, werde ich auf ewig Junggeselle bleiben."

Froh und erleichtert, dass er es endlich gewagt hatte, seiner Schwester seine wahren Gefühle zu offenbaren, versuchte er, bevor sie irgendwelche Einwände finden würde, das Thema zu wechseln: „Komm, lass uns schwimmen gehen. Ich nehme an, du hast dein Badekostüm dabei? Ich möchte sehen, wie gut du schwimmen kannst."

„Wann hast du zum letzten Mal von Dorothea gehört?"

Marie Luise konnte einfach keine Ruhe geben.

Gustav sah seine Schwester böse an. „Über Dorothea spreche ich nicht mit dir. Sonst mischst du dich womöglich ein, und das kann ich momentan wirklich nicht gebrauchen."

Marie Luise schmollte ob seiner harschen Worte.

„Verzeih bitte", sagte Gustav, „lass uns das Meer genießen und all unsere Probleme vergessen."

Unweit der Villa Neptun gab es eine kleine Bucht, in der das Wasser sehr flach war. Es wurden gerade einige Badeeinrichtungen, getrennt für Männer und

Frauen, errichtet. Dieser Strand war für Einheimische vorgesehen, hatte Herr Meyne Gustav erzählt. Da keiner dort badete, entkleideten sich Gustav und seine Halbschwester in den halbfertigen Kabinen.

In strenges Schwarz gehüllt, die Farbe stand ihr absolut nicht, ging Marie Luise vor Gustav ins Wasser. Ihr Rock endete bei den Knien. Darunter trug sie eine schwarze Hose, die bis zu ihren Knöcheln reichte, sowie schwarze Strümpfe.

Gustav begann bereits zu frieren, als er sich auszog und in seinem schwarz-weiß gestreiften Badekostüm im flachen Wasser an Marie Luise vorbeilief und sich in die Tiefe stürzte.

Sobald auch Marie Luise im tieferen Wasser war, versuchte er, ihr das Kraulen beizubringen. „Hab keine Angst, du musst nur richtig ein- und ausatmen."

Marie Luise stellte sich geschickt an, bald beherrschte sie die Kraul-Bewegungen. Gustav war fast ein bisschen stolz auf seine sportliche Schwester.

Am Nachmittag trafen sie Luca mehr oder weniger zufällig bei der Madonna del Mare. Er versah dort Dienst als Barkajoli.

Seine Barke war mit Sitzkissen und kleinen Holzlehnen ausgestattet und sah sehr einladend aus. Außer ihm ruderten hauptsächlich alte Fischer die Besucher hin und her: Ihre Rufe „Barke fahren", „Barke fahren" schallten über die Bucht.

Der Küstendampfer brachte gerade neue Gäste aus Fiume. Die Bediensteten der Hotels und Pensionen warteten in dem kleinen Hafen auf die neuankommenden Gäste.

Abbazia war von Fiume aus in vierzig Minuten mit dem Lokaldampfer zu erreichen.

Hunderte weiße Möwen flatterten um die Felsen herum. Riesige Albatrosse stießen furchterregende Schreie aus. Das Meer war spiegelglatt. Am Himmel zeigten sich nur niedliche Schäfchenwolken.

Gustav und Marie Luise setzten sich auf die Befestigung am Ufer. Sie fütterte die Vögel, die auf der Kaimauer patrouillierten, mit Weißbrot, das sie beim Frühstück mitgehen hatte lassen.

„Was haben diese Lachmöwen hier noch verloren? Sollten die nicht längst in nördlicheren Gefielden sein", sagte Luca, als er sich, nachdem er seine Gäste sicher am Ufer abgesetzt hatte, zu ihnen gesellte. „Wahrscheinlich haben sie den Anschluss an ihre Familien verpasst."

Gustav, der Möwenarten, außer durch ihre Größe, nicht voneinander unterscheiden konnte, fragte sich, was der Bursche meinte.

Luca erzählte ihnen dann von einer großen Tragödie, die sich am Karfreitag 1891 hier abgespielt hatte:

„Der junge Reichsgraf Arthur Kesselstatt hat damals die Reichsgräfin Fries und ihren 15-jährigen Sohn Georg zu einem Bootsausflug eingeladen. Der Scirocco hat für starken Seegang gesorgt. Einen Kilometer vom Ufer entfernt ist heftiger Wind aufgekommen und hat das Boot mit dem Namen ‚Fantasie' derart ins Schaukeln gebracht, dass einer der beiden Matrosen ins Wasser gefallen ist. Reichsgraf Kesselstatt war am Steuer, hat das Ruder umklammert und der Gräfin unabsichtlich einen Schlag ins Gesicht versetzt, sodass auch sie mit dem Kopf voran ins Wasser gefallen ist. Kesselstatt und der Sohn der Gräfin sind sofort hinterhergesprungen und haben dabei das Boot zum Kentern gebracht. Etwa zwanzig Minuten lang haben Georg Fries und der Reichsgraf die Gräfin über Wasser halten können.

Während dieses verzweifelten Kampfes um ihr Leben ist Kesselstatt plötzlich von einer Welle überrollt worden und nicht mehr aufgetaucht. Vom Ufer aus hat jemand das Unglück beobachtet. Vier Barken haben Kurs auf die Unglücksstelle genommen. Professor Glax ist herbeigerufen worden und ihm ist es gelungen, Georg Fries wiederzubeleben. Die Gräfin ist wenige Minuten, nachdem sie ans Ufer gebracht worden war, gestorben. Den Reichsgrafen Kesselstatt haben die Wellen nicht mehr hergegeben. Er blieb verschwunden. Über seine Seele wacht seither die Madonna del Mare."

Der Junge scheint eine seltsame Vorliebe für Horrorgeschichten zu haben, dachte Gustav. Sobald Luca geendet hatte, fragte ihn Marie Luise, ob er seinen Vater inzwischen kennengelernt habe.

Luca reagierte unwirsch, schien nicht über seinen leiblichen Vater sprechen zu wollen.

Als Gustav später in die Villa Neptun zurückkehrte, fand er dort eine schriftliche Nachricht von Alma vor: „Sehr geehrter Herr von Karoly, oder darf ich Sie lieber Freund nennen? Es tut mir ungeheuer Leid, dass ich Ihnen für heute Abend so kurzfristig absagen muss, aber mich ereilte eine wichtige Botschaft. Bitte seien Sie mir nicht gram. Wenn Sie es wünschen, können wir gerne an einem der nächsten Abende miteinander dinieren. Ihre treu ergebene Alma Lang."

Gustav fühlte sich fast erleichtert, hatte er doch keine besonders große Lust verspürt, einen weiteren Abend mit dieser aufreizenden Sängerin zu verbringen.

Er setzte sich mit dem letzten Werk des verstorbenen Kronprinzen, das er in Herrn Meynes Bibliothek gefunden hatte, in einen Liegestuhl auf einer Felsplatte vor der Villa Neptun.

Einer der Dienstboten brachte ihm eine Decke und eine Tasse Kaffee.

Während er „Das Küstenland des Kronprinzenwerkes“ durchblätterte, schaute er immer wieder auf das silbern glitzernde Wasser und genoss die warmen Sonnenstrahlen auf seiner Haut.

Das sanfte Plätschern der Wellen, die an den Steinen am Ufer brachen, schläferte ihn fast ein. Er riss sich zusammen, holte den Brief, den Maria Cerruti an ihren Sohn geschrieben hatte, aus seiner Hosentasche und las ihn noch einmal. Irgendetwas an diesem Brief kam ihm seltsam vor.

37. Gustav hat Angst

Kurz vor Sonnenuntergang riss ihn die Stimme des englischen Butlers aus dem Schlaf.

„Sie haben Besuch, Herr von Karoly!“

Oh nein, hat es sich die Diva anders überlegt? Erschrocken fuhr Gustav hoch und folgte dem Butler die kleine Treppe hinauf zur Villa Neptun.

Doch auf der Terrasse erwartete ihn nicht Alma Lang, sondern Theodore Kramer.

Gustav stach sofort der hellblaue Leinenanzug des Impresarios ins Auge. Er war von schlichter Eleganz und hatte bestimmt viel Geld gekostet. Theodore Kramer kleidete sich meist sehr auffällig, besaß Mut zu Farben und einen ausgezeichneten Geschmack.

„Komme ich ungelegen?“, fragte er.

„Nur hereinspaziert.“ Gustav bat seinen Gast, auf der Terrasse Platz zu nehmen. „Wir können hier die letzten Sonnenstrahlen genießen“, sagte er.

„Der April soll ungewöhnlich warm gewesen sein, unterbrochen von heftigen Gewittern, und jetzt Anfang Mai haben wir richtig hochsommerliche Temperaturen“, murmelte der Impresario, nahm seinen dunkelblauen Sonnenhut ab und wischte sich mit einem Taschentuch den Schweiß von der Stirn.

Offensichtlich war ihm sein überfallsartiges Erscheinen unangenehm. Er schien nicht recht zu wissen, wie er das Gespräch beginnen sollte. Gustav dachte nicht daran, ihm zu Hilfe zu kommen, ließ ihn eine Weile zappeln.

„Hüte dich vor den Iden des März, hat Augur einst Gaius Julius Caesar gewarnt. Und leider waren Salvatores Ängste nicht unbegründet ...“, begann Theodore schließlich mit einem Zitat.

„Wie darf ich das verstehen?“

Bevor sie ihre Unterhaltung vertiefen konnten, servierte ihnen das Dienstmädchen eine Kanne Tee mit süßem Gebäck und stellte eine Flasche Whisky und zwei Gläser auf den Tisch.

„Möchten Sie auch eine?“, fragte Theodore und reichte Gustav sein Zigarettenpäckchen.

„Nein danke, ich bevorzuge Zigarillos.“

Sie rauchten beide und sahen schweigend dem fantastischen Wolkenspiel am Himmel zu.

Eine weiße Wolkenbank leuchtete, angestrahlt von der untergehenden Sonne, rosarot, verfärbte sich aber im Nu blassblau. Danach nahm der Himmel im Westen eine zarte, fast violette Tönung an, ging über in orangerot und wurde zuletzt feuerrot.

Der Himmel brennt, dachte Gustav.

Das leise Rauschen des Meeres bot eine perfekte musikalische Untermalung für das spektakuläre Farbenspiel am Himmel. Über der Insel Krk schwebte ein graues, ausgefranstes Wolkengebilde, das aussah wie das Skelett eines riesigen Fisches.

Auf einmal türmten sich gigantische Wolkenberge vor ihnen auf. Sie werden Regen bringen, dachte Gustav, der inzwischen, dank Luca, ein richtiger Wetterfrosch war.

Hinter den Bergen der gegenüberliegenden Inseln, die sich schemenhaft, aber gerade noch erkennbar, abzeichneten, begann heftiges Wetterleuchten. Das Donnern der Wellen, die gegen die Felsen vor der Villa Neptun brachen, übertönte die Geräusche des weit entfernten Gewitters.

„Was für ein großartiges Spektakel", brach Gustav das Schweigen.

„Ich hasse Gewitter", murmelte Theodore in seinen dünnen Spitzbart, den er sich seit seiner Ankunft in Abbazia wachsen hatte lassen.

„Dann gehen wir lieber hinein, denn es wird gleich losgehen." Gustavs Prophezeiung war zutreffend, denn die ersten heftigen Blitze erleuchteten das dunkelblaue Meer, und im nächsten Augenblick klatschten dicke Tropfen auf die Markise über ihnen.

Das Dienstmädchen erschien und fragte, ob es abräumen dürfe.

„Tragen Sie bitte alles hinauf in meinen Salon", sagte Gustav, schnappte sich sein Buch und schenkte ihr ein Lächeln.

Die Kleine errötete bis zu den Ohren.

Gustav und Theodore folgten dem Mädchen in den dritten und letzten Stock.

Ein anderer dienstbarer Geist hatte bereits das Feuer im offenen Kamin in Gustavs Salon entfacht.

Eine Weile lauschten sie dem Prasseln des Feuers und dem Wind, der an den offenen Fensterläden rüttelte. Beide Männer waren tief in Gedanken versunken.

Gustav ließ die Fensterläden absichtlich offen, er genoss den Anblick des Unwetters ungemein, während Theodore bei jedem neuerlichen Aufleuchten des Himmels heftig zusammenzuckte.

Plötzlich lehnte sich der Impresario in seinem Sessel vor und umklammerte die Armlehnen mit beiden Händen. Sein hageres Gesicht war zu einer Grimasse verzerrt. Eine Grimasse, die Angst und Verzweiflung signalisierte.

„Ich habe schreckliche Angst vor Gewittern", sagte er leise.

„Es wird gleich vorbei sein. Die Abstände zwischen den Blitzen und den Donnern werden bereits länger", versuchte Gustav, seinen Gast zu beruhigen.

„Sind Sie sicher?"

Gustav nickte und bemühte sich um ein anderes Thema. „Ich lese gerade das Kronprinzenwerk. Ein sehr empfehlenswertes Buch. Kennen Sie es zufällig?"

„Es ist ewig schade um den Kronprinzen. Er hätte dem, nicht nur in der Residenz- und Reichshauptstadt, sondern im ganzen Reich, grassierenden Antisemitismus Einhalt geboten. Aber nun sind wir Juden, nicht zum ersten Mal in der langen Geschichte unseres Volkes, diesem dummen und gnadenlosen Hass der Leute schutzlos ausgeliefert."

Gustav musste unwillkürlich an die antisemitischen Äußerungen des Souffleurs denken und erwähnte dessen Hasstiraden dem Impresario gegenüber.

Theodore unterstellte Bruno Penzo Durchtriebenheit und meinte, dass der Souffleur zur Verschlagenheit und zum Strizzitum neigen würde. „Er ist ein unverschämter Kerl, ein richtiges Arschloch", bekräftigte er seine Worte. „Viele Großbürger jüdischen Glaubens aus Wien, Prag und Budapest haben mittlerweile Abbazia als Urlaubsdomizil entdeckt. Und jetzt bekommen sie es selbst hier mit Hass und Vorurteilen zu tun. Dabei sind sie die Einzigen, die sich ernsthaft für Kultur interessieren. Ohne das jüdische Publikum könnten die Opernhäuser bald alle zusperren."

Gustav wollte protestieren, da er selbst kein Jude war und trotzdem ein großer Opernliebhaber, doch er hielt lieber den Mund, war zu neugierig, worauf Theodore hinauswollte.

„Kronprinz Rudolf ist übrigens häufig wegen seiner guten Kontakte zu jüdischen Presse- und Geschäftsleuten von Antisemiten attackiert worden, wussten Sie das?"

„Nein, aber wenn Sie es sagen."

„Ja, vor allem von Erzherzog Franz Ferdinand. Der neue Thronfolger scheint massive Probleme mit den jüdischen Gästen hier zu haben. Im Gegensatz zum verstorbenen Kronprinzen verabscheut er Abbazia regelrecht. Er hat den Kurort in einem Brief als Judenaquarium bezeichnet und geschrieben, dass er sich hier zwischen Slawen und Irredentisten eingekeilt fühle."

„Das spricht eher für Abbazia, nicht wahr, Herr Kramer?" Gustav zwinkerte seinem aufgebrachten Gast zu.

Als er Theodores wütenden Blick bemerkte, wusste er, dass das Zwinkern fehl am Platz gewesen war. Er bemühte sich, es wiedergutzumachen und trat mit seiner nächsten Frage prompt noch einmal ins Fettnäpfchen. „Kam es zu irgendwelchen Ausschreitungen oder gab es antisemitische Beschimpfungen während Ihres Aufenthaltes hier?"

„Muss es erst so weit kommen, bis unsere Ängste ernstgenommen werden“, fuhr der Impresario ihn an.

„Nein, bei Gott nicht. Ich habe mich nur gefragt, warum Sie dieses Thema angeschnitten haben.“

„Weil ich den Verdacht habe, dass Salvatore Valentino von einem fanatischen Antisemiten ermordet worden ist.“

„Valentino war auch Jude?“, fragte Gustav überrascht.

„Ja. Salvatore Valentino war ein Künstlername, den ich für ihn erfunden habe. Er hieß eigentlich Simon Versacchi. Simon war der Name, den ihm seine jüdische Mutter gegeben hatte.“

„Und Maria Cerruti?“

„Sie war nicht jüdisch. Ich habe Jakob und Maria vor nunmehr fast zwanzig Jahren bei einem Gesangswettbewerb in Triest entdeckt. Die beiden waren von Anfang an fast wie meine eigenen Kinder. Ich habe keine Kinder, meine vor vielen Jahren verstorbene Frau hat leider keine bekommen können“, fügte er leise hinzu.

„Für die schöne Maria haben Sie angeblich nicht nur väterliche Gefühle empfunden“, warf Gustav ein.

Theodore antwortete nicht.

Der Regen hatte etwas nachgelassen, war von einem leichten Nieseln abgelöst worden. Der Wind wehte nur mehr schwach und die Abstände zwischen den Blitzen nahmen weiter zu.

Das Feuer im Kamin war inzwischen ausgegangen. Die Luft im Zimmer war stickig. Gustav öffnete ein Fenster.

Angenehm frische Luft strömte herein. Mit dem Regen war eine Abkühlung einhergegangen.

„Ja, zu Anfang war ich in sie vernarrt, aber unsere Affäre hat nicht lange gedauert. Sie war, wie gesagt, eine berechnende Person, und sobald sie einen gewissen Bekanntheitsgrad erreicht hatte, wurde sie meiner überdrüssig. Ich habe sie dennoch geliebt – mehr wie ein Vater, der seine aufsässige Tochter liebt."

Theodore war also nicht schwul, sondern hatte zu den Sängern, die er unter Vertrag hatte, eine Art väterliche Beziehung, dachte Gustav.

„Jakob hat mich schwer enttäuscht", fuhr Theodore fort. „Er hat damals die Trennung von Maria nicht verkraftet, hat sich in sein Heimatdorf zurückgezogen, wie ich Jahre später erfahren habe. Er war nicht mehr erreichbar, hat alle Verträge platzen lassen. Ich habe viel Geld wegen ihm verloren. Schwamm drüber! Als er nach einigen Jahren wieder aus der Versenkung aufgetaucht ist, habe ich ihm eine zweite Chance gegeben, und er hat diese genutzt. Allerdings hatte ich inzwischen Salvatore unter Vertrag, und der war viel selbstbewusster und ehrgeiziger und vor allem fleißiger als Jakob. Salvatore hat bald die Hauptpartien angeboten bekommen, während sich Jakob als zweiter Tenor erst wieder beweisen hat müssen. Der arme Junge hat sehr darunter gelitten, aber es war seine eigene Schuld. Man kann als Sänger nicht jahrelang pausieren und glauben, dass man danach sofort an der Wiener Hofoper oder an der Mailänder Scala den Otello oder den Cavaradossi in der Tosca singen darf. Salvatore hatte als Cavaradossi an der Scala einen Riesenerfolg. Ein Vertrag mit der Metropolitan Opera in New York folgte ..." Theodore brach ab, wischte sich über die Augen.

„Denken Sie, dass Jakob ihn auf dem Gewissen hat?"

„Jakob war sicher nicht frei von Neid und Rivalität Salvatore gegenüber, aber umgebracht hat er ihn deswegen bestimmt nicht."

„Vielleicht aber wegen Maria Cerruti? Er hat schließlich mitansehen müssen, wie sich seine ehemalige große Liebe in einen anderen verliebt hat. Das erträgt kein

Mann", warf Gustav ein, der an seine geliebte Dorothea und ihre inzwischen zum Glück gelöste Verlobung mit dem berühmten Schweizer Seelenarzt Dr. Carl Jank dachte.

„Die Affäre von Salvatore und Maria hat ihn schwer getroffen, keine Frage. Andererseits waren er und Maria schon seit vielen Jahren getrennt. Irgendwann kommt man auch über die große Liebe hinweg, glauben Sie mir, Herr von Karoly."

Theodore sah Gustav tief in die Augen.

Gustav hielt seinem intensiven Blick nicht lange stand. Der Mann konnte doch nichts von seiner unglücklichen Liebe zu Dorothea wissen. Spürte er etwas, besaß er den sechsten Sinn? Gustav war plötzlich mulmig zumute. Rasch wechselte er das Thema: „Und welche Rolle spielt Alma Lang in diesem Drama? Sie war die Geliebte von Salvatore und gleichzeitig die beste Freundin von Maria Cerruti."

„Ach ja, die gute Alma! Recht begabt, aber leider etwas undiszipliniert. Deshalb habe ich auch lange gezögert, sie unter Vertrag zu nehmen. Zuletzt habe ich mich von Salvatore dazu überreden lassen. Ich war sehr erstaunt, als er mit Maria Cerruti eine Liebesbeziehung begonnen hat, denn eigentlich hat ihn Alma fest im Griff gehabt – das war zumindest mein Eindruck. Doch auf einmal hat er sich bei den Proben in Wien für Otello in die schöne Maria verliebt ..."

„Das muss ein großer Schock für Alma gewesen sein", warf Gustav ein. „Ihr Geliebter und ihre beste Freundin?"

„Merkwürdiger Weise hat Alma sehr gelassen reagiert. Vielleicht hat sie Salvatore nicht wirklich geliebt? Diese Künstler sind sehr unbeständig, was die Liebe betrifft. Soviel ich weiß, hat sie weder Salvatore noch Maria eine Szene gemacht, sondern sich relativ schnell damit abgefunden, dass ihr Geliebter und ihre beste Freundin ein Paar waren."

Gustav sah Theodore skeptisch an.

Der Impresario fuhr unverdrossen fort, ihn über das abwechslungsreiche Liebesleben der Opernsänger aufzuklären. Er schien viel Verständnis für deren unmoralischen Lebenswandel zu haben.

„Ich hatte sogar den Eindruck, dass sich Alma in letzter Zeit mit Jakob recht gut verstanden hat. Jedenfalls sind die beiden seit Salvatores Tod oft zusammengesteckt, und sie hat sich als Einzige von uns allen auch hier in Abbazia mit ihm getroffen."

„Wie bitte? Ich habe gedacht, er ist untergetaucht? Weder bei der Premiere von Rigoletto noch beim Liederabend von Alma noch beim Frühlingsfest hat er sich blicken lassen. Meine Schwester, Marie Luise von Batheny, die mit ihm gut befreundet ist, hat ihm mehrmals geschrieben, aber keine Nachricht von ihm erhalten."

„Vielleicht hat er sich in sein Elternhaus geflüchtet, so wie damals nach der Trennung von Maria? Alma hat jedenfalls Kontakt zu ihm. Sie hat mir erst gestern erzählt, dass sie mit Jakob über einen Liederabend im Teatro Comunale in Triest, den ich für die beiden eingefädelt habe, gesprochen hat, und er sich durchaus nicht abgeneigt gezeigt hätte, dort mit ihr gemeinsam aufzutreten."

Gustav wunderte sich sehr, dass Alma ihm nichts von Jakob erzählt hatte. Sie wusste, dass er und vor allem Marie Luise ihn suchten.

„Und wo befindet sich sein Elternhaus?", fragte er.

„In irgendeinem Fischerdorf hier an der Küste, ich habe mir den Namen nicht gemerkt."

Gustav nahm sich vor, Alma demnächst nach Jakobs Aufenthaltsort zu fragen.

Theodore und er hatten nicht gerade vorsichtig dem exzellenten Whisky von Herrn Meyne zugesprochen. Der kleine, zart gebaute Impresario schien trinkfester zu sein als Gustav. Als er den Salon verließ, um die Toilette aufzusuchen, hielt er sich kerzengerade. Kaum waren seine Schritte im Stiegenhaus verklungen, vernahm Gustav jedoch ein polterndes Geräusch. Er konnte nicht ausmachen, ob es von unten oder von oben kam.

War Theodore gestürzt? Die Toilette und das Badezimmer der Villa Neptun befanden sich ein Stockwerk tiefer. Der Impresario hatte sich womöglich vorhin nur mit Müh und Not aufrecht halten können? Oder war es jemand vom Personal, der nachschauen wollte, ob die beiden Herren im Turmstübchen noch etwas benötigten?

Kein Klopfen. Es musste also etwas passiert sein.

Als sich Gustav erhob, merkte er, dass seine Knie zitterten. Er stürzte einen weiteren Whisky hinunter und machte sich dann etwas beherzter auf den Weg zur Tür.

Am Gang war alles finster. Es gab zwar auch im Stiegenhaus elektrisches Licht, er konnte jedoch den Schalter nicht gleich finden.

„Herr Kramer, wo sind Sie?“, rief er.

Keine Antwort.

Seine Augen gewöhnten sich rasch an die Dunkelheit, außerdem drang aus dem Salon ein wenig Licht auf den Gang hinaus.

Gustav begab sich auf die Suche nach dem Lichtschalter. Er fand ihn schließlich am Beginn der Treppe. Als das Licht anging, sah er einen Stock tiefer einen Schatten an der weißen Wand, der aber gleich wieder verschwand.

„Ist hier jemand? Sind Sie es, Herr Kramer?“, rief er noch einmal.

Stille.

Er musste sich geirrt haben. Außer ihm wohnte niemand im Turm der Villa Neptun. Die englischen Damen hatten eine Suite im zweiten Stock des mittleren Trakts gemietet, und die Familie Meyne bewohnte die erste Etage. Die Zimmer der Dienstboten befanden sich unterm Dach. Bisher hatte er nie jemanden gehört. Die Mauern des Schlösschens waren dick und schluckten jedes Geräusch.

Gustav kehrte in den Salon zurück. Das Gewitter hatte sich verzogen. Er öffnete das zweite Fenster, um einen klaren Kopf zu kriegen.

Ein kalter Wind schlug ihm ins Gesicht. Das Meer sah beinahe schwarz aus. Mond und Sterne hatten sich hinter dichten Wolken verabschiedet. Plötzlich bildete er sich ein, im schwachen Schimmer einer Laterne am Lungomare eine dunkle Gestalt zu sehen. Von der Statur her erinnerte ihn die Gestalt an den Souffleur Bruno Penzo.

38. Gustav wird überfallen

Theodore Kramer kehrte unbeschadet von der Toilette zurück und wollte sich auf den Heimweg machen, bevor es womöglich wieder zu regnen beginnen würde.

Gustav ließ es sich nicht nehmen, seinen Gast bis zum Haustor zu bringen.

Er wartete, bis der Impresario, der mit gebeugten Schultern, gesenktem Kopf und in schleppendem Gang den steilen Weg zur Straße hinaufstapfte, außer Sicht war, und zündete sich noch ein Zigarillo an.

Der Wind fuhr in heftigen Böen durch die Bäume. Der Himmel klarte auf. Die ersten Sterne blinkten wieder am Firmament. Das Gewitter hatte die Luft gereinigt. Aus dem kleinen Wäldchen am Hang hinter dem Haus strömte der Duft von Lorbeer und Jasmin zur Villa Neptun herunter. Gustav atmete ein paar Mal tief durch.

Die Villa lag völlig im Dunkeln. Nur von oben, aus Gustavs Räumen im Turm, drang ein schwacher Lichtschein.

Als er zurück ins Haus gehen wollte, vernahm er ein eigenartiges Geräusch. Es klang fast wie das Schnauben eines Pferdes. Hier gibt es keine Pferde, dachte er, bevor er einen heftigen Schlag auf dem Hinterkopf verspürte, zu Boden ging und an nichts mehr denken konnte.

Als Gustav zu sich kam, war er allein. Er zitterte vor Kälte, seine Zähne klapperten und sein Kopf schmerzte.

Er konnte fast nichts sehen. Blut verklebte seine Augen. Vorsichtig tastete er seinen Kopf ab. Überall Blut, nichts als Blut. Den Anblick von Blut ertrug er sowieso nicht, und erst recht nicht, wenn es sich um sein eigenes handelte. Am liebsten wäre er mit geschlossenen Augen liegengeblieben.

Als er aufzustehen versuchte, packte ihn erneut der Schwindel. Ihm wurde schwarz vor Augen, und er klappte wieder zusammen.

Er hatte Angst, schreckliche Angst. Womöglich war der Kerl, der ihn niedergeschlagen hatte, noch in der Nähe und würde ihn endgültig beseitigen, wenn er bemerkte, dass sein harter Schädel den ersten Schlag überlebt hatte? Unwillkürlich musste er an Dorothea denken, wie tapfer sie gewesen war, als der Frauenmörder von Schönbrunn sie mit einem Messer angegriffen hatte, und er riss sich zusammen, versuchte ein zweites Mal aufzustehen. Dieses Mal schaffte er es.

Die Schlaffheit wich aus seinen Muskeln, und die Angst war auf einmal wie weggeblasen. Oder zumindest hatte er sie jetzt unter Kontrolle.

Er machte einen Riesenlärm, schrie nach Herrn Meyne und weckte mit seinen Rufen alle Hausbewohner der Villa Neptun auf. Selbst die beiden englischen Ladies erschienen in karierten Schlafröcken und mit neckischen weißen Schlafhäubchen am Kopf vor dem Haus. Auch die gesamte Dienerschaft versammelte sich in Windeseile.

Herr Meyne schickte seinen Chauffeur mit dem Automobil zur Polizeistation in Abbazia und befahl seinem britischen Butler, einen Arzt aus dem benachbarten Sanatorium zu holen.

Inzwischen färbte sich im Osten der Himmel orangerot. Es war kaum fünf Uhr vorbei.

Jeden Tag wird es früher hell, dachte Gustav, als ihm Doktor Glax höchstpersönlich bei Sonnenaufgang einen Kopfverband anlegte.

Herr Meyne hatte Gustav erzählt, dass Dr. Julius Glax seit 1899 Vorsteher der Kurkommission war und die Geschicke des Seebades lenkte. Zu seinen prominenten Patientinnen zählten Erzherzogin Stephanie, das rumänische Königspaar Carol I. und seine Frau Königin Elisabeth, genannt Carmen Sylva, und die Söhne des deutschen Kaiserpaares.

Der Butler schien es für nötig gehalten zu haben, den Doktor höchstpersönlich aus dem Bett in seiner mondänen Villa am Südstrand zu holen.

Alle Bewohner der Villa Neptun hatten sich um Professor Glax und Gustav, der auf einem Diwan im Frühstückssalon lag, versammelt. Gustav fand die ganze Situation peinlich, fühlte sich aber endlich sicher und beantwortete bereitwillig alle Fragen des Doktors und der aufgeregten englischen Damen.

„Leider habe ich den Mann, der mich niedergeschlagen hat, nicht gesehen. Er war wahrscheinlich mindestens so groß wie ich …“, sagte er zu dem Polizeihauptmann von Fiume, der von der lokalen Polizeistation in Abbazia verständigt worden und eine Stunde später in der Villa Neptun eingetroffen war.

Anscheinend hat es bisher keinen solch schlimmen Vorfall in diesem mondänen Kurort gegeben, sonst wäre der Herr Polizeihauptmann sicher nicht persönlich erschienen, dachte Gustav.

Sowohl Professor Glax als auch der Polizeihauptmann sprachen ihn mit „Herr Graf“ oder „Eure Erlaucht“ an. Offensichtlich wusste jedermann in Abbazia Bescheid, dass er der Sohn von Graf Batheny war und den Grafentitel eines Tages erben würde.

„Sollen wir nicht Ihre Schwester, die hochverehrte Comtesse Batheny verständigen?“, fragte Herr Meyne.

„Bloß nicht! Lassen Sie Marie Luise ausschlafen. Sie ist hier auf Kur wegen ihrer angegriffenen Nerven und würde sich schrecklich aufregen, was dem Erfolg ihrer Kur sehr abträglich wäre, nicht wahr, Herr Professor?“

Dr. Glax nickte.

„Ich werde ihr morgen möglichst schonend beibringen, was passiert ist.“

39. Suche nach Jakob Doma

Als gegen Mittag jemand an seine Schlafzimmertür klopfte, schreckte Gustav auf und griff nach der schweren Nachttischlampe aus Messing – die einzige Waffe, die er momentan zur Verfügung hatte.

Marie Luise stand plötzlich in seinem Zimmer. „Zieh dich an, Gustl“, sagte sie. „Es ist bereits Mittag. Wir müssen sofort nach Lovran.“

Seine Schwester schien keine Ahnung zu haben, was gestern Nacht passiert war.

Gustav versuchte, ihr mit wenigen Worten von dem Überfall zu berichten.

Sie hörte ihm nicht zu, unterbrach ihn und erzählte ihm aufgeregt, dass sie Jakob in Lovran gesehen habe.

„Wann warst du dort?“

„Gestern, nachdem wir Luca getroffen haben, bin ich zufällig Felix und Leopoldine über den Weg gelaufen, die mit dem Automobil nach Lovran wollten. Sie haben mich mitgenommen. Aber das ist jetzt völlig unwichtig. Ich habe Jakob zur Rede gestellt, und er hat sich mir gegenüber sehr abweisend verhalten ...“

„Darf ich mich zuerst einmal anziehen?“, fragte Gustav gereizt.

Während er sich im Schlafzimmer ankleidete, klopfte wieder jemand an die Tür.

Herr Meyne betrat den Salon und starrte Marie Luise entsetzt an.

„S... Sie hier, Comtessse?“, stammelte er.

„Ja, Ihr Butler hat mich hereingelassen. Ich muss mit meinem Bruder reden.“

„Ich auch“, sagte Herr Meyne kleinlaut.

„Lass ihn herein“, rief Gustav aus dem Schlafzimmer.

„Die Polizei hat einen Verdächtigen gefasst. Es ist ein stadtbekannter Krimineller aus Fiume, ein sehr gewalttätiger Radaubruder, der schon mehrmals im Gefängnis gesessen ist.“ Herr Meyne klang sehr erregt. „Er macht alles für Geld, und er hat bereits gestanden, dass er dafür bezahlt worden ist, Euer Gnaden zu beseitigen. Nachdem ihm die Polizisten zugesetzt haben, hat er sogar verraten, dass ihn eine elegante Dame beauftragt hat, Sie zu überfallen. Ihren Namen kennt er allerdings nicht. Denn auch nachdem ihn die Polizei so richtig in die Mangel genommen hat, ist er mit ihrem Namen nicht herausgerückt.“

Gustav glaubte zu wissen, welche Dame ihm nach dem Leben trachtete. Die Auswahl war nicht besonders groß.

„Vielen Dank für diese wichtige Nachricht, Herr Meyne. Wir kommen gleich runter zu Ihnen. Ich möchte vorher nur kurz mit meiner Schwester allein sprechen.“

Herr Meyne verbeugte sich vor Marie Luise, die ausnahmsweise einmal ihren Mund hielt.

„Wovon hat der gute Mann geredet?“, rief sie Gustav zu. „Hat das mit diesem komischen Fetzen auf deinem Kopf zu tun? Bist du verletzt? Ich habe gedacht, du trägst einen Turban, weil du nasse Haare hast. Egal, hör mir jetzt zu, Felix und Leopoldine sind spazieren gegangen, haben mich mit Jakob allein reden lassen. Er hat mir erzählt, dass er längst begriffen hatte, dass Maria eine eitle, selbstsüchtige Primadonna war und dass er sie nicht mehr geliebt hat. Unser Gespräch ist leider alles in allem eher unerfreulich verlaufen. Jakob vertraut mir nicht mehr. ‚Ihr Bruder ist doch Privatdetektiv‘, hat er zu mir gesagt. Er glaubt, wir beide sind ihm nachgereist, weil du ihn nach wie vor für den Mörder von Salvatore und Maria hältst. Als ich ihn gefragt habe, wie er auf diese absurde Idee gekommen sei, hat er sich verhaspelt und Alma Lang erwähnt. Offensichtlich hat sie ihm diesen Floh ins Ohr gesetzt, dass du hinter ihm her bist.“

Bei Gustav läuteten alle Alarmglocken. Die schöne Alma war offensichtlich viel raffinierter, als er bisher angenommen hatte.

„Warte, es kommt noch schlimmer. Als ich bemerkt habe, das sich Jakob völlig in seinen Wahn, dass du ihm auf der Spur seist, verrannt hat, und es keinen Sinn gemacht hätte, weiter zu beteuern, dass wir ihm helfen wollen, verabschiedete ich mich. Doch ich bin nicht gleich zurück zum Wagen der Wildenfels, sondern bin ihm gefolgt, habe herausfinden wollen, wo er sich versteckt hält."

„Marie Luise, wie oft habe ich dir gesagt, dass du nicht Detektiv spielen sollst!", ermahnte Gustav sie.

„Warum darfst das nur du? Weil du ein Mann bist?"

„Um Himmels willen, fang auch nicht du jetzt noch an mit diesen Gleichberechtigungsgeschichten. Zwei Frauenrechtlerinnen im Haus reichen mir vollkommen."

„Jetzt hör mir endlich zu, Gustav, es ist wirklich wichtig. – Mit wem, glaubst du, hat er sich in der Kirche auf dem kleinen Platz in Lovran getroffen? Mit der lieben Alma! Sie haben mich nicht bemerkt. Im Inneren der Kirche war es zum Glück ziemlich finster. Ich habe mich dann in einem Beichtstuhl versteckt, der knapp hinter der Reihe stand, in der sie Platz genommen hatten, und ich habe fast jedes Wort verstanden. Vor allem Jakob hat sehr laut gesprochen und war schrecklich aufgeregt. Offensichtlich hat Alma ihm unlängst erzählt, dass er einen Sohn hat. Er hat wissen wollen, ob sein Sohn bereit sei, sich mit ihm zu treffen. Diese verlogene Person hat ihn eine Weile hingehalten, doch dann hat sie vorgeschlagen, dass er sich mit Luca heute Nachmittag am Lungomare, und zwar beim Teufelsbrunnen treffen könne. Das ist eine einsame Stelle, habe ich mir sagen lassen, dort kommt kaum jemand vorbei, denn es geht steil bergauf, wenn man von Abbazia aus nach Lovran wandert. Außerdem ist der Weg dort nicht fertig und daher sehr uneben."

„Und da ist Jakob nicht sofort misstrauisch geworden? Verzeih, dein Schützling scheint entweder ein Idiot zu sein oder ein gerissener Verbrecher."

„Mein Gott, Gustav, du darfst gerade reden, bist du nicht auch auf Almas Schmeicheleien hereingefallen?"

Gustav hielt lieber den Mund.

„Er hat sicher nicht länger nachgedacht, war, wie gesagt, total aufgeregt, weil er gehofft hat, seinen Sohn endlich kennenzulernen. Sie hat ihm eine nette Geschichte aufgetischt, hat gesagt, sein Sohn würde dort von der höchsten Stelle des Lungomare ins Wasser springen. Dieser Mutprobe unterziehen sich hier die einheimischen Burschen, wenn sie ihren Mädchen imponieren wollen. Und Luca will angeblich heute diesen Sprung üben und am kommenden Sonntag vor den Augen seiner geliebten Romana einen eleganten Köpfler ..."

„Dieses verdammte Luder", fluchte Gustav. „Will sie beide umbringen? Aber warum?"

„Fragst du mich das im Ernst? Du bist der Detektiv!" Marie Luise schaute ihren Bruder treuherzig an. „Entweder glaubt sie, dass Jakob ihren Liebhaber Salvatore und ihre Freundin Maria Cerruti umgebracht hat und will deren Tod rächen, oder sie hat die beiden auf dem Gewissen und will nun auch Jakob beseitigen. Womöglich weiß er etwas, das ihr schaden könnte?"

„Genug geredet! Lass uns nach Volosko fahren."

„Warum nach Volosko?"

„Ich muss mit Luca reden. Vielleicht kann er uns helfen."

„Luca habe ich gerade im Hafen von Slatina gesehen. Er bringt heute wieder mit seinem Boot die Leute von den Yachten und vom Dampfer an Land."

„Gut, dann lass uns dorthin fahren."

Marie Luise war mit einem gemieteten Automobil gekommen. Der Chauffeur wartete im Auto vor der Villa Neptun.

Sie benötigten nur zehn Minuten bis zum kleinen Hafen von Abbazia.

Dunkle Regenwolken hingen am Himmel, als sie die kleine Bucht erreichten.

Luca saß auf dem Mäuerchen am Ufer und schwatzte mit anderen Barkajoli.

„Wir müssen sofort mit deinem Boot nach Lovran", sagte Gustav und sprang in die Barke des Jungen. „Fahr los", rief er und berichtete ihm in Kurzfassung, worum es ging.

Luca kannte den Teufelsbrunnen, hatte aber, so wie Gustav es vorausgesehen hatte, nicht vorgehabt, dort ins Meer zu springen. „Romana verlangt keine Beweise für meinen Mut", sagte er. „Sie findet solche Mutproben eher blöd."

„Kluges Mädchen", sagte Gustav und trieb den Jungen zur Eile an.

Marie Luise ließen sie, trotz ihres heftigen Protests, mit ihrem Chauffeur im Hafen zurück. Gustav bat seine Schwester, die Polizei zu verständigen. „Sie sollen auch zum Teufelsbrunnen kommen. Wir werden womöglich Hilfe benötigen", rief er ihr zum Abschied zu.

40. Gustav und Luca fahren hinaus aufs Meer

Es war ein unheimlich schwüler Tag. Der Himmel war grau, das Meer verdächtig ruhig. Ruhe vor dem Sturm, dachte Gustav.

Sie ruderten, so schnell sie konnten. Gustav sah alle paar Minuten auf seine Uhr. Er hatte das Gefühl, dass sie sich kaum vom Fleck bewegten.

Als eine leichte Brise aufkam, setzte Luca das Segel. „Der Wind wird gleich drehen. Es könnte gefährlich werden“, sagte er zu Gustav. „Wenn eine Böe daherkommt, sollten Sie sich besser festhalten.“

Gustav, der mit Böen und Stürmen am Meer wenig Erfahrung hatte, wurde sogleich flau im Magen.

Die ersten neuen Villen am Südstrand kamen in Sicht und der Wind wurde stärker. Luca raffte das Segel und Gustav verließ endgültig der Mut.

In extremer Schräglage segelten sie Richtung Ičiči, wo die Hochseekapitäne ihre Villen hatten. Als sich die Učka-Berge hinter Ičiči aus den Wolken schälten, schrie Luca: „Hier muss der Teufelsbrunnen irgendwo sein.“

Das Ufer sah ziemlich unwirtlich aus.

Im Wald über der Felsküste erblickten sie plötzlich zwei Menschen, die dicht nebeneinander am Abgrund standen.

„Segel runter“, rief Gustav. „Lass uns an Land rudern.“

Als sie sich dem Ufer näherten, erkannte Gustav die beiden Gestalten auf der Anhöhe. Jakob und Alma standen heftig gestikulierend am Abgrund.

„Jakob, pass auf!“, schrie er, so laut er konnte.

Jakob schien ihn nicht zu hören, drehte sich aber im selben Moment um, als Alma ihm einen Stoß versetzte. Er klammert sich an sie und es kam zu einer Rangelei. Beide drohten in die Tiefe zu stürzen.

Alma fiel schließlich kopfüber ins Wasser. Jakob erwischte in letzter Sekunde einen Ast. Der Ast bog sich bedenklich unter seinem Gewicht.

Luca sprang, ohne zu zögern, ins Wasser, schwamm mit kräftigen Kraulbewegungen an Land und kletterte den Felsen hinauf. Als er Jakobs Füße zu fassen bekam, schrie er: „Lass los“, und zog seinen Vater vorsichtig zu sich hinunter auf den Felsvorsprung, auf dem er Halt gefunden hatte. Dann sprangen beide von dem kleinen Felsen aus ins Wasser.

Gustav fischte einstweilen Alma aus dem Meer. Sie schien den Sturz überlebt zu haben. Sie ist eben eine zähe Person, dachte er und hievte sie an Bord der Barke.

Obwohl sich ihre Brust leicht auf und ab bewegte, unternahm er ein paar Wiederbelebungsversuche. Als ihn ein kleiner Wasserschwall aus ihrem Mund mitten im Gesicht traf, ließ er von ihr ab.

Luca und Jakob kletterten an Bord und Alma kam wieder zu Bewusstsein.

Keiner der drei Männer hatte das geringste Mitleid mit ihr. Selbst Gustav, der ja normalerweise viel Verständnis für Frauen hatte, vergaß auf seine gute Erziehung und herrschte sie an: „Wenn du uns nicht sofort sagst, wie du Salvatore und Maria umgebracht hast, werfe ich dich zurück ins Wasser.“

Sie schien seine Worte nicht ernst zu nehmen, traute ihm offensichtlich nicht zu, dass er sie ertrinken lassen würde.

„Fahr ein Stückchen weiter hinaus, Luca“, befahl Gustav.

Jakob saß zitternd und frierend am Heck und gab keinen Ton von sich.

„Gute Idee! Wir werden sie ein paar hundert Meter vom Ufer weg den Haien zum Fraß vorwerfen. Vielleicht hat sie Glück und ersäuft bald“, sagte Luca.

Gustav und Jakob sahen sich betroffen an.

Doch Lucas Drohung blieb nicht wirkungslos. Alma begann unzusammenhängendes Zeug zu stammeln.

„Hast du meine Mutter umgebracht, ja oder nein“, schrie Luca sie an und steuerte das Boot weiter hinaus aufs Meer. Die hohen Wellen brachten das kleine Fischerboot gefährlich ins Schwanken.

Plötzlich konnte Alma klar und deutlich sprechen. „Deine Mutter war eine sehr egoistische Person. Ich verstehe nicht, warum du auf einmal Interesse an ihr hast, nachdem sie dich am liebsten abgetrieben hätte. Sie hatte jedenfalls absolut kein Interesse an dir."

Plötzlich fiel es Gustav wie Schuppen von den Augen. Er wusste auf einmal, was ihn an dem Brief, den angeblich Maria an ihren Sohn geschrieben hatte, irritiert hatte. Es war nicht Marias, sondern Almas Handschrift gewesen. Den Zettel, auf dem sie ihm mitgeteilt hatte, dass sie seine Einladung zum Dinner nicht annehmen könnte, hatte er zum Glück aufbewahrt.

„Den Brief mit der Einladung nach Wien zur Premiere der La Traviata haben Sie geschrieben", fuhr er Alma an.

„Bravo, Herr Meisterdetektiv", spottete sie. „Ich habe gehofft, Maria würde in Ohnmacht fallen, wenn sie ihren Sohn, der Jakob verblüffend ähnlich schaut, kurz vor ihrem Auftritt in ihrer Garderobe vorfindet, und würde nicht mehr fähig sein, die Violetta zu singen. Ich hatte die Rolle längst einstudiert und wäre als zweite Besetzung für sie eingesprungen. Garantiert hätte ich einen rauschenden Erfolg gefeiert. Leider hat mein genialer Plan wegen der Verspätung des Zuges nicht geklappt. Also habe ich mir rasch etwas Neues einfallen lassen müssen."

„Sie sind doch ein Mezzosopran", sagte Gustav zornig. „Pflegen Sie übrigens ständig ein Fläschchen Arsen mit sich herumzutragen?"

„In der Requisitenkammer steht jede Menge Rattengift herum."

Gustav drehte sich der Magen um. Er klammerte sich an die Reling und krächzte heiser: „Und vor der Champagnerszene haben Sie es in ihr Glas gegeben."

„Maria hat sich vor jeder Arie mit einem Gläschen Sekt oder Wein gestärkt. Arsen wirkt schnell, ruft zwar zuerst sowas Ähnliches wie einen Anfall hervor, deshalb der Schaum vor ihrem Mund bei ihrer letzten Arie, aber dann geht es rapide bergab. Sie hat nicht sehr gelitten, glaub mir, mein kleiner Luca", sagte Alma.

Gustav konnte gerade noch verhindern, dass Luca ihr mit seiner Faust ins Gesicht schlug.

„Und Sie haben natürlich diese Kerle in Wien gedungen, damit sie mir Angst einjagen und auch meine Schwester bedrohen – damals im Stadtpark. Und nachdem all diese Überfälle nicht verhindern konnten, dass ich weitere Nachforschungen anstellte, haben Sie zuletzt diesen Kriminellen beauftragt, mich in der Villa Neptun zusammenzuschlagen", warf Gustav ein.

Ihr sarkastisches Grinsen war ihm Antwort genug.

Jakob bestand darauf, dass Alma ein umfassendes Geständnis ablegte und ihnen auch erzählte, wie sie Salvatore Valentino umgebracht hatte. Luca unterstützte seinen Vater, ohne ihn anzuschauen. Zwar hatte er ihm das Leben gerettet, aber er war nach wie vor nicht bereit, seinem Erzeuger in die Augen zu sehen.

Alma schwieg beharrlich. Erst, als Luca sie um die Taille fasste und über Bord zu werfen drohte, und weder Gustav noch Jakob Anstalten trafen, den Jungen daran zu hindern, begann sie zu reden.

„Ich war immer nur der Teschek für alle", sagte sie. „Meine sogenannte Freundin Maria hat mich wie eine Dienstbotin behandelt, die ich ja gnädiger Weise in vielen Inszenierungen spielen durfte. Dabei hat mir nicht nur Theodore zuletzt versichert, dass ich ein großes stimmliches Potential hätte und eines Tages sogar erfolgreicher und berühmter werden könnte als Maria. Aber auch er hat mich immer hingehalten, mir keine Hauptrolle verschafft, sondern mich ständig nur den zweiten Sopran, also meistens die Partie des Dienstmädchens, singen lassen. Als sich Salvatore in mich verliebt hat, habe ich gehofft, mit seiner Hilfe endlich den großen Durchbruch zu schaffen. Wir sind uns in der Oper von Triest zum ersten Mal begegnet. Er ist damals gerade am Beginn seiner grandiosen Karriere gestanden und hat einen fulminanten Erfolg als Don Carlos gefeiert. Ich habe die Elisabetta di Valois gesungen. Salvatore war sehr verliebt in mich, hat mir ganz Triest zu Füßen gelegt, und ich naives junges Ding habe mich damals unsterblich in ihn verliebt. Er war die große Liebe meines Lebens. Und das hat meine beste Freundin Maria gewusst. Denn ihr habe ich mein Glück natürlich anvertraut. Salvatore hat mir damals versichert, dass er mich immer an seiner Seite haben wollte und mich reich und berühmt machen würde. Leider hat Maria unser Glück nicht ertragen können. Als die Proben für Otello in Wien begonnen haben, hat sie sich an Salvatore herangemacht. Und es hat nicht lange gedauert, bis mein Liebster ihren Verführungskünsten erlegen ist. Ich habe mich nicht aufgeführt wie eine eifersüchtige Furie, im Gegenteil, ich habe sogar Verständnis für ihre Leidenschaft gezeigt. Innerlich habe ich jedoch lichterloh gebrannt und geglaubt, sterben zu müssen vor Schmerz. Doch plötzlich ist mir eine bessere Idee gekommen. Nicht ich würde sterben, sondern die beiden Menschen, die mich so grausam betrogen haben. Salvatore hat als Erster dran glauben müssen. Es war ein Leichtes für mich, den Theaterdolch kurz vor dem Finale durch einen echten, höllisch scharfen Dolch auszutauschen. Ich habe gewusst, dass sich mein leidenschaftlicher Salvatore damit zumindest ein bisschen verletzten würde. Als sich meine Kollegen über ihn gebeugt und überlegt haben, ihm die Waffe aus der Brust zu ziehen, hat es keiner besonderen Anstrengung meinerseits bedurft, ihm den Dolch ein Stückchen tiefer ins Herz zu stoßen. Außer dem Souffleur hat es keiner bemerkt. Dieses Schwein hat mich dann erpresst. Deswegen habe ich ihm die Stelle an der Oper in Fiume verschafft. Ich wollte auch ihn beseitigen, habe aber keine Chance gehabt. Er war auf der Hut vor mir, hat ja gewusst, wozu ich fähig bin."

„Ihre Fingerabdrücke waren nicht auf der Tatwaffe", warf Gustav ein.

„Ich hatte Handschuhe an, wie es sich für Jagos Gattin geziemt. Das scheint keinem Menschen aufgefallen zu sein. Jakob hat sich weiter weg befunden und nicht wirklich mitbekommen, dass ich noch einmal fest zugestochen habe. Erst viel später, nachdem auch Maria dran glauben hat müssen, ist ein gewisser Verdacht bei ihm aufgekeimt, nicht wahr, Jakob?"

Jakob Doma reagierte nicht, war seinem Sohn gerade bei einer Wende behilflich.

„Meine allerliebste Freundin zu töten, war, verglichen mit der Ermordung Salvatores, geradezu ein Kinderspiel. Kurz vor der Champagnerszene habe ich hinter der Bühne ein bisschen Rattengift in ihr Glas gegeben. Ich musste nur dafür sorgen, dass sie aus diesem Glas trank. Als ihre Dienerin habe ich ihr natürlich das richtige Glas reichen können. Jakob hat sich daran erinnert, dass ich Maria das Glas in die Hand gedrückt habe, und hat mich deshalb letztens zur Rede gestellt. Aber ich habe alles abgestritten, und es gibt auch keinen Beweis mehr. Ich habe das Glas gleich nachher gründlich mit

Seife ausgewaschen. Es steht jetzt in einem der Regale unten bei all den anderen Requisiten." Ihr triumphierendes Lächeln machte Gustav rasend.

Jakob und sein Sohn hatten Tränen in den Augen. Beide blickten Alma hasserfüllt an. Als sich Jakob plötzlich auf Alma stürzte, schrie Gustav: „Wir brauchen sie lebend. Sie soll für ihre Taten den Rest ihres Lebens büßen. Ertrinken wäre eine viel zu geringe Strafe für sie."

Jakob sah Gustav misstrauisch an.

„Ich bringe sie lebenslang hinter Gitter. Vertrau mir", beschwor Gustav ihn. „Und denk an deine Karriere, wenn du sie jetzt umbringst, wirst du nie mehr einen Fuß auf eine Opernbühne setzen."

„Hör nicht auf ihn, sie hat den Tod verdient", schrie Luca, der am Ruder saß und sich bemühte, die Barke heil über die hohen Wellen zu steuern.

„Er hat recht, wir sind keine Mörder, mein Sohn", sagte Jakob und half Gustav, Alma Lang mit einem Seil an den Mast zu fesseln.

Gustav befürchtete, sie könnte sonst womöglich über Bord springen und ihnen doch noch entkommen. Alma war anscheinend eine ganz gute Schwimmerin, sonst hätte sie den Sturz von dem Felsen beim Teufelsbrunnen nicht überlebt.

Als sie im Hafen von Abbazia anlegten, befreiten sie Alma von ihren Fesseln, nahmen sie in ihre Mitte und schleppten sie zur Polizeistation. Luca folgte ihnen schweigend.

Ihrem Geschwätz, dass sie alles leugnen würde, schenkte Gustav keinerlei Beachtung. Ihr Geständnis vor drei Zeugen würde hoffentlich ausreichen, um sie wegen zweifachen Mordes und eines Mordversuches zu verurteilen.

Für Gustav bedeutete es eine besondere Genugtuung, seinem Freund, Polizei-Oberkommissär Rudi Kasper ein Telegramm aus Abbazia zu schicken.

„Opernmorde in Wien aufgeklärt. Die zweifache Mörderin Alma Lang der hiesigen Polizei übergeben. Mit meinen besten Empfehlungen, Dein treuer Freund Gustav."

Ein zweites Telegramm fast gleichen Inhalts schickte er an seine Tante und fügte eine wichtige Frage hinzu: *„Hat sich Dorothea mittlerweile gemeldet? Wenn nicht, bleibe ich noch eine Weile im schönen Abbazia. Die Luft hier ist wunderbar, das Meer wunderschön, das Wasser glasklar. Meine Suite in der Villa Neptun übertrifft alle meine Erwartungen und das Essen ist hervorragend.*

Dein dir treu ergebener Gustav."

Edith Kneifl
Totentanz im Stephansdom
Ein historischer Wien-Krimi
264 Seiten, € 12.95
HAYMON taschenbuch 202
ISBN 978-3-7099-7833-7

Turbulente Ermittlungen im Wien der Sisi-Zeit: Mitten in der rauschenden Silvesternacht des Jahres 1899 stürzt der Wiener Dombaumeister vom Nordturm des Stephansdoms. Unter den Augenzeugen: Gustav von Karoly. Der fesche Privatdetektiv macht sich sofort auf die Suche nach möglichen Hintergründen. Hatten etwa die Freimaurer ihre Hände mit im Spiel?

Ausgelassene Ballnächte, amüsante Liebeleien, dekadenter Adel: Mit Spannung, Gefühl und einer Prise Humor entführt Edith Kneifl die Leserinnen und Leser in das Wien des Fin de Siècle – die perfekte Krimikulisse!

www.haymonverlag.at

Edith Kneifl
Die Tote von Schönbrunn
Ein historischer Wien-Krimi
272 Seiten, € 9.95
HAYMON taschenbuch 150
ISBN 978-3-85218-950-5

Die schöne Kaiserin Sisi wurde eben erst zu Grabe getragen, da fallen gleich mehrere adelige Damen in der Nähe von Schloss Schönbrunn einem brutalen Serienmörder zum Opfer. Und alle haben sie auffallende Ähnlichkeit mit der jungen Kaiserin. Eindeutig ein Fall für den Privatdetektiv Gustav von Karoly. Aber ist er dem Frauenmörder von Schönbrunn gewachsen?

Mit Karolys zweitem Fall entführt Edith Kneifl noch tiefer ins Herz der Donaumonarchie und beweist ihr goldenes Händchen für das kriminelle Wien der Jahrhundertwende.